水門世相

樊健軍短篇小說集

樊健軍 著

序　接地氣的作家

王干

樊健軍在魯迅文學院高研班的時候，我算作他的「導師」，文學創作找導師，實在是有點牽強，好多的行當需要承傳，需要手把手的教導，但唯獨文學不需要什麼師傅，什麼導師，文學創作的魅力就在於它的個人性、自學性和無師性。如果文學可以通過師徒的方式加以教授，那麼李白的家族就會壟斷詩歌的榮譽，曹雪芹的後代也會壟斷小說的世界，而莎士比亞的子孫則終日可以躺在戲劇的舞臺上吃不完。文學的魅力在於它的不可複製性，連大作家自己都很難寫一部重複自己輝煌的作品，甭說去指導別人寫作好作品了。

那些以導師自居的導師，多半是把文學當成手藝和工藝了，內心裏是為了受人膜拜而已。文學有大師，文學無大師傅。以文學大師傅名噪文壇的人，很多是遠離文學本質的門外漢。但文學不是封閉的產物，「宅」在家裏一時可以，「宅」一輩子的作家很難成為大師。文學需要交流，文學需要碰撞，交流的方式可以多種多樣的，碰撞的方式也是不一定要面對面的。閱讀是一種交流，網路也是一種交流，對話是一種交流，傾聽也是一種交流。文學本身就是心靈與心靈的交流，也是心靈與現實的交流，寫作本身就是對交流的渴望而為。

雖然對樊健軍的創作提不出什麼指導性的意見，但我始終關注他的創作，一是工作的原因，因為我長期在選刊類的刊物工作，對當下的小說創作必須進行工作性的閱讀，二是樊健軍的小說和我所喜好的那一路小說有著內在的鏈結。鏈結是網路上的一個詞，但對文學來說，始終存在著某種鏈結，比如，你讀蘇東坡的詩歌，不能不聯想到李白，這種聯想其實是在思維裏搭了個「鏈結」，網路上的鏈結是手動的，而腦子裏的鏈結是全自動的，自動鏈結的。

樊健軍的小說鏈結的是沈從文、汪曾祺這一路的作家，這一路的作家常常被文學史家們歸結為鄉土小說或市井小說，在我們共和國的文學話語裏，鄉土是有正能量的可能，而市井則有貶義的嫌疑。其實，鄉土也好市井也好，而在我看來，他們都是接地氣的作家。好的作家是接地氣的，好的文學是接地氣的，好的小說必然是接地氣的。接地氣的說法來自老百姓，地氣也是一個比喻性的說法，包涵有根基、有人氣、有積澱等多層寓意。

在文藝界有一個比較官方的說法，叫深入生活，引起人們的歧義，因為處處有生活，你幹嘛另外去找生活，而且每個人都是在生活之中，每個人的生活都是有價值的呀。但其實生活的狀態是不一樣的，有人生活在生活的高端，有人生活在生活的淺處，有的人生活平淡無奇，有的人生活波瀾壯闊，不是所有的生活質量都是等值的。深入生活的說法其實就是接地氣的意思，好的小說必然和當下的生活血脈相連，和老百姓的生存息息相關。不接地氣的作家雖然看上去很美麗，但實際是空中閣樓、沙灘的摩天大廈。

樊健軍的小說很接地氣，《水門世相》這本系列短篇小說集散發著濃重的生活氣息，甚至是那股漚過的青草的重味道，所以把它稱之為「草根」是恰切的。「這裏有身體殘缺的：高不過三尺的侏儒，石女羅鍋，眼瞎的、腿瘸的、耳背的，長著兩顆腦袋的女人；有下三濫的：賭徒酒鬼，騙子無賴，像種豬一樣活著的英俊男人，成天追逐男人的花癡；有裝神弄鬼的神漢巫婆，也有性格怪異的穴居者，有潔癖的盜賊，也有靠紙紮活著的手藝人……這些人聚居在一個叫水門的特殊村莊，構成了一個獨特的世界。他們既有謀求生活的小智慧，也有玩弄生活的小聰明，既有男歡女愛的純樸堅貞，也有遺世獨立的悲愴孤獨，既有簡單得不能再簡單的溫暖幸福，也有複雜得無法再複雜的辛酸蒼涼，既有順世昌運的得意，也有流世苟活的失落。他們不論『食草的』還是『食肉的』，各有各的方式，各顯各的能耐，三百六十行都能找到屬於他們自己的生存空間，都有一套生存行規。」

樊健軍不僅寫出了他們的生存狀態，還寫出了獨特的鄉村生活智慧。中國鄉村的生存是不像一些田園牧歌者想像的那麼簡單，尤其是那些自然條件困難的地域人們的生存更是困難而艱辛，有時候會失去尊嚴而活著。比如「長相英俊的青玉，女人們人見人愛，卻淪為種豬一樣的男人，靠給女人借種而苟且活著；兵痞比歲為了逃避殺身之禍，將自己的女人刺瞎雙眼，靠了女人的掩護浪跡江湖。傻子阿三生就傻瓜相，誰也沒想到他是個騙子，屢騙屢屢得手；文叔是個乾淨得有些潔癖的人，紅白喜事都坐上房陪上客，一次酒醉後卻洩露了自己的祕密，他是個盜賊；濟堂老腳借了神鬼菩薩的嘴，騙吃騙喝，最終死在了貪吃的毛病上。」

這種鄉村生存智慧很難用道德評判，它時不時還會閃著歡樂的色彩。「高不過三尺的繡雲偏嫁給了牛高馬大的滿地，繡雲騎在滿地的脖子上看電影，過河，他們的愛情讓人忍俊不禁；仿明是個瞎子，紅繡又啞又聾，他們結合在一塊就是一個完整的世界，再美的東西有眼睛看到，再動聽的聲音有耳朵聽到。」

作家雖然寫的是世相，骨子裏說的是中國鄉土社會的倫理文化，這倫理文化凝聚成鄉村的生存智慧之後，又反過來影響中國的倫理文化，鬆動或者板結我們腳下的這塊文化土壤。我們生於斯長於斯的土地因此生生不息，也因此根深蒂固，負載深重。

記得十多年前，也是與樊健軍地域相鄰的另一個江西作家葉紹榮出版小說集，讓我寫序，當時我的題目叫《野風浩蕩》，他們有某種相似之處，那時我看中的是其「野性的思維」，而現在我則把樊健軍的小說視為地氣升騰出的野果。這是我寫作此序時的一個橫向「鏈結」。

二〇一三年一月三十日於北京農展館南里

水門世相——樊健軍短篇小說集

一、滿地和繡雲

有一段時間，繡雲和滿地的結合讓水門村的人忍俊不禁，成了茶餘飯後的談資。繡雲是個侏儒，高不過三尺。滿地卻是個高個子，將近一米八的個頭。繡雲仰視滿地，滿地就成了參天大樹。滿地俯視繡雲，繡雲不過是他腳邊蹣跚的一隻螞蟻。這樣的兩個人，一個天上，一個地下，再有想像力的人也沒法將他和她扯到一塊。除了高矮的懸殊，繡雲和滿地還有很多的不同，她和他天生就是相互的對立面。繡雲長相秀氣，一張長不大的娃娃臉，雖是侏儒，但沒給她留下任何陰影，整日裏嘻嘻哈哈的，不愁天不愁地。滿地卻一身粗蠻，粗臉粗胳膊粗腿，整個就是一截憨木疙瘩。繡雲的性子溫軟，說話輕聲細氣，生怕驚著了誰。滿地是急性子，甕聲甕氣，三句話不合心就捋拳擦掌，吹鬍子瞪眼睛，恨不能一掌將人搧趴下了。狗虧夾尾，滿地卻不這樣，就算理屈詞窮，他也是理直氣壯，理虧不折腰。

他倆走到一塊完全是媒婆的撮合。是喜大腳做的媒，也只有她才長了這個膽子，敢這麼撮合。滿地家就兩間草屋，一個老娘，口袋裏布貼布，手心裏皮黏皮。身體長得魁梧有什麼用，還多耗飯食，有他吃的就沒別人吃的。幸好也只有個老娘，否則還不跟著餓死。誰願嫁他呀，所以三十好幾的人，仍舊光棍一個。繡雲的家境好一些，也不願放個窮人家，何況繡雲這個樣子，更怕她受了苦。可繡雲實在太矮小，還不夠一條高凳高。侏儒上高凳，勾不著，這話的確沒錯。有那麼多手長腳長的女孩可供選擇，誰願意娶個侏儒呢。別的媒婆說東家道西家，就是沒人上繡雲家。繡雲的父母唉聲歎氣的，卻又不敢對著繡雲表現。喜大腳這一撮合，正中了他們的心思。何況喜大腳那兩片薄嘴唇，連樹上的鳥兒也哄得下地。喜大腳在他們中間穿梭往來，天花亂墜的，不過三五個來回婚事就成了。滿地請濟堂老腳選了個吉日，將繡雲馱進了門。

村裏的人都將這場婚事當做了笑料。他們不關心別的，只關心滿地和繡雲的那點事。滿地那麼粗蠻的塊頭，還不將繡雲壓成肉餅。問滿地，滿地一反常態，滿臉的傻笑。問繡雲，繡雲掩著臉，顛著腳跑開了。好事的人尋不到答案，就趁著黑暗潛到草屋的窗戶下，希望能發現什麼。可屋子裏黑燈瞎火的，什麼也看不見，就算聽到動響也明白不了屋子裏到底是怎麼一回事。還有人替滿地擔心，繡雲這般矮小，將來還要不要孩子呢。他們猜想出種種不測，甚至預言滿地和繡雲這輩子恐怕走不到頭，十有八九滿地會踢了繡雲。

滿地和繡雲卻不理會村裏人的猜測，該幹什麼就幹什麼。他們的配合少有的默契。滿地鋤地，繡雲就拔草。滿地挑水，繡雲就燒茶。摘桐球時，滿地上樹，繡雲就在樹底下撿拾桐球。挖薯窖時，滿地開個口子，繡雲鑽進去將土坑弄空曠了，再交還滿地。結婚後，滿地的急性子有所收斂，但時不時會發作。上山砍柴時，繡雲追著滿地的屁股跟著上山，滿地走得快，繡雲走得慢，滿地不得不停下來等她。等得焦躁了，滿地就拎起繡雲當鐮刀一樣夾在腋下，三步併作兩步朝山坡上奔。砍完柴，他又將她當柴火一樣夾回來。滿地有的是力氣，繡雲的重量還不夠一捆柴火呢。最有趣的是看露天電影，別人家晚飯還沒吃，先搬凳子到場地上占位子。滿地卻不慌不忙，他個子高，無需搬凳子。繡雲非常喜歡看電影，因為個子矮，必須占著最前面的位子，心裏著急得不行。偏偏滿地不理會她的著急，一碗飯慢吞吞地吃，一杯茶也慢吞吞地喝。繡雲再也等不及了，跺著腳氣呼呼地出了門，場地上已是人聲鼎沸，電影馬上就要開始了。可繡雲走不快，加上著急，整個身子就像只旋轉的陀螺。到最後關鍵的時間，滿地才大步流星地從後面追上來，捉過繡雲，依舊夾到腋下往電影場上奔走。場地上早擠滿了人，滿地也不慌張，隨便找個角落，將繡雲騎到脖子上。結果繡雲的位置比誰都要高，誰也阻擋不了她的視線。繡雲這才鬆口氣，雙手抱住滿地的腦袋，靜下心來觀看電影。遇上過河涉水，繡雲也用不著濕腳，滿地脫了鞋，繡雲騎在他的脖子上替他拿著鞋，夫妻倆就像看電影時一樣人騎人過了河。

也有吵架頂嘴的時候。滿地雖然身架粗壯，可嘴皮子厚，耍不過繡雲。又不能動粗，繡雲丁點大的一個女人，挨上一掌還不飛上了天。滿地受了氣又沒法發作，而且從不認錯低頭的性子也沒變，不管做錯了什麼，從不向繡雲服軟。滿地有滿地的法子，為了讓繡雲向他低頭，他在牆壁上釘了好多釘子，將繡雲經常使用的一些器物全掛到牆壁的高處。繡雲夠不著，只有求助於滿地。每次吵架，最後都是繡雲認了軟，主動朝滿地靠攏。繡雲也有懲治滿地的法子，滿地喜歡吃鹹，繡雲偏做淡的，滿地不吃稀飯，繡雲偏就一日三餐都是稀的，喝得滿地捂著肚子直往茅廁裏鑽。滿地的鞋襪草帽什麼的，繡雲將它們扔到床底下，滿地鼓搗老半天仍舊拿不到手，只得拆了床鋪。繡雲出門時不從外面上鎖，而是將門從裏面頂死，爾後從狗洞裏鑽出來。滿地就算回來了，也只能在屋簷下待著，繡雲不回來他就別想進屋子，要不只有破門而入。

三年後，滿地和繡雲得了一個女兒。懷孕時的繡雲幾乎成了個圓球，在村子裏滾來滾去，惹來不斷的笑聲。村子裏的人早將繡雲不能生孩子的猜測拋到腦後了。女兒是剖腹產下來的，繼承了滿地和繡雲的優點，也是張娃娃臉，滿臉的秀氣。身子一天天往高裏躥，念高中時就一米七了。女兒後來考上了大學，嫁到了城裏。女兒不放心滿地和繡雲，將他們接進了城裏。可滿地和繡雲在城裏沒住過半年，又回到了水門村。從城裏回來的那天，繡雲依舊騎在滿地的脖子上。村裏人笑話他們不知道享清福。問滿地為什麼回來，滿地的理由很簡單，女兒的房子太漂亮了，連個釘釘子的地方都沒有。繡雲的回答更可笑，女兒的房子就像個牢籠，不要說狗洞，就是窗戶都讓鐵柵欄箍死了。

後來的日子漸漸好了，繡雲騎上滿地脖子的機會也越來越少。好多人家都有了電視機，再不用擠到曬穀場上觀看露天電影。原來涉水過河的地段修建了水泥橋，繡雲也用不著騎在滿地頭上過河了。天氣好的黃昏，滿地和繡雲會到村口的路上走走，看看，上天給他們剩餘的時間已經不多。返回的時候，繡雲佯裝走不動了，也只有這種時候，滿地才會捉住繡雲的兩隻短腿架到自己的脖子上，嘻嘻哈哈往回走。

二、石女秀秀

這世上的女人大致可以分為兩類，一類是完整的女人，另一類是不完整的女人。一個女人的悲哀不在於她是女人，而在於她是不完整的女人，或是太過完整的女人。要說的女人叫秀秀，剛到水門村時她還沒有名字，她的男人祖德給她取名秀秀。村子裏的人聽見祖德這麼叫，也都跟著叫她秀秀。祖德灰了臉，這名字本是她讓他一個人叫的，讓他們一叫喚，全然變了味。祖德的內心掉進了條蛆蟲，噁心透頂，可又沒法阻止他們。

秀秀是祖貴從鎮上領回來的。祖貴是村裏的支部書記，去鎮上開會。散會時，鎮公社的書記突然說，鎮裏有個齊齊整整的女人，誰想要誰就領回去，一不要給禮金，二不要簽字畫押，三不能虐待人家，四就是鎮上不補她的口糧，誰領回去誰養活。都是硬硬朗朗的男人，說話算話。水門人說女人還齊整，就是長相一般般，說巒齊整，就是漂亮，說齊齊整整，就是女人的長相特別漂亮。開會的一幫人，你看看我，我看看你，以為公社書記捉弄他們。不相信吧？公社書記招招手，真就讓人帶過來一個女人。女人穿了身破舊的衣服，走得忸忸怩怩，遠看著灰頭土臉的，可近了前，那幫人眼睛都直了。的確是個齊齊整整的女人，要模樣有模樣，要身段有身段，該凸的地方凸，該凹的地方凹。腰身軟得沒了骨頭，屁股隆著兩瓣紅瓤柚，胸口藏了滾瓜溜圓的兩隻梨，臉蛋是米粒兒一樣的白，眼睛汪著水，眉毛會說話。要說缺陷，就是個頭小巧了一些，挑不了擔，提不了籃。仔細一琢磨，也不是什麼不可饒恕的缺陷，這麼精巧的一個女人原本就不是幹粗活的料，也不是幹粗活的命。就是她願意幹，做男人的也狠不下這顆心。

這樣一個讓人眼饞的女人，誰想要誰就領回去？開會的那幫男人都是各村的支部書記，都是拖家帶口的人，早就大伢細崽成群了。就算讓他們領回去，可往哪兒放，屋子裏的母老虎還不找他們拼命。他們有賊心沒那個賊膽，只能眼瞪瞪看著她便宜了哪個楞頭青。也有人暗生了悔意，怎就那麼早娶了婆娘呢，要是沒娶，嘿嘿……可終歸是娶了。公社書記瞧瞧左邊，又瞅瞅右邊，偌大的會場突然肅肅靜靜了。都啞巴了？都是不缺胳膊不少腿的男人，白送個女人都不敢要，你們這幫烏龜王八蛋。公社書記用指頭戳著他們的鼻子滿臉的嘲弄，以後都給我安分點，誰要是鬧出什麼破爛事，老子就閹了他。會場轟轟烈烈地笑開了。最後，仍舊沒人來認領女人。

散會後，祖貴一個人找到公社書記。他不是去領女人，而是找他要糧食的。給你八石早稻穀。公社書記回答得很痛快，不過附加了一個條件，這女人也歸你了，三石穀子當她的口糧。說完，公社書記就忙別的事兒去了。祖貴猶豫了老半天，捨不得那八石穀子，只有硬著頭皮將女人應下了。那女人也沒多一句話，乖乖地跟在他的屁股後面回了水門村。

到後來才聽說，秀秀是流落在鎮上的外鄉佬，一沒身份證明，二沒事做，三沒地方住，連名字都沒一個，整天在鎮子裏漫無目的地遊蕩。一個大姑娘丟不開臉面要飯，後來餓倒在鎮公社的門口。公社書記見她可憐，讓食堂的炊事員給了她些剩飯，吃過飯她卻死活不走了。問她是哪裏人，怎麼都撬不開她的嘴。將她趕出去又怕她受別人的欺辱，只得讓炊事員收拾一間柴房臨時安置她。秀秀是惹眼的，總有些心懷叵測的人靠近她，想方設法同她套近乎。可她一概不理睬，每天追著公社書記的屁股跑。那些人沒討到便宜，暗暗打起了歪主意，有人趁著黑夜翻牆越壁摸進了柴房。等炊事員發覺，他們早跑了，只留下秀秀一個人在柴房裏抹著眼淚。事情有沒有得逞誰也不清楚。俗話說不怕賊偷就怕賊惦記，一次沒得逞，遲早有一天會得逞，她是顆炸彈，說不定哪天就爆炸了。公社書記這才想著要將她弄走，反正多的是光棍漢，找個人嫁了，了卻一樁麻煩事。

有人暗暗猜測，秀秀是暗藏的國民黨特務還是逃跑的反革命，要麼就是隻破鞋。不然怎麼會流落到水門鎮，還心甘情願落戶這種破落地方。可她不張口，誰也沒法弄清她的真實身份。這幫男人吃不到葡萄就說葡萄是酸的。她不走，樂壞了水門村的光棍漢們，聽說祖貴要將她送給他們當中的一個做老婆。光棍們不在乎她是否特務還是反革命，只要她願意做他們的女人，陪他們睡覺，替他們生兒育女。傷腦筋的是光棍太多，女人只有一個，給了張三就不能給李四，給了李四王二麻子的眼睛血紅了，恨不得一口將女人活吞進肚子裏。祖貴思來想去，將光棍們按家庭出身平常的表現逐一比較，排在第一的是尖頭，貧農出身，批鬥會就數他積極，綁人，喊口號，押著四類分子遊村，都是他衝在頭裏。他還是個孤兒，兩隻肩膀扛一張嘴，一個人吃飽全家不餓。三間草房，家徒四壁，仰著兩顆卵，仆著一屎窟。排在第二的是姜丁，模樣像薑塊一樣猥瑣，也是貧農出身，什麼都沒有，只有褲襠裏兩顆卵子叮噹響。第三是壽仁，中農出身，也是光禿禿的剮皮柳。往後就沒必要排列了，再怎麼也輪不到第四個。

尖頭做夢也沒想過能討到這麼個齊齊整整的女人做老婆。他歡喜得連屁眼都笑了，硬拉著祖貴要給他磕頭，就差沒喊祖貴叫爹。尖頭在食堂裏吃了晚飯，跳到河壩裏洗了澡，借身衣服換了，猴急猴急將秀秀帶回了他的草房。姜丁和壽仁恨不得他淹死在河壩裏，可尖頭屁事沒有，神氣活現的，臨走時甚至做了個鬼臉，氣得姜丁和壽仁臉都綠了。尖頭折騰了一個晚上，第二天吃早飯時竟然將女人交還了祖貴。尖頭苦笑著，僅說了一句，我沒那個福分。再看女人，女人低著臉，不見有什麼特別的表情。有女不用愁，尖頭不要別人還在排隊等著呢。這下姜丁樂了，尖頭那麼壯實的一個人，還是男人吶，連個女人都對付不了。第二個晚上，秀秀又讓姜丁領了回去。姜丁又折騰了一個晚上，第三天早飯時姜丁耷拉著腦袋，將女人還給了祖貴。女人的臉埋得更低了。狗日的，這樣陰損人，今後還讓她怎麼嫁人。祖貴的臉綠了，揚起吹火筒朝姜丁頭上砸了過去。姜丁抱頭鼠竄了。這回輪到了壽仁，半下午就開始瞧日頭，好不容易日頭落了，祖貴卻不見動靜。壽仁好說歹說，祖貴總算點下了頭。一個晚上過去，壽仁也趁著吃早飯時將女人送還祖貴。豬狗不如的東西，沒女人時眼珠子都望成了卵子，有了女人卻誰也不愛惜。你要是不給我說清楚什麼原因，她就是反革命，是美蔣的特務，你也給我好生養著，當神敬著。祖貴操起扁擔，將壽仁追得堂前屋後亂竄。壽仁就像老鼠怕了貓，接連幾天都不敢見祖貴。等祖貴的氣消得差不多了，壽仁才紅著臉告訴他，秀秀連縫都沒有，是個石女。

祖貴傻眼了，原想替光棍們做一件好事，怎麼也沒想到會是這個結果。慢慢地，滿村子的人都知道了秀秀是個石女。那些沒嘗過滋味的光棍先前還躍躍欲試，清楚了秀秀是石女之後就慢慢失去了興趣，一個齊齊整整的女人中看不中用，那不是純粹折磨人。祖貴很後悔不該貪圖那八石穀子，養著一個閒人，今後還不知該犧牲多少穀物來填飽她的肚子。秀秀在水門村待了一個月，那八石穀子讓村子裏的人都造了糞，撒到了田野裏。祖貴只有厚著臉皮將秀秀送還公社書記。你倒想得美，吃了八石穀子，人卻給我送回來。這嫁出去的女潑出去的水，生是你們隊上的人，死是你們隊上的鬼，別來煩我，你怎麼帶過來的仍舊怎麼帶回去。公社書記說什麼也不願將女人收回去了。

祖貴只得又將秀秀帶回了村裏。這給了祖德機會。祖德是地主出身，怎麼排隊也輪不到他頭上。可現在不同了，秀秀成了燙手的芋頭，給誰誰不要，吃不下又扔不掉。祖德不相信，好好的一個女人怎麼會是石女。他是個愛琢磨的人，鎖鏽了擦點油，噗噠一聲就開了。再堅硬的木頭也敵不過釘子。他不信打不開一個女人的身體。祖德找上祖貴，想將秀秀領回去。祖貴並不答應，畢竟祖德是地主崽。祖德再央求，祖貴才鬆了口。領回去可以，但不能送回來，也不能虐待她。祖貴約法三章。保證不送回來，保證不虐待她。要是我虐待她了，你批鬥我三天三夜。祖德拍著胸脯應下了。這才讓祖德將秀秀領走了，臨走時祖貴在祖德肩膀上拍了一掌，說，便宜你個地主崽了。

祖德讀過幾年私塾，識得一些字，給女人取名秀秀，符合女人外貌的秀氣。滿村的人都拿眼睛盯著祖德，想看他的笑話。一個晚上過去了，女人沒送回來。尖頭幾個一臉狐疑瞅著他，祖德回復的是滿臉傻笑。三個晚上過去了，女人還是沒送回來。祖德的眉毛眼睛都開了花，幹活時甚至輕聲哼起了歌，瞧他的神情，十有八九得逞了。尖頭坐不住了，跑去找祖貴想要回女人。那本來就是我的女人。尖頭說得理直氣壯。你就不怕戴綠帽子。祖貴乜斜了他一眼說。我不怕，戴綠帽子總比沒帽子戴強。尖頭說。你早幹什麼去了？別說你願意戴綠帽子，就是破帽子也不給你戴。你狗日的壓根就不是一個人。祖貴戳著尖頭的鼻子臭罵了一頓。尖頭只有灰溜溜地走了。

祖德是如何得逞的，說法不一。有人說祖德削了截木槌，楔入了女人的身體。有人說祖德用胡蘿蔔揩了油，捅開了女人的身體。也有人說祖德用菜刀將女人的身體割開了。說的人繪聲繪色，好像親眼所見。一切都有可能，一切都沒有可能。反正不管怎樣，秀秀的身體正在潛移默化，她的臉色原來是米粒似的白，慢慢起了紅暈，白裏透著紅，像朵山茶花一樣越開越豔。這是受了男人滋潤的表象。過了幾個月，她的肚子隆了起來，這是最有力的證明，祖德的確打開了她的身體，還在她的身體內播下了種子。男人們用上各種手段探聽祖德的祕密，但祖德一言不發，只是嘿嘿傻笑著。

另年春天，秀秀替祖德生下了粉嘟嘟的一個女孩，眉眼同秀秀一個樣。祖德將女孩取名米秀。第三年，秀秀又替他祖德生了一個女兒，取名玉秀。一個齊齊整整的老婆，兩個活潑聰靈的孩子，這一切讓祖德恍如做夢。秀秀不見了，米秀和玉秀也不見了，好多次祖德從夢中驚醒，秀秀依然靜靜地躺在他身邊。有了兒女，女兒也該回娘家看看了。祖德勸說秀秀，秀秀的臉上突然失了色，接連幾天都癡癡呆呆的，走了魂。秀秀像經歷了一場重病，好不容易才活過來。祖德再也不敢說及她娘家的話，至死他也不知道秀秀的娘家到底在哪兒。

米秀六歲時在井邊玩耍，不慎落入井底，等撈上來已經花容失色，身體冰冷。只留下玉秀，祖德當心肝寶貝一樣疼著。玉秀一天天長大，她的模樣同秀秀幾乎沒有區別，就像是從一個模子裏脫出來的。臉色也是米粒似的白，眼睛汪著水，眉毛會說話。秀秀卻一天天不安起來，玉秀越像她，她的眉宇扭結得越發厲害。終於有一天，秀秀帶著玉秀一起失蹤了。她們瞞著祖德去了縣城的醫院。玉秀也是一個石女，秀秀讓醫生用手術刀將玉秀的身體打開了。那年玉秀十六歲。二十歲的時候玉秀嫁給了鄰村的一個男人，那個男人同玉秀是高中同學。那個男人讀書時就生理課讀得順，總是懷疑玉秀的身體讓別的男人打開過。玉秀拿出醫院的證明，他說是假的，一張紙誰弄不到。三天兩頭喝醉了，就將玉秀往死裏打。玉秀也不反抗，最終忍受不了，也像她姐姐米秀一樣跳到了井裏。

兩個如花似玉的女兒就這麼離開了。祖德承受不了，他三十七歲時才得女兒，女兒卻又先他而去，這就是命。祖德一病不起，終於沒能活過六十歲，按村裏的說法沒活過六十歲的人就是短命鬼。只留下秀秀，後來也沒改嫁，因為無依無靠，她年老時村裏的人將她送到了敬老院。秀秀的餘年都是在敬老院度過的。聽人說，她整天不聲不響待在她的屋子裏，很少出來走動。她對什麼都不挑剔，衣食住行，沒有她上心的。只有一樣，她不吃胡蘿蔔，連胡蘿蔔的氣味也聞不得，只要聞到了，就嘔吐不止，接連幾天都絕食。敬老院吃一次胡蘿蔔，秀秀就大病一場。到後來，敬老院從不用胡蘿蔔做菜，直到秀秀死後才開戒。

三、無邊的浪蕩

人這一世，榮辱富貴，乖邪奸佞都在臉上寫著。天方地闊的，不是大富就是大貴；寒眼皺眉的，不是窮困就是潦倒。憨厚的，慈眉善目；臉削無肉的，非無情即陰毒。三角眼，心如蛇蠍，害人無常；桃花眼，偷人養漢，風流成性。也有反常的，就拿青玉來說吧，他本不該是那樣的一個人，可不依人想偏就成了那樣的人。他爹老菜頭憨頭憨腦，一臉的忠厚實誠。他娘菜花，不媚不妖，年過四十，肚子還是扁平的，不孕不育，原以為斷子絕孫了，不想水流花謝時偏偏開了懷，得了兒子青玉。老菜頭到廟裏上了一石香，跪了一天一夜，千感萬謝，還了觀音菩薩送子之願。還打了條銀鍊賄賂觀音菩薩。

青玉不像他爹，也不像他娘。是個眉清目秀，粉嫩可愛的嬌兒。村裏的婆娘們見了一個個張手敞懷，心肝寶貝地摟到胸口上。他娘的奶水少，有奶的婆娘也不吝嗇，扯開衣衫，將鼓鼓脹脹的乳頭直往他嘴裏塞，她們自個的伢崽倒餓得呱呱叫喚。今天是東家的女人，明天是西家的少婦，青玉的小嘴不知啃過多少女人的奶子。斷了奶香，青玉慢慢出脫了，模樣比幼時更加撩人眼目。眉宇軒昂，鼻樑高挺，身材頎長。特別是那雙大眼睛，清澈脫俗而又炯然有神。像棵挺拔的松，又像匹威武的馬。他就是一盞燈，只要他出現，周圍的一切都讓他的光亮將醜陋誇大了，扭曲了，變形了。鄉野裏的男人原本就粗俗不堪，加之辛苦的勞作，生活的窘迫，一個個形容猥瑣，幾乎都沒了人樣。再讓青玉這一逼壓，他們就成了黑炭頭，垃圾，狗屎。有了青玉，他們就是多餘的，不過是上天扔在世間的造糞桶，白白糟蹋米穀。

天賜的長相，讓青玉在村子裏收穫的人緣盈籮滿筐。男人們本應嫉妒他的，可是見了青玉什麼都記不得了，只有自慚形穢，恨自己長不出這般養眼的相貌。還恨自家的兒孫，一大幫的窩囊廢，沒一個能同青玉媲美。有女兒的，巴望著青玉做女婿，所以也不敢對他有臉色，甚至曬出討好的笑臉。瞧瞧你尖嘴猴腮的寒磣樣，也不撒泡尿照照，你養得出青玉，老娘從你胯裏鑽三轉。哼哼，能有幾個癟頭癩痢還是祖宗前世積了陰德。女人挖苦男人。你那破窯裏就只有這般貨色。男人受不住女人的牙尖嘴銳，瞪眼睛吹鬍子，捋拳擦手，衝著女人要動粗。女人怕討苦吃，趕緊閉了口腳底下抹油溜了。其實為青玉吃些苦也沒什麼要緊的，只是沒這個必要，青玉也看不見。

女人偏愛孩子是天性。青玉裹在襁褓裏就沒少惹她們的熱愛。她們將青玉從他娘手裏抱過來，張家的女人餵了奶，李家的女人將他搶過去逗樂子，陳家的女人又給他試了頂小花帽。早上抱出去，晚間如果青玉娘不去尋，不知道會留在哪個女人家過夜。三五歲時青玉在女人懷裏打滾，七八歲時在女人堆裏嬉戲，十五六歲時在女人國裏廝混。她們有意捎帶了身邊的姑娘，或是自家的女兒，或是外甥女，侄女表妹，小妹小姑。她們變著法子攏著青玉的心，這家給他添了衣衫，那家送了鞋襪。這衣衫可不是一般的衣衫，飄飄蕩蕩的綿綢子，洋裏洋氣的喇叭褲，都是她們的男人想都別想的奢侈物。式樣也是最時興的，村子裏的裁縫擺弄不出來，她們就到鎮上的裁縫鋪裏去剪裁，鎮上的裁縫埋汰了，她們就上縣城去。這鞋襪也不是隨便誰穿的，絲襪線襪，紅拖鞋，高幫皮靴。東家裁剪的是秋裝，西家預備的就是冬裝，南家買了皮帶，北家就贈手套。逢著男女通用的，就成雙成對添置，一樣花色的手套，給了青玉一雙，少不了給自家的女兒備一雙。青玉戴在手上，做娘的喜在心裏。也有衝突的，東家買了襯衫，西家買的也是襯衫，同樣的布料，同樣的款式，總有一家生了歪心眼，趁人不留意時在青玉身上動手腳，將對家的禮物撕破了扯殘了，讓青玉換上自個送的才罷手。都什麼東西呀，紙糊的，這麼不耐穿。還得貶上兩句，讓人跌盡了臉面。

　　青玉的爹娘就不必說，什麼事兒都順著青玉。青玉往左，他們不說右，青玉說冷，他們不說熱。將他捧在手心怕摔了，含在嘴裏怕化了，夏天怕他熱著，冬天又怕他凍著。鐮刀鋤頭不讓青玉沾手，犁田耙地不讓青玉濕腳。青玉得了空閒卻一點也不安靜，成天瘋在外。他將收集的衣物細細清理，花色對花色，款式配款式，一一搭配，不成器的就當廢物扔到一邊。別人缺衣少穿，他卻恨只有一個身子，滿箱滿櫃的，夠他走馬燈式的炫耀。有了衣物的裝飾，青玉更顯精神，也更養眼了。村子裏的青年先前對他滿懷敵意，恨不得哪天他瘸腳斷手，瞎眼聾耳，成為廢人。就因為他，姑娘們都不拿正眼瞧他們了，她們的眼裏只有青玉，她們的夢裏只有青玉。就連灣裏吳家的二姑，撒了滿臉的芝麻，豁著嘴唇，腰身笨得像水桶，還自以為國色天香，嚷嚷著非青玉不嫁。她真要嫁給青玉他們就拍手稱快了。後來他們又察覺敵視青玉沒得到半點好處，同姑娘們的距離反而越來越遙遠了。她們始終圍繞在他的身邊，他上山她們也上山，他下河她們就守在岸邊。他們只有變換一種戰術，挖空心思來討好他。有好煙給他留著，有好酒也給他藏著，可青玉不抽煙也不喝酒，一身的清清朗朗。這招不成功，他們又刻意模仿起青玉來。他穿喇叭褲，他們也穿喇叭褲，他剪了分頭，他們也剪了分頭，他不吃菜梗，他們也不吃菜梗，他不吃薯絲，他們也不吃薯絲，他不當眾摳鼻孔，他們摳鼻孔也不讓人看見。他們的模仿不過東施效顰，絲毫沒有影響到青玉，姑娘們依舊追著他的屁股跑。

轉眼青玉到了談婚論娶的年齡。說媒的人不說踏破門檻，但也不在少數，有叫媒婆直截了當的，也有託親朋好友探聽口風的。青玉娘左挑右揀，總想替青玉找個稱心如意的姑娘。不是這個太瘦，就是那個太胖，暴牙的，說話口無遮攔的，木訥的，做事拈輕怕重的，嬌裏嬌氣的，沒有這個缺點就有那個缺陷。青玉的事我做不了主，問他自己吧。青玉娘用一句相同的話將人打發了無數次。說媒的人討了無趣，又不死心，轉而問青玉爹，青玉爹向來聽青玉娘的，青玉娘不鬆口，他連屁都不敢放一個。媒人以為青玉的爹娘瞧不上他們介紹的姑娘，怕傷了臉面，所以找個藉口委婉推託。再回頭瞅瞅姑娘，私下裏將她們同青玉一比較，這差距就大了，如果說青玉是棵樹，她們就是土鱉，青玉是花朵，她們就是牛糞。做媒的人慢慢淡了心，一個天上一個地下，明擺著撮合不了的事情，還勞那個神幹什麼。

媒人的心涼了，姑娘們也跟著心灰意冷。有些乾脆死了心，恨恨的，隨便找個男人嫁了。也有一些姑娘傻等著，青玉一天不結婚，她們就一天不斷絕幻想。但她們終究熬不過青玉。眼看別的人家談婚論嫁，熱熱鬧鬧，青玉娘慌了，暗示青玉有幾個姑娘還入眼的，青玉卻無動於衷，壓根就像個沒事人。青玉不動作，他的爹娘也只能乾著急。與青玉同齡的姑娘不少結了婚，青玉仍舊孤身一人在女人堆裏浪蕩。那些入眼的姑娘進了別家的門，剩餘的都是落腳貨，吳家的二姑還當老姑娘養著，她不是為了等青玉，而是找不見娶她的人。青玉的爹娘只有將目光放到了比青玉小的姑娘身上。

日子就這麼一天天地，一年年地過去了。青玉的爹娘整日裏唉聲歎氣的，最終沒能等到兒媳婦進門先後歸西了。青玉的生活突然沒了著落。原來有爹娘罩著，什麼都不用管，什麼都不用愁，飯來張口，衣來伸手。可現在青玉什麼事也不會做，扶不了犁，掌不了耙，坐吃山空，連根稻草都撈不回來，眨眼就家徒四壁了。捉襟見肘的日子讓青玉慢慢現出了落魄相。那些姑娘才醒過來，青玉除了一副迷人的皮囊外什麼也沒有，慶幸自己沒嫁給他。青玉畢竟是可人的，誘人的，總有人割捨不了。他是她們的夢想，是她們夢裏的男人。有人偷偷變著法子接濟青玉，避過她們男人的眼睛，又讓他心安理得接受。有了女人的幫襯，青玉勉強保持著原有的體面，才沒露出窘迫相。其中就有蜂二娘，是從鄰村嫁過來的，生過一個女兒，女兒三歲時她男人讓棋盤蛇咬了，在抬回家的路上就斷了氣。蜂二娘是挺齊整的一個女人，也很善解人意，逢年過節都讓女兒將青玉叫到家裏去。她男人讓蛇咬死的那一年，她還生了個男孩。原以為是她男人臨死前留下的種，後來男孩一天天長大，竟慢慢長出了青玉的眉宇。村裏人才恍然大悟，青玉同她早就有一腿。

再審視村裏的孩子，讓他們嚇了一大跳，有不少的孩子長出了青玉的相。有的長著青玉一樣的大眼睛，有的長著青玉一樣的臉蛋，有的鼻子同青玉一樣高挺，有的同青玉一樣有著頎長的身材。讓他們難堪的還在後頭，村子裏有不少女人多年不育，自打青玉成人後都莫名其妙開了懷，有的還得了龍鳳胎。她們的孩子也慢慢長出了青玉的模樣。那些尚未開懷的女人突然悟到了其中的奧妙，不開懷的女人為什麼能生兒育女，原來她們借了青玉的種，要不然她們的孩子怎麼同青玉長得一個模樣。如果僅僅一兩個孩子相像，還可以用巧合來解釋。而現在成群成堆的孩子同青玉是一個模子裏鑄出來的，誰也掩飾不了。那些戴了綠帽子的男人恨不得扒了青玉的皮，抽了青玉的筋，喝他的血，食他的肉。可他們的恨在肚子裏，除了孩子長得像青玉，他們沒捉到青玉和他們的女人任何把柄。再說青玉也沒什麼讓他們可恨的，孤家寡人一個，無依無靠。他們只有將怒火撒到自家的女人身上，拳打腳踢的，女人受了冤屈也不掙扎，甚至還有些歡喜，畢竟同青玉扯上了曖昧。

村裏的男人防賊一樣提防著青玉，青玉沒地方可去了，只有蜂二娘是個唯一的去處。蜂二娘一個寡婦人家，拖兒帶女的，生活本來就挺艱難的，再加上青玉，日子就清湯寡水了。舉步維艱的時候，那些沒開懷的女人給青玉帶來了希望。既然別人能借青玉的種，她們為什麼不能借，再說也不會白借他的種，她們向他借種還是幫他的忙吶。她們想方設法取悅青玉。她們的男人是幫窩囊廢，反對女人自己又沒男人的能耐，最後傳宗接代的思想戰勝了羞辱，對女人們的胡來睜隻眼閉隻眼，做個睜眼瞎。蜂二娘也管不了青玉，他不是她的男人，而且生活的逼仄讓她存不了那許多的幻想。

青玉又一身光鮮，過上了舒心的生活。村子裏像青玉的孩子越來越多，蜂二娘終於忍受不了青玉這種種豬一樣的活法，憤然同他斷絕了往來。青玉到底同多少個女人有過關係，哪些孩子又是他的孽種，別人只是猜測，真正的內幕只有青玉清楚。那些同青玉暗結過珠胎的女人，向青玉借過種的女人，她們不可能嚷嚷出來。這一來事情就有些麻煩了，隨著時間的推移，孩子們一天天長大，轉眼到了談婚論嫁的年齡。有幾對男女成了親，可生下的孩子不像青玉也不像他們的父母，都是奇形怪狀的怪胎，有的豁嘴巴缺耳朵，有的長了兩顆腦袋三隻手，人不像人鬼不像鬼。還有的沒屁眼，活活憋死了。一段時間村子裏談婚色變。

還是同青玉有關。那生了怪胎的夫妻有可能就是兄妹或者姐弟，要不然也不會出現這等怪事。問青玉，青玉鎖著嘴什麼也不說。他們真恨不得一刀宰了他，可宰了他更沒法得到答案了。這種陰暗的事情不能擺到桌面上，臉皮沒撕破還得保留著。青玉不說也有他的苦衷，這般年歲了，他的身體似乎讓時間掏空了，脊背佝僂了，身形猥瑣了，往日的挺拔不見了蹤影。不要說有人借種，就是吳二姑也沒正眼瞧他了。日子一天比一天沒落，一天比一天困頓。他指望著靠這些祕密帶給他一線生機。青玉不說話，那些嫁女娶親的人家不得不挖空心思敲開他的嘴巴。也沒別的法子，有糧的拿些糧，有錢的給些錢。青玉好像仔細算計過了，給少了不說，給得不對路也不說。終於有一天青玉臥床不起了。他最後的時光是那些想打聽祕密的人服侍的。青玉臨死時才交給他們一個小本子，翻開本子，上面密密麻麻寫滿了名字，有的名字已經讓圓圈圈掉了，有的不過光禿禿的一個名字。

四、走北和他的兩個女人

走北的男人架子是天生的，他爹論個頭，論模樣，都稱得上水門村第一個男人，他娘也是個美人坯子，瓜子臉，丹鳳眼，腰身柔軟，性情嫵媚，不知有多少男人暗中流著口水。他們也只有吞口水的妄想，拿自個同走北爹一比較，足夠自慚形穢了。這樣一對男女造出來的兒子自然不簡單，他們兩個人的優點都集中到了走北一個人身上。走北的模樣像他爹，身材高大，濃眉粗眼，渾身散發著陽剛之氣。而且他將他爹相貌上的長處放大了，他爹是雙眼皮，走北則配上了長長的睫毛，成了水花眼。他爹的鼻子高挺，但挺得瘦，走北的鼻樑則高挺而豐滿。甚至有女人會瞎想，那麼高聳的鼻樑親嘴時會不會礙手礙腳，沒試過終究不知道答案。他爹的性子有些火爆，走北的性子則裂為兩瓣，一瓣像他爹，對待男人比他爹還鐵性，誰也不敢惹毛了他，另一瓣隨了他娘，哄待女人柔軟得有些像棉花，說話輕聲細氣，特別有耐心。

走北爹本是個極有女人緣的男人，雖然性情爆烈得像個栗子球，仍舊有女人不懼不怕，要死要活地黏著他。走北娘因為這個沒少生氣，可生氣也沒用，這男人不是牛也不是豬，不能拴著也不能圈養。到後來，走北娘乾脆睜隻眼閉隻眼，眼不見為虛，耳不聽為靜，只要他不太出格，就由著他。生了走北，沒想比他爹還有女人緣，才十七八歲，那些養著女兒的人家早按捺不住了，說媒的人都快踏破門檻。村子裏有過一個青玉，走北的爹娘生怕他步了青玉的後塵。走北娘極想替走北早點應下一門親事，將他束縛住。可無奈走北像他爹，也不是適宜圈養的，只能暗地裏長吁短歎，聽天由命。

這世界很多事情都是上天安排妥帖的。男人中出了走北，女人中偏出了個紅芷。紅芷是個比走北娘年輕時還嫵媚的女人。紅芷的爹娘不怎麼出眾，可她有個姨娘，是鄰近幾個村子數一數二的漂亮人物。她那個姨娘來過一次水門村，據說她來的那天，連癡頭癡腦的傻瓜尿勺也嘴巴上掛滿了口水，尿勺是個漏雞巴，三十幾歲的人還尿床尿褲子。見過紅芷姨娘的人說，紅芷比她姨娘出落得還驚豔，不只眼睛能招魂，就是紅芷的屁股，紅芷的腰身，紅芷的胸脯，隨便哪兒都招魂。紅芷似乎就是狐狸精轉世。

村子裏的人喜歡拿走北和紅芷說事兒。男人們泡在一起，紅芷的名字就掛在他們嘴邊了。說過紅芷的眼睛，紅芷的鼻子，紅芷的嘴，再說紅芷的脖子，紅芷的奶子，紅芷的腰，接著說紅芷的屁股，紅芷的大腿，直到紅芷的腳趾頭。他們順著紅芷的身子，從上往下，看得見的和看不見的，通通都要說個遍，看得見的，他們誇張，放大，看不見的，他們盡情想像，它的模樣，它的顏色，甚至它的味道。瞅他們得意的樣子，好像他們不止見過，而且嗅過摸過啃過。而女人們聚在一塊，話題就繞著走北轉。走北去了東邊，她們說東邊，走北上西邊，她們又七拐八繞扯到西邊。她們甚至刻意在自家的男人身上妝扮出走北的樣子，走北穿什麼衣，她們也給自家的男人添置什麼衣，走北穿什麼鞋，她們的男人也穿什麼鞋。

村子裏的姑娘和後生都圍繞著走北和紅芷轉悠，慢慢地分成了兩個群落，一邊以走北為中心聚集了大幫的姑娘，另一邊以紅芷為中心，圍繞她的是大幫的青年後生。原本走北和紅芷走到一塊再正常不過了，可他們就是無法靠近。他們中間隔著一條河，就是那些後生和姑娘，他們擋住了他和她的去路。而且，他和她都讓他們慣壞了，滋生了他們的驕縱。有那麼多姑娘圍著，走北放不下臉面去討好紅芷，反過來紅芷也一樣，內心渴望走北，表面上卻對他不屑一顧。他們倆誰也不願意向誰主動走近一步，誰也不肯主動向對方低下頭。他和她都在對方面前維持著自身的驕傲。而且走北心裏還有一塊陰影，當初有個相面的從村子裏經過，給走北相過面，說走北命犯桃花。看得仔細處，認定走北的桃花犯在南面，所以取了走北的名字，提醒走北的婚姻在北面。剛巧紅芷家就在村子的南面。走北往北走，絕不可能碰上紅芷。

那大幫的姑娘和後生要的正是這個局面。如果讓他和她走到一塊，他們和她們就全都沒希望了。心中竊喜的是個叫蘭秀的姑娘，她老是黏在走北的屁股後，除了吃飯睡覺幾乎寸步不離。那麼多姑娘圍攻走北，實際上只替蘭秀一個人打了掩護。有蘭秀在，誰也沒法真正近得了走北的身。蘭秀的長相不及紅芷動人，比別的姑娘還是略勝三分。而且她有她的心眼，她的眼珠子的溜溜轉得飛快，轉一次眼珠子一個鬼點子就出來了。論手段，論心計，紅芷在她面前只是小菜一碟。蘭秀放得下臉面，別人不敢做的事她敢做，別人不敢說的話她敢說，還做得浩浩蕩蕩，說得有聲有色，生怕別人不知道。比如，她替走北洗了衣服，她就會想方設法讓別的姑娘知道，甚至走北穿了什麼內褲，她都說得有鼻子有眼睛，好像她看著他穿上身的。她這一嚷嚷，別的姑娘就有了畏懼，原來她和他都這樣了，別人還湊什麼熱鬧。雖然她們還圍著他，但內心清楚她們沒戲了，不過是做陪襯的。蘭秀不只寵著走北，還寵著走北的爹娘。當她知曉走北相面的事情之後，簡直死心塌地了。走北家雙搶了，蘭秀丟下自己家裏的活不幹，跑去幫助走北的爹娘。下田，曬穀，餵豬，洗衣服，端水泡茶，儼然就是走北家的媳婦。別的姑娘背地裏呸她，不要臉，生就一副浪蕩相，可人家走北不嫌棄她，走北的爹娘也不嫌棄她。別人的鄙視有屁用。

等紅芷察覺，事情已經晚了，蘭秀早將走北家的門檻踏破了。她也聽說走北相面的故事，只有寄希望於走北自己了。她清楚走北對她有意思，她可是沒辦法說出口。走北醒過來時，事情就更晚了一步，不僅走北的爹娘接受了蘭秀，而且蘭秀嚷嚷著肚子裏有了走北的骨血。走北再想離開蘭秀不可能了，只要走北稍有猶豫，蘭秀就尋死覓活。兩家人一合計，趕在蘭秀的肚子沒隆起來之前將婚事給辦了。就這樣，蘭秀通過自己的卓絕努力，加上自己的聰明才智，最終將水門村最俊朗的一個男人據為己有了。

婚後，那些姑娘漸漸離開了走北，各自成了他人婦。但走北同她們免不了藕斷絲連。以走北的想法，水門村的女人都是上天替他降生的，他不用誰還有那般的豔福。蘭秀還在歡喜將走北私有化了，可走北的腿早就伸到別的女人胯下了，只是她沒發覺。走北對待女人的綿軟似乎是塊磁鐵，又將女人們吸引回了他的身邊，只有紅芷除外。村子裏開始流傳走北的風流韻事，今天是張三的婆娘，明天是李四的女人，各有各的說法，各有各的曖昧。這些雜碎事雖然遲到了一步，但終究進了蘭秀的耳朵。蘭秀又拿起了那些老套的招式，哭哭鬧鬧，抹脖子上吊，還喝了一次假敵敵畏，都不管用。走北依然我行我素，該風流時風流，該快活時快活，全然不顧蘭秀的感受。走北是屬於水門村所有女人的。她覺得憋屈，又拿走北沒辦法。蘭秀一轉眼珠子，就想到了治服他的法子，雖然有些陰損，但有可能會管用。她不知從哪弄到了一個中藥方子：龜膠阿膠鹿膠加紅棗狗杞，燉了湯給走北喝。走北的一身陽氣全讓她給吊起來了。那段日子蘭秀整天纏著走北，不斷撩撥他，走北亢奮了，她將他弄得軟遢，走北軟遢了，她又將他撩起來，如此反覆，直到他精疲力竭了，她才收手。這一搗弄，走北痿成了見花謝，村裏人說的見花謝就是陽痿。

走北的見花謝有些古怪。沒見著女人時亢奮得像牛牯，一旦同女人動了真格，就水流花謝了，軟遢遢的，什麼事也幹不成。蘭秀以為走北該老老實實待在她身邊，誰知走北照舊在外面鬼混。那些女人卻不搭理走北了，她們享受不到走北的快樂，沒耐心同他周旋，一個個滿臉鄙夷離開了。走北上不了女人的身子，嘴巴上卻放不下，哪個女人的乳房一隻大一隻小，哪個女人哪裏瘦哪裏胖，哪個女人的屁股上有疤痕，葷葷素素的，也不顧別人的臉色，只管胡天海地地瞎吹。那些男人恨不得一刀宰了他，但後來聽說走北成了見花謝。報應啊，報應啊，真是老天有眼。他們差點笑出了眼淚。走北再吹牛時，他們就嘲笑他，有本事就上啊，別睜著眼說瞎話，來點真槍實彈的，別說我的女人，這村裏的女人你想要誰就給誰，你還算個男人麼？走北受了嘲笑，只有灰頭土臉走開了。走北沒了市場，那些女人雖然討嫌他了，表面上還不敢表現，畢竟都讓他當馬騎過。只有紅芷，從來不拿正眼瞧他，偶爾碰到，也是一臉高傲，目光都拋到了雲彩之上。

五、花癡

紅朵是個精緻的女人，在水門村漂亮的女人不少，可稱得上精緻的只有紅朵。紅朵的精緻都流露在外表，是有目共睹的，誰也藏不住。瓜子模樣的臉，白晰，純淨，像一杯透亮的水。淡雅的眉像柳葉一樣緊貼在額頭上，飄逸，又有幾分靈動。鼻子小巧，像件精美的小瓷器。唇是濕潤的，像沼澤地上的水草一樣誘人，讓人突兀地想起吃草的羊，以及羊吃草時那種貪婪而放肆的聲音。最迷人的是她的笑臉，無論見了誰，都是格格傻笑。

水門村的人說，紅朵剛生下來時並不愛笑，而是哭鬧個不停。她奶奶抱著哭，她姐抱著她也哭，交到她娘懷裏，她越發扯開嗓子，哭聲震天。日裏哭，夜裏也哭，紅朵爹擔心她哭成啞巴，請酒鬼有量寫了好多紅紙條，到村頭路口到處貼。天皇皇，地皇皇，我家有個夜哭郎，過路君子念一遍，一覺睡到大天亮。可這紅貼子也不管用。紅朵爹抱怨紅朵娘，連個孩子也逗不了，你白做女人了。紅朵娘氣不過，將紅朵塞到了紅朵爹懷裏。這一塞不打緊，紅朵就賴在她爹懷裏了。紅朵立刻止住了哭聲，安安靜靜睡下了。紅朵爹剛想將她還給她娘，紅朵突然睜開

眼睛哭開了。換了別的男人，紅朵還會笑，媚聲媚色地笑，那樣子分明是個成熟的女人。紅朵

就是讓男人們抱大的。

紅朵漸漸大了，脫離了男人的懷抱。可她仍舊追著男孩子跑，他們上哪，她就追著上哪，

一刻也不停息。男孩子爬樹，她就守在樹下；他們耍水，她就坐在岸邊，眼睛一刻也不離開他

們。他們鬧騰累了，餓了，各回各的家。只剩下紅朵孤零零的一個，紅朵突然哇的一聲哭了。

這種時候，只有她爹才能將紅朵領回來，換了她娘和她姐，紅朵死活不會回來。後來紅朵成了

大姑娘，紅朵爹才覺出了問題，紅朵不只追著男孩子跑，而且他們回家，她也跟著他們回家，

甚至要同他們睡一塊。先前男人們還覺著紅朵好玩，這麼精緻的一個女人，看著也賞心，等她

追到家時他們唯恐避之不及。到後來，村子裏再也沒人敢招惹紅朵，誰也惹不起她。

有見識的老人告訴紅朵爹，紅朵害了一種病，叫花癡，嫁了男人病就沒了。紅朵的爹娘

託了媒人，想將紅朵嫁出去。可村子裏的男人聽說是紅朵，一個個都婉言拒絕了。誰能保證這

種病嫁了人就好了，如果萬一不好，紅朵仍舊追著別的男人跑那怎麼得了，如果讓別的男人拐

跑了，自己丟了老婆不說，怎麼向紅朵的爹娘交待。紅朵的爹娘又託媒人到鄰近的村子說媒，

可紅朵的事情已經是一個公開的祕密，不但附近的村子知道，就連整個水門鎮也無不知無人不

曉。紅朵嫁不出去了。

紅朵是閒不住的，一天不追著男人跑她就會瘋掉。哪裏有男人，哪裏就有紅朵的笑聲。村

子裏的男人追不著，她就追鄰村的，鄰村的男人不理她，她就追鎮上的，鎮上的男人怕被她纏

著，也不搭理她，紅朵就跑上公路，去追陌生的男人。紅朵的爹娘怕紅朵讓人欺負，將她追回

來，可轉眼工夫她又跑得沒了影。紅朵的爹娘拿她沒辦法，將她關在屋子裏，就差沒用鏈子鎖住她。紅朵出不去，就在屋子裏哭哭啼啼，但總比出去瘋跑強，至少人不會丟。關了沒幾天，結果紅朵將窗子的柵欄敲斷了，翻窗跑了。這一跑就不見了人影，紅朵的爹娘找了許久，怎麼也找不到。別人見著轉告他們，等他們追過去，紅朵早不見了。

幾個月後，紅朵回過一次水門村。她的爹娘見了她，大吃一驚，紅朵的肚子隆起來了，他們擔心的事情最終成了事實。他們逼問她，那男人是誰，紅朵卻一句話也不說。問他是高是矮，是胖是瘦，紅朵比比劃劃，怎麼也說不清那個男人的樣子。再問男人叫什麼名字，紅朵就捂著臉哭了。既然找不到那個男人，肚子裏的孩子就成了孽種。紅朵的爹娘將紅朵綁到鎮上的醫院，給紅朵墮了胎，是個男孩，都已成形了。

經過這一劫，原以為紅朵安靜了。紅朵在屋子裏躺了好些天，總是嚶嚶泣泣地哭。哭過了，就咿咿呀呀地唱，不知唱的什麼歌，紅朵的爹娘一句也沒聽明白。後來的一天，紅朵突然又跑了，之後再沒回過水門村。其實紅朵也沒跑遠，就在一截公路上飄蕩。一條跨省的公路經過水門鎮，紅朵上了車，到了另一個鎮子，又下車，再原路返回。紅朵在車上也不幹別的，只盯著男人的臉蛋，一張一張看。她在找尋那個男人。村子裏有人在車上見過紅朵，猜想她有可能就是在車上碰見那個男人的。紅朵藏身的地方是個橋洞，紅朵的爹娘知道沒法將她捉回去，偷偷扔了床棉絮在橋洞裏。

剛開始紅朵在公路上飄蕩時，有男人打過她的歪主意，似乎沒討到便宜。紅朵對他們沒一點興趣，她只在意他們是不是她要找的那張臉。經常碰見紅朵的人慢慢知道了她的故事，有時會拿她開玩笑，尋開心。紅朵，你要找的男人在前面的車上。有人說。紅朵就急得變了臉，央求司機開快點。終於在另一個鎮子追上了，紅朵迫不及待下了車，堵在那輛車的門口，將車上的男人一個個看了遍。有人故意堵著車門，告訴紅朵要找的男人就在車上，不讓她上車，紅朵就紅了眼，瘋狗一樣撲上去又撕又咬，直到那人投降了，才罷手。也有人說，她要找的男人不在車上，紅朵怎麼也不會相信，非得自己上車，將所有男人瞧了個遍才死心。

紅朵，你的浙江佬呢？怎麼不來接你？有人依舊拿紅朵開玩笑。他們的玩笑是沒有目的的，那個男人也不一定就是浙江佬。他們見過的外鄉人最多的就是浙江佬，到村子裏賣針頭線腦，收雞鴨鵝毛。紅朵對於玩笑的話聽而不聞，她的心思全在走動的男人身上，生怕一眨眼就錯過那個男人了。

紅朵最終有沒有找到那個男人，誰也不知道，因為紅朵死了。紅朵就死在她寄身的橋洞底下。橋洞下有一潭深水，紅朵就溺死在水潭裏。誰也不清楚，她是自己跳下去的，還是晚上失足掉下橋洞的。發現她的時候，紅朵浮在水上，整個身子像個皮球一樣，膨脹得變了形。紅朵的屍體是她的爹娘收回來的，葬在村裏一處高坡上，過一年，從遠處看，只有一窩亂草了。

六、左雙右雙

水門村曾出現過一對奇怪的姐妹，按輩分算，這對姐妹應該是濟堂老腳的曾太姑婆了。濟堂老腳在世時誰也不敢提及她們，說出來村子裏的人怕濟堂老腳借跳神的機會報復他們。這活人的事好說，神鬼的事難測。事實上不管濟堂老腳在不在世，這對姐妹的事情一直都在村子裏暗中流傳，從來沒有間斷過一天，只是濟堂老腳一家始終被蒙在鼓裏。這世界就是這樣，不想你聽到的事情，就算你長一千雙耳朵，雙雙耳朵都是順風耳，也永遠聽不到。

這對姐妹有個共同的名字叫雙兒。雙兒爹和雙兒娘是村子裏極為本分的莊稼人，沒幹過什麼坑害人的勾當，也沒有欺負別人的能耐，只要不受別人欺負就是有福了。雙兒爹和雙兒娘有了兩個兒子，雙兒這一胎是第三胎。雙兒娘的肚子特別高挺，有人猜測她懷了龍鳳胎，也有人猜測是個女孩，請老郎中捉過脈，老郎中皺皺眉頭，卻說不清是男是女。雙兒的爹娘心裏一直懸著，總是不踏實。待到十月分娩胎兒墜地，他們才明白當初老郎中為什麼擰緊了眉頭。雙兒娘剛舒口氣時，接生婆卻啊了一聲，將嫩伢拋在席子上，聯手上的血跡都沒來得及擦就衝出了房門，顛著小腳跑得不見了蹤影。雙兒娘支撐起自己的身子，當她看到孩子時差點沒昏厥過去。她猶豫了片刻，抓起胎盤想用它結果了孩子，可她終究下不了手，畢竟是從她自己身上掉下來的肉。雙兒娘將雙兒爹喚進了門，燒了剪刀，給孩子斷了臍帶，包裹了。

雙兒娘產下的是個女嬰。但這個女嬰同別的孩子不同，一個身子，卻長著兩顆腦袋。就像一棵開了杈的樹，左邊一顆腦袋，五官齊整，右邊一顆腦袋，也是眉清目秀，不缺眼睛不少鼻子。雙兒娘懷的是怪胎，產下的是怪人。村子裏哄然鬧開了，雙兒爹娘的屋子讓村裏人踏破了門檻，誰都想瞧一瞧這個雙頭的怪嬰。有人說這是雙兒爹娘前生做多了惡事現世報應，有人說這麼個怪嬰會給雙兒爹娘招災惹禍的，說不定還會禍害村子。有人委婉勸告雙兒爹娘，趁早將怪嬰結果了，免得將來招惹禍患後悔都來不及。雙兒爹娘卻不理會這些閒言碎語，不管怎麼說，她都是他們的孩子，虎毒還不食子呢，哪有父母殘害自家孩子的。雖然是枚苦果，但也要當甜果子吃。為孩子取名倒是費了不少腦筋，取一個名字呢還是取兩個名字，後來是一個走江湖算命的掐指給了個名字，取名雙兒。

雙兒一天天長大，兩顆腦袋始終一樣大小，兩張臉是同一個模子鑄出來的，一樣的眼睛一樣的眉毛，說不上非常漂亮，但五官周正，同常人沒什麼差別。兩顆腦袋卻是兩種不同的性情，穿衣吃飯，說話玩笑，截然相反。一個是另一個的對立面。她們先是不滿足一個名字，後來雙兒爹娘鬧得沒法子，只好將左邊的腦袋叫左雙，右邊的腦袋叫右雙。她們又是一個矛盾的共同體，共用著同一個身子，只有一雙手一雙腳一副胴體。比如吃食，左雙喜歡吃乾飯，右雙卻喜歡喝稀粥，雙兒娘就得擺上兩隻碗，左雙用左手抓著筷子，右雙用右手握住調匙。一口乾飯，一口稀粥，誰也不能多吃一口，她們只有一個肚子，左邊吃撐了右邊就得餓著。左雙喜熱，右雙喜涼，左雙喜鹹，右雙喜淡，左雙喜歡吃辣椒，右雙喜歡吃苦瓜，左右兩邊總是扯不到一塊。雙兒爹娘常常讓她們鬧得哭笑不得。比如穿衣服，左雙和右雙的喜好也不一樣，左雙喜紅，右雙喜白，這穿上身的衣服總不能一半紅一半白吧。比如穿鞋，不能左腳一隻黑布鞋，右腳一隻繡花鞋吧。走路時就更得統一了，左雙向左走，右雙向右走，結果哪也去不成，只有摔倒在地上。後來雙兒爹娘想了一個法子，將她們分別了大小，做姐姐的怎麼也得讓著妹妹。左雙和右雙誰都想做妹妹，不想做姐姐。這個沒話說，左邊為大，左雙是姐姐，她不服氣也沒辦法。

雙兒長到七八歲，村子裏的人也見怪不怪了，很多孩子挺樂意同她們一起玩。有了雙兒在，孩子們就笑聲不斷。左雙是急性子，嗓門比右雙粗，說起話來總是嘎嘎的。右雙是慢性子，說話慢慢吞吞，細聲細氣。一快一慢，這樣一來就鬧出不少笑話。比如捉強盜，左雙想跑得快，別讓抓著了，右雙卻不喜歡這類遊戲，就消極怠工，跑得慢慢悠悠。左雙急紅了脖子，急紅了臉，卻又不得不讓著右雙，誰叫她是姐姐呢。比如玩石子，右雙可以一坐老半天，左雙卻坐不住，時不時站起身想跑，又不能不忍著。做妹妹的玩得不痛快可以回家告狀，做姐姐的卻不能說妹妹調皮。雙兒爹娘鞭打她們的屁股，可是姐妹倆連在一起痛的，左雙不能不委屈求全。

雙兒的玩伴中有一對兄弟，相差不過一歲，哥哥叫南南，弟弟叫北北。這南南和北北的性子也和左雙右雙一個樣，哥哥性子急，是個風風火火的瘋孩子，弟弟性子慢，說話也是慢聲慢調。哥倆都喜歡同雙兒一起玩，哥哥喜歡的是左雙，弟弟喜歡的是右雙。哥哥和弟弟的玩伴卻不同，哥哥的玩伴都是些野孩子，摘野果，掏鳥窩，恨不得長出翅膀瘋到天上去。弟弟的玩伴相對文靜，不吵不鬧，玩的也是安安靜靜的遊戲。圍繞哥哥和弟弟形成了兩個不同的群體，哥哥一群，弟弟是另一群，兩個群體怎麼也湊不到一塊。這可苦了雙兒，左雙喜歡同南南一起瘋，右雙卻喜歡同北北一起玩。這做姐姐的就憋屈死了，又得讓著妹妹，後來姐妹相互妥協，上午妹妹同北北一塊玩，姐姐就閉著眼睛睡覺，反正北北他們安靜，也吵不醒她。下午就是右雙休息，由著左雙同南南他們一起瘋。

日子一天天過去，南南和北北一天天長大，雙兒也一天天長大，除了兩顆腦袋，別的同其他女孩子沒什麼不同。可要命的事情發生了，雙兒和南南北北青梅竹馬長大，左雙喜歡上了南南，南南喜歡上了左雙，而另一邊呢，北北喜歡上了右雙，右雙也喜歡北北。左雙同南南眉飛色舞時，右雙假裝沒看見，她的心思全放到北北身上了。右雙同北北耳鬢廝磨時，左雙也睜隻眼閉隻眼，權當自己是個瞎子聾子。可雙兒的身體只有一個，給得了南南給不了北北。南南和左雙的性子衝動，終於有一天按捺不住，兩個人赤身裸體滾到了一塊。這邊右雙拼了死反抗，可左雙一心一意接納了南南，反抗也起不了作用。就這樣，雙兒成了南南的女人。右雙感覺自己受了莫大的污辱，說南南強姦了她。左雙卻說她是自願的，她喜歡南南，想做南南的女人。事情就這樣鬧騰開了。族長是個七十歲的老頭，還是第一次碰到這種破天荒的難題。如果是南南強暴了雙兒，那按照族規，南南得沉潭溺死。可左雙堅持她是自願的，她願意做南南的女人，頂多是亂了風俗，讓南南娶了左雙事情也就平息了。這樣做右雙卻不答應，右雙要嫁的男人是北北，她的身子給了南南，她拿什麼給北北呢。雙兒只有一個身子，不可能讓南南和北北共著一個身體。冤孽呀冤孽呀。雙兒的爹娘只有仰天長歎。事情到最後也沒鬧出個青紅皂白。

右雙雖說是個慢性子，內心卻是剛烈得很。她始終走不出被南南強暴的陰影，也無顏面對北北。一個晚上，右雙趁著左雙熟睡的時候偷偷抹了脖子，右雙死了，左雙也跟著殉了葬。雙兒的屍體就埋在村後的山腳下，一堆亂草，一塊無字碑，還有一棵千年桐樹，桐樹已經壯闊得兩個人都抱不過來。那一年修盤山渠，渠道剛巧從雙兒的墳墓通過。濟堂老腳他們不得不將雙兒的墳墓遷走。遷墳的那天有人看見，挖出的屍骨有兩顆腦蓋骨，卻只有兩根大腿骨。毫無疑問，那裏埋葬的的確是雙兒。

七、雙簧

漆匠張是水門村唯一的漆匠，手藝是祖傳的，傳到漆匠張這一代，再沒法往下傳。漆匠張無兒無女，結過一次婚，第一胎女人就難產，連孩子帶女人誰也沒留住。漆匠張受了這一痛，就掐滅了娶妻生子的盼望，孤孤寂寂一個人過。可漆匠張又不願將手藝帶進棺材裏，他的手藝遍及方圓幾十里。勝青的爹託人好說歹說，還送了拜師禮，漆匠張才收了勝青做徒弟。後來又主動收了竹青，竹青的爹娘沒送一分錢禮，甚至連酒都沒斟一杯。

同在一個師傅門下，勝青和竹青的造化卻不一樣。勝青的性子活潑，粗手粗腳，一張能說會侃，只要師傅不在眼前，就呱呱個不停。竹青生性安靜，站得慣也坐得住，心思全寫在眼睛裏。竹青是個啞巴，就算喜歡說話也說不了話。漆匠張因材施教，教會勝青的，多在漆的表面，做漆的規矩，比如祝福主人家的套話行話。而竹青呢，全在細膩處，花紋裝飾，書法繪畫。這做漆的，不只是漆匠，還是半個書法家加半個畫家。漆匠張臨終前，送給他們倆的禮物也不一樣，給勝青的，是一本記錄套話行話的冊子，給竹青的，是一本畫譜，上面是各式各樣的花紋圖案，分門別類，應有盡有。還叮囑勝青照顧竹青，他一個啞巴吃了虧也說不出來。

勝青雖是個粗性子，對師傅的話卻是銘記在心，不管在哪接了活計，都忘不了帶上竹青。勝青也離不開竹青，那些細緻的活兒沒有竹青他還做不了，就是做了也是歪歪扭扭，粗粗糙糙，不成個樣子。比如漆棺材，這調粉底的活就是由竹青幹的。先用稻草將豬血揉碎，過濾，再和上石灰，就成了粉底。這揉豬血就是個細緻活，不揉化成水，就沒法過濾。石灰也是棉紗布篩過的，不能有丁點的疙疙瘩瘩，否則粉底就粗粗礪礪，像是藏了沙子。再好的漆抹上去，也是糟蹋。抹粉底用行話說叫刮灰，給棺材刮灰是有規矩的，由勝青來完成。第一刷必須從頭刮到尾，這叫長命灰。刮了這一把，漆匠就得向主人家祝福，祝福的話很簡單，不過福如東海壽比南山長發其祥之類的話。這一刮本來也可以讓竹青來刮，可他是啞巴，祝福的話說不出口。漆匠祝福了，主人家還會給一個紅包。等棺材上了漆，棺材頭這一端還得繪上一個圖案，圖案的中央也是福如東海或壽比南山一類的話，這活就得竹青完成。遇上人家婚慶，請了他們漆傢俱，這漆大床也是需要祝福的，如早生貴子早中狀元一類的話，這耍嘴皮子的活依舊交給勝青。而大床上的那些花紋，比如鴛鴦戲水，花開並蒂，百年好合，花好月圓等等，這些圖案都是出自竹青的筆端。

勝青的嘴皮子耍得活，能說會道，加上走村串戶的見聞，再摻雜一些俏皮話，常常將人逗得哈哈大笑。而竹青呢，對勝青的話聽慣不怪，充耳不聞，一心埋頭手上的活計。竹青的筆下是一個精美的世界，花兒在開放，鳥兒在歌唱，所有的一切都像是天堂的花園。除了漆棺木，勝青和竹青走哪都讓人包圍著，有人愛聽勝青瞎扯，有人神往竹青筆下的世界。這其中有不少女孩子，金鳳就是一個。金鳳比別的人博愛些，既喜歡勝青的信口雌黃，又對竹青的丹青流連忘返。畢竟是個姑娘家，這種喜歡只能藏在心裏，不敢讓人知道。金鳳找了各種藉口往有喜事的人家跑。金鳳的爹娘發覺了她的心事，可又不清楚她到底喜歡的是勝青還是竹青，他們的內心更偏向於勝青，誰希望自己的女兒嫁個啞巴呢。

村子裏的人漸漸看出了勝青和竹青的不同。竹青的手藝明顯比勝青強，勝青是個多餘的人，幾句好話誰不會說，就算不說，又有什麼影響。除了講瞎話，勝青幹不了什麼活，白白浪費一份工錢。有人耍心眼想離間勝青和竹青，說勝青少分了工錢給竹青，竹青聽了滿臉傻笑，再說竹青就用手捂緊了耳朵。這離間的人想來想去，將眼睛瞄上了金鳳。他知道竹青喜歡金鳳，有意在竹青面前談論勝青和金鳳的事情，說得繪聲繪色。竹青真就受了迷惑，幹活時頭埋得更低了，有時偷偷拿眼睛瞟著勝青。這離間的人以為得逞了，單獨請了竹青去做漆，竹青卻死活不答應，堅持要求勝青同去。

最終金鳳嫁給了勝青，不知是金鳳爹娘的壓迫，還是她自己的選擇。這不重要了，金鳳成了勝青的女人，竹青的嫂子。金鳳依舊是個鐵心的觀眾，一邊聆聽勝青的海調胡侃，一邊注目竹青的生花妙筆。再看竹青，似乎比任何時候更沉浸於他的色彩，一筆一劃，專注傳神。勝青對竹青的變化並沒有絲毫的察覺，竹青的手藝一向那麼優秀，況且竹青的手藝精進，他們的生意就做得更遠。勝青有了女人，有了孩子，需要錢來生活。勝青除了喜歡耍嘴皮子，還喜歡喝酒。做油漆的活都是有喜事的人家，就怕你沒有兩個肚子裝酒，勝青三天兩頭酩酊大醉，整個身體都透著一股酒味。這喝來喝去，勝青終於有一天將身體喝垮了。勝青的肚子鼓脹了起來，像是摟了一個皮球。勝青臨死時將漆匠張的那本冊子給了竹青，讓他帶個徒弟，祝福的話可以讓徒弟替代他來說。竹青依了勝青，收了一個徒弟。

勝青死後，金鳳母子的生活費用基本是竹青接濟的。竹青在村子裏幹活時，金鳳仍會跑過去觀看，待不了一會兒，又抹著眼睛離開了。竹青的活計永遠幹得那樣漂亮，無可挑剔。他畫的那些花紋，完全脫出了漆匠張給他的那本畫譜。竹青的畫紋中像是藏了一團火，又像是藏了一隻嫵媚的眼睛。這團火會燒在你的心裏，這隻嫵媚的眼睛直接盯住了你的內心。金鳳後來沒再嫁人，也沒人同她談及再嫁的事。她和竹青的交往，村子裏的人都看在眼裏，遲早有一天他們倆會走到一塊，這未嘗不是好事。終於有熱心的人想撮合他們，找金鳳說，金鳳沒言語，沒點頭也不搖頭，找竹青，竹青卻變了臉，揚起刷子撒了那人一臉的桐油。

竹青最終沒能同金鳳走到一塊。竹青害了一場大病，先金鳳一步離開了人世。金鳳作主將竹青同勝青葬在了一塊。在清理竹青的遺物時，在竹青的床鋪下發現一塊木板，將木板翻轉，是一幅畫。畫面上一隻金碧輝煌的鳳凰，在雲彩裏翩翩起舞，姿態婀娜。金鳳跪倒在那幅畫上，半天沒站起來。

八、紙紮

文竹有項絕活，是祖傳的，傳到文竹手上已經是第五代。文竹的曾太祖父拜一個紙紮匠為師，紙紮匠無兒無女，將文竹的曾太祖父當兒子，一身手藝全數傳給了他。之後由曾太祖父往後傳，曾祖父，祖父，父親，直到文竹。手藝不但沒失傳，而且添加了幾代人的智慧和創造，手藝活更加豐富，精緻，讓人歎為觀止。

這紙紮活不是一般人能學的，笨手笨腳的，呆頭呆腦的，連門檻也入不了，勉強學會了一招半式也紮不出什麼像樣的東西來。文竹卻不同，從小纖纖弱弱，三分像男孩七分倒像女孩。長大了，依然文弱得像個書生，白皮白肉白鼻子白臉，比個坐月子的女人還嬌嫩。文竹的雙手看起來柔弱無力，可他的指頭細長，異常靈巧，他的大拇指甚至能翻轉過來摸到自個的手背。這紙紮匠的活計先得有篾匠的功底，會走竹破篾。一把篾刀握在文竹的手上沉甸甸的直往下墜，文竹指縫間吐出的篾片卻是又薄又細，均勻如一。有了篾匠的功底還不夠，還得有木匠的架構能力。鄉下人做房子，那時候全是木匠的設計。這紙紮匠紮得最多的活計就是紙屋子，水門村有個習慣，死了人或者七月半鬼節，都少不了燒幢紙屋子，祭奠那些遠逝的魂靈。這紙屋子不能亂紮的，幾棟幾重，畫棟雕樑，飛簷走壁，一般有個固定的模式。也有特別的人家，會提出他們的要求，那就必須按照他們的意思來做，一點偏頗不得。這架子搭起來了，裱屋子的紙都是印刷妥了的，要什麼畫紋有什麼畫紋，要什麼顏色有什麼顏色，魚鱗一樣的瓦紙，青色的磚牆紙，花花綠綠的窗紙，應有盡有。這些刷妥的裱紙後來才有，之前的裱屋紙得紙紮匠親手勾畫，一筆一畫，絲毫馬虎不得。後來圖個方便，才雕了板，刷了裱紙。一個稱職的紙紮匠至少是半個畫師，文竹的父親做紙紮匠時就有了印刷的裱紙，但他將手藝傳給文竹時並沒有含糊這畫技。除了畫技，紙紮匠還得會剪紙，那些廊簷樓柱，窗花神桌，花鳥草蟲，都免不了需要剪紙。而且按照鄉村的生活習慣，豬牛狗馬，雞鴨鵝羊，這些都得靠剪紙完成。

這紙屋子畢竟是鬼人的活計，紮得再漂亮，到頭來也是一把火燒個一乾二淨，什麼也不會留下。所以有的紙紮匠只要蒙過了活人的眼睛，這活計就算大功告成了。這紙紮活也是有些世故的，分個三六九等，富裕的人家捨得花錢，紮個九層九重，一般的人家，只要有幢紙屋子就過眼了。文竹卻不管這些，無論怎樣的人家，怎樣的紙屋子，都一絲不怠。篾片精挑細揀，斷篾破篾全都拋掉了；裱紙破損的，也扔到了一邊；偶爾走神的紙剪必定撕毀了，重新剪一次。這樣打磨的紙紮活乾淨，經得起別人的挑剔。遇上肯花錢的人家，從篾骨到裱紙都是手工的，耗費的時間多，裱紙上的畫紋由文竹親手繪畫，所有的廊簷樓柱由文竹親手剪裁。這樣的紙屋子已經不是一幢紙屋子，而是一件精緻的藝術品。剪紙繪畫，每一處充滿顏色的地方，都賞心悅目，不要說活人見了愛不釋手，換了鬼魂也會目瞪口呆。

除了村子裏老了人，文竹一般不會上別人家去忙活，大部分時間他就守在家裏做些紙紮活。每年的鬼節，那是紙屋子需求的高峰。文竹偶爾也紮一些燈籠，他的燈籠也是精緻的，他會剪了梅蘭竹菊的花紋裱在燈籠上，還有福祿壽喜的圖案。他的燈籠元宵節能派上用場，亮燈的時候，滿村子都是文竹親手製作的燈籠。還有空閒的時光，文竹會編紮一些小玩意兒，這手藝不是他父親傳給他的，而是他琢磨出來的。他砍了紅棕葉，用棕葉編織出各式各樣的小動物，小樣的有蟋蟀，蜻蜓，蝴蝶，土狗子，大樣的有雀兒，小狗小貓小羊羔。最喜歡他這些玩意兒的是孩子們，瞅著棕葉在他指頭間翻飛，眨眼工夫一隻蝴蝶就從他手底下飛了出來。文竹見孩子們高興，編織的興頭就更高，圍觀的孩子人手一隻，絕不會讓哪個孩子空著手離開。這紅棕葉是鮮嫩的，活鮮的時候那小玩意也鮮活，可一旦棕葉乾枯了，小玩意也變得鬆鬆垮垮的，不成樣子。這樣今天剛有小孩子要了小玩意，明天又會纏著他來編織，文竹怎麼也不會清靜。後來文竹為了省卻麻煩，砍了煙竹，細細破了篾，用水煮了，再編織成小玩意，同紅棕葉編的並無兩樣。落到孩子們手裏，玩個十天半月也不會壞事。

文竹的這些小玩意兒不只孩子們喜歡，就是大人們也驚歎文竹的靈巧，對那些小玩意入迷。其中就有個叫笑眉的女人，生了一張娃娃臉，永遠長不大的模樣。她的眉毛彎彎的，見誰都是一副微笑的樣子。笑眉是鄰村嫁到水門村來的，她的男人是個性子粗暴的人，因為同人爭水用鋤頭砍斷了別人一條胳膊蹲監去了，給笑眉留下一個五歲的兒子。笑眉的兒子叫瓜瓜，瓜瓜特別喜歡文竹的小玩意，經常跑到文竹的屋子裏纏著文竹編些蛐蛐啊蟬啊給他。瓜瓜將這些小物什拿回家，讓笑眉見著了，一張娃娃臉笑得比孩子還稚氣。往後，瓜瓜再往回拿小玩意都是成雙成對的，其中有一隻是文竹送給笑眉的。後來棕葉換了篾紮，文竹給瓜瓜的仍舊是兩隻，要麼一對蜻蜓，要麼一對蝴蝶。這期間，笑眉藉口尋找瓜瓜進過一回文竹的屋子，文竹的屋子到處堆滿了紙屋子，屋簷下，橫樑上，到處掛滿了燈籠，還有那些篾織的小玩意見縫插針，蝴蝶到處飛舞，土狗子在半空裏亂爬亂鑽。這幾乎是一個童話的世界，笑眉的魂一下子走失了。一天不到文竹的屋子裏走走，就失魂落魄，什麼事也做不成。

等笑眉的男人蹲監回來時，笑眉幾乎將文竹的童話世界完全複製到了她的世界。屋簷下，橫樑上，到處吊滿了燈籠，燈籠的花色各式各樣，除了梅蘭竹菊福祿壽喜，還有很多花鳥草蟲的，並蒂的荷，雙飛的蝶，戲水的鴛鴦。還有一隻燈籠，上面畫了笑眉的肖像，畫面上笑眉一臉稚氣，正癡癡盯著某個地方出神。除此之外，就是唯妙唯肖的小玩意，用紅絲線繫了，懸在半空裏飄蕩。小豬在跑，小狗在叫，貓在舔著爪子。各種各樣的鳥，烏鴉，喜鵲，甚至老鷹。各種類別的水中活物，紅鯉，蝦，螃蟹，甚至笨頭笨腦的王八。還有半空飛舞的紡織娘，長了翅膀的飛蟻。笑眉的窗子前，床梁上，只要睜開眼，隨便哪個角落都有小玩意靈動的身影。笑眉的男人讓笑眉的世界驚呆了，激怒了，他進了屋子甚至沒坐下來喘口氣，就操起一把杉刀衝出了門。任憑笑眉死拉活拽，都阻擋不了他。

禍事不可避免發生了，柔弱的文竹根本不曾提防，笑眉的男人將他掀翻在地，將文竹的手掌摁死在門檻上，一刀一根指頭，十刀剁去了文竹的十根指頭。笑眉的男人扔下刀，主動跑回了監牢裏。文竹殘了，再也不能做那些紙紮了，更不可能編織那些小玩意，文竹的童話世界消失了。村子裏的人以為笑眉替文竹惹下了這般禍事，都斜著眼看她怎麼對待他。笑眉卻再也沒有接近文竹的屋子。某個夜晚，她將文竹送給她們娘兒倆的那些玩意兒摘下來，架在她自家的場地上，一把火燃成了灰燼。火光閃閃，紙灰都飛上了半天。這一邊，文竹幾次尋死，一次將繩子懸在橫樑上，因為沒有指頭，繩子繫得不牢靠，將脖子套進繩扣裏，白白摔了自己一跤。後來用篾刀割開了自己的手腕，偏又讓家人發現了，搶救了回來。

往後的日子，村子裏老了人，或者鬼節，都到鄰村去買紙屋子。鄰村的紙屋子很粗糙，價錢也貴，是文竹當時的兩三倍。每逢這種時候，他們才想到文竹，想到他的紙屋子，想到他的那些小玩意。文竹已經很少在村子裏現身了，別人也很難見到他，好像村子裏根本沒有他這個人的存在。他們歎口氣，止不住心頭的惋惜，水門村傳承幾百年的紙紮活就這麼失傳了。

九、傻子阿三

阿三給水門村人的印象是根直腸子，有什麼說什麼，一是一二是二，從來不知道曲裏拐彎。說得中聽一點是根直腸子，不好聽就是傻子。阿三生來就是一副傻瓜相，眼睛呆板，眉毛粗重，嘴唇厚得像塊磚。腦瓜胖得像南瓜，脖子壓沒了，因此腦瓜轉動起來就不太靈活。問他話，總是先向上翻轉眼珠子，翻出一片死白，好半天才有一句話擠出來。你問他什麼，他就回答你什麼。你問他家裏藏了多少錢，他就會告訴你幾十幾塊幾角幾分，他娘用手巾包著藏在箱子裏。又問他姐讓誰給日了，他也會告訴你就是樟樹下的朱屠夫，並且舉起巴掌，做刀狀砍一巴掌。他姐讓朱屠夫用一隻豬蹄子誘姦了，這是村子裏誰都知道的事情。再問他娘偷了誰，這個問題問過多次了，他娘原來就是得了豬蹄子同朱屠夫好上的，誰想朱屠夫又瞄上了她的女兒，朱屠夫誘姦她的女兒後阿三娘才同朱屠夫斷絕了往來。這個問題是阿三的禁忌，誰問他他就向誰啐一口唾沫，轉過臉去再也不理你。

別看阿三傻，傻子有蠻力。阿三爹將阿三放到他娘舅身邊當了學徒，他娘舅是個鐵匠，在鎮子裏開了個鐵匠鋪，從早到晚叮叮噹噹敲個不停。村子裏有人到阿三娘舅的鋪子裏買過鐵器，菜刀鋤頭什麼的，每次都見著阿三揚著一把錘了，拼了命往鐵砧上砸，每砸一錘都是火星四濺。往後再去鐵匠鋪，卻不見了阿三，也不見回村子裏，問阿三的娘舅，說阿三讓人拐跑了。快二十歲的人，而且是個男人，不知拐去能有什麼用途。村子裏有人聽說過海邊的人到內地拐了女人，放到海裏釣海參，阿三　個傻子，估計也釣不到海參。阿三的爹娘為此傷心了好長一段時間，傻子也是兒子，也是爹娘身上掉下來的肉，哪個不心痛呢。

過了幾年，阿三的爹娘幾乎斷絕了對阿三的幻想，阿三卻突然回到了水門村。都說傻人有傻福，阿三還領回來一個女人，叫鴿子。鴿子算不得特別齊整，但長了一張好笑臉，見了誰都是笑咪咪的。鴿子能說會道，不管老頭還是婆婆，她都會有說不完的話。而且不少的新鮮事，都是村裏人沒聽過的。阿三幾乎沒什麼變化，只是穿的衣服比以前光鮮了。一個傻子能有什麼變化呢，誰還指望他能夠聰明伶俐。但對於阿三的爹娘是天大的喜事，傻兒子又回家了。

阿三的鐵匠手藝沒學到家，三天敲不出一把菜刀，靠打鐵怎麼也養活不了自己，何況加上一個鴿子。阿三只有扛著鋤頭，同他爹一樣面朝黃土背朝天，在泥土裏刨食。阿三幹農活也是一臉傻相，讓他鋤豆，草沒除去豆苗倒斷了不少。讓他犁田，犁頭鏟到了石頭也不知道，直到牛將犁拉得散了架才住手。就是這麼個傻瓜蛋，運氣卻出奇的好，有一天在田坎裏刨出一瓦罐的銀元。有人見他抱著一隻泥土糊塗的瓦罐往家裏走，就將他攔住了，搶了他的瓦罐去看，乖乖，居然是大半罐的銀元呢。那人就起了歹意，就說，阿三，送我一個好不好？不給，值錢的呢。阿三撲上去將瓦罐搶了回來。值個屁錢。那人假裝不屑一顧。值個屁錢也不給你。阿三抱著瓦罐就往回跑。那人又將阿三截住了。那人願意出十塊錢買兩塊，阿三還是不給，最後那人用一百塊買了兩塊銀元。他們在路中間爭爭扯扯招來了不少圍觀的人，這圍觀的人見別人沾了阿三的便宜，止不住跟著起了貪心。接下來，這個一百，那個二百，將阿三的那一瓦罐銀元買了個乾淨，等阿三爹趕過來人群早散了，只剩下一隻空瓦罐。阿三爹歎口氣，什麼話也說不出口。誰叫阿三是傻子呢。

村子裏好一陣子都在傳說阿三挖銀元的事，沒買到銀元的人說那些買了銀元的人黑心，欺負一個傻子。買了銀元的得了便宜，得意在心裏。阿三得了賣銀元的錢卻不當回事，也不交給他爹，而是帶著鴿子又跑出了村子，誰也不知他上哪去了。有人暗暗猜測，估計讓鴿子連人帶錢一起騙走了。一個外地的女人，怎麼會看上一個傻子呢。果然，過一段時間，阿三一個人灰不溜丟回來了。問鴿子哪去了，阿三一個勁地搖頭，可腦袋太重脖子太粗，怎麼也搖不動腦袋。村裏的人越發認為阿三的錢讓鴿子騙走了。鴿子不在，阿三的日子變得顛三倒四，之前還下地，後來連地也不下了。無論他爹好說歹說，阿三就是不理會，整天扛著鋤頭在野地裏亂走，說是去挖銀元。八成他是想鴿子想瘋了，以為挖到了銀元，鴿子又會回來的。

說來奇怪，阿三沒挖到銀元，卻挖到了另一件東西。村子裏有座破廟，不知哪朝哪代修建的，只剩半個屋脊，幾堵斷牆，以及廟前的幾個石墩。平日裏誰也不會到廟裏去，一來怕神鬼害人，二來破廟裏實在也沒什麼值得去的。誰也沒想到阿三在破廟裏挖出一座奇奇怪怪的雕像，有見過的人說是個圓球球，有底座，圓球上雕滿了各種各樣的動物，蛇，老鼠，猴子，兔子，活靈活現的，十二生肖的動物上面都有。煙薰火燎的，辨不清年月，反正是個古物。這東西最後哪裏去了，問阿三，阿三不說，有傳言說阿三得了二千塊，又有傳言那東西起碼值十萬。這買東西的也太貪心了，才給了阿三二千塊。也有人感歎，阿三真是太傻了，傻子有傻福，可傻子守不住福氣，有福有屁用，一個好端端的鴿子說不見就不見了。

剛說到鴿子，鴿子就回了水門村，還是那樣的一個人，見了誰都是笑臉。村子裏的人表面笑著，內心卻犯嘀咕了，有可能鴿子知道阿三又有錢了。這娘們，鼻子比狗還靈。有好心的人背地裏叮囑阿三爹娘，別讓鴿子又將阿三的錢拐跑了。鴿子卻不見動靜了，每天在別人眼前晃來晃去，哪兒也沒去。過了一段時間，村子裏有人傳言說阿三挖到了一尊金菩薩，阿三要賣一萬元，說得有鼻子有眼睛的。後來這傳言滿村子的人都知道了，唯獨阿三的爹娘蒙在肚裏。有人暗暗靠近阿三，想撈了這天大的便宜。阿三卻不搭理他們，無論別人怎麼說也不願將金菩薩拿出來。最終經不起別人的誘惑，將金菩薩拿了出來。藏了歹意的人又不敢相信那就是一尊金佛。後來終究看出了破綻，那是一尊銅佛像。阿三的金菩薩沒能賣給村裏人，一個人哪有那麼多的好運氣呢。

既然阿三的金菩薩是假的，那他的那些銀元會不會是假的呢。有人偷偷拿出銀元，找到識貨的人鑒別，銀元還沒脫手就讓人看出了破相。那是用土壓制的，上面鍍了層銀粉。村子裏的人不相信，那行家接過銀元往地上一摔，銀元就碎成了幾瓣。回頭找阿三退掉銀元，阿三又帶著鴿子跑得不見了影子。村子裏怎麼也不敢相信阿三會是一個騙子，那麼傻的一個人，會有這麼多鬼心眼，將滿村子的人都騙過了。他們將所有的罪過都歸究到了鴿子身上，只有那樣能說會道的女人才像一個騙子。阿三是他們看著長大的，打小就沒見他有過什麼心眼，說阿三是騙子，打死他們也不會相信。可不管他們相信不相信，反正阿三跑沒了影，這輩子會不會回到水門村，只有天知道。

十、乞丐水翁

水翁的名字不知是誰給取的，給人怪怪的感覺。翁是一種竹子，長得高的也不過三四尺，再也超不過這個高度。翁也沒什麼大的用途，除了當柴火，它的葉子寬大，村子裏的人常用來做斗笠，遮雨擋雪。無論怎麼說，水翁都不是一個能給別人遮雨擋雪的人，別人替他遮雨擋雪還差不多。

按家境，水翁怎麼也不該是一個乞丐。可他淪為乞丐，恰恰就是因為家境的原因。別人做乞丐不外乎幾個原因，或因為家裏貧窮如洗，或者喪失生活能力，不得不乞討為生。水翁卻不是這樣，水翁的家境在水門村是數一數二的，繁華的時候佔據了大半個村子，水門村肥沃些的田地，富有些的山川，都是水翁一家的。在鎮上，水翁爹還開了糧店和榨油坊，整個鎮子的榨油生意讓水翁爹一個人壟斷了。村子裏幾家高樓大院，也數水翁家的氣派，房子高高矮矮幾十間，豎著高高的門樓，蹲著齜牙咧嘴的石獅子，屋角起了飛簷，屋頂上立著雕刻。門前拴了狗，一般人輕易不敢從他家門前經過，一不留神，那狗就會不聲不響衝出來，不讓它咬著，也會被它嚇個半死。水翁家是頂巨大的斗笠，足夠給許多人遮風擋雨，別說一個水翁，就是二十個水翁也不愁吃不愁穿。在別人眼裏，水翁生活在天堂，不用卜田下地，不用日曬水浸，衣來伸手，飯來張口，冬天不會凍著，夏天不會熱著。如果有梯子，天上的月亮和星星就像園子裏的菜，想什麼時候摘就什麼時候摘。村子裏的姑娘，任他挑選，只要水翁看得上，沒有哪家不樂意。別的人只有羨慕和嫉妒，誰叫水翁掉在金窩裏呢。

水翁長到十五歲，一直順風順水，沒發生什麼掃興的事。水翁的家境倒像獅子滾雪球，越滾越大，他爹的生意越做越遠，在縣城新開了布店。院子裏養了家丁，有專門的轎夫。那年一個走江湖算命的瞎子從村子經過，見了水翁，替他算過一回命。瞎子讓水翁爹報了水翁的八字，掐了一回指頭，瞎子的眉頭就擰緊了。水翁爹見狀就說，先生有話不妨直說。瞎子說，水翁難逃血光之災。水翁爹大驚，問有什麼破解之法。辦法倒是有，就怕做不到。瞎子說。瞎子說的破解之法就是讓水翁做乞丐，乞討生活。水翁爹積累了萬貫家財，卻讓兒子做乞丐，這是誰也難以接受的事情。也有人討好水翁爹，瞎子肯定在胡說，這種江湖騙子怎麼也不值得相信。說著，就捋起了袖子，要對瞎子動粗。水翁爹雖然心裏不高興，還是阻止了旁人的魯莽，給了瞎子兩塊銀元，讓人將瞎子送出村子。

這種破解的法子其實挺常見，有讓人做和尚尼姑的，並不是真的做和尚尼姑，而是拜個和尚尼姑做師傅，或者取個和尚尼姑的名字，就當安全過關了。讓水翁做乞丐，也並不一定做一輩子乞丐，象徵性地乞討一天，或乞討一回，也是做過乞丐。水翁爹就決定讓水翁這麼做，隨便串通個人家，讓水翁乞討一回。可事情湊巧，水翁爹剛這麼想，就有個老乞丐流落到水門村，就住了一個晚上，暴斃在橋洞裏。水門村的人心善，大夥兒湊了錢物，水翁爹也出了一份，置具薄棺木將乞丐安葬了。水翁爹還多了一份聯想，這邊剛替水翁算過命，就有老乞丐倒斃在村子裏，這也是一種緣份。水翁爹決定請道師替老乞丐唱上一出，可苦的是沒人願意端老乞丐的靈位。只有讓水翁上，正好應了算命的法子，水翁端了老乞丐的靈位自然也是乞丐了。反正是做戲，瞞過上天的法眼。讓水翁披麻戴孝，接繼了老乞丐的香火。還給水翁取了另一個名字，乞兒。

後來事情的發展出乎水翁爹的意料，自從端過老乞丐的靈位後，水翁的魂魄像是讓老乞丐勾跑了，繼承了老乞丐的衣缽，成了乞丐。村子裏的人開始不相信，但時間久了不讓他們不相信。水翁不回他那個家了，將別人的牛欄狗舍當做了他的臥室，穿的是百家衣，吃的也是百家飯。他將他爹給他的衣服給了別人，換了破衣爛衫。他爹幾次將水翁拘到家裏，鎖了，結果讓水翁敲破窗子跑了。水翁爹拘幾次，水翁跑幾次，跑到後來他爹只有放棄了。他爹還給他討過一門親事，水翁怎麼也不承認，一次也沒回去同新娘子親近過，弄得新娘子只有改嫁他人了。村子裏的人開始還好菜好飯招待水翁，到後來就將他當乞丐看待了。

水翁乞討有他的原則。雖然穿得破破爛爛，但洗得乾乾淨淨，水門河裏有的是水，水翁有的是時間。水翁乞討從不強人所難，別人給什麼他吃什麼，從不使用別人的碗筷。他掐的時間很準確，等別人吃過飯收拾碗筷時他就出現了。他也不進別人的廳堂，只拿了一隻破碗，靜靜地立在人家門口。別人有剩飯剩菜，就會端出來倒給他。沒有剩飯剩菜，水翁就去另一家乞討。他仍然端了他的破碗，在屋門口靜靜站著。有時不碰巧，走上三四家，肚子也只能填個半飽。就算別人家有飯有菜，不施捨給他，水翁絕不張口，也不會跨進門檻半步。遇上颳風下雨天寒地凍，別人叫他進屋也不會進去，頂多在人家屋簷下站個片刻，等雨過了再回到他習慣的安身之地。水翁安身在一口破窯裏，兩堆石頭擱著幾塊木板，木板上鋪了稻草，以及不知哪家給的一床破棉絮。水翁爹讓人送過一床棉被給他，水翁轉手送給了別人。

這做乞丐的，遇上紅白喜事就是過年，對水翁也不例外。但水翁有水翁的規矩。遇上紅喜事，水翁會替人家劈柴，幹點不進屋子的雜活。客來了，水翁就藏了起來，絕對不會讓客人撞見，怕丟了主人家的臉面。等客散了，水翁才燃了一掛小鞭炮，向主人家賀喜。鞭炮是丟在場地上的。主人家高興，叫廚房熱了飯菜，擺到小桌上。水翁並不入座，讓人將飯菜倒進他的破碗裏，他端了破碗悄悄回了他的破窯洞。白喜事沒有紅喜事講究，但水翁並不放棄自己的規矩。劈柴，挑石灰，和三合土，水翁會搶著幹。輪到掌事的人叫他吃飯，他依然端著他的破碗，只吃剩飯剩菜。別人沒動過筷子的飯食，水翁也不會碰上半筷子。

有了這些規矩，水翁就不是一個招人嫌的乞丐。他在村子裏有著極好的人緣。別人有了吃食，總會給他留一勺。逢年過節，有些人家還特意備了飯菜，等著水翁上門乞討。水翁也從沒出過水門村乞討。農忙時節，水翁會幫人家幹些活計，比如看門，到曬穀場看守鳥雀。看門時水翁也不進人家屋子，抱了一堆稻草，睡在人家屋簷下，主人家不回來他不會離開。

若干年後，水翁爹的結局正好印證了那個算命瞎子的預言。水翁爹闊了，幹了不少混帳事。在縣城，水翁爹因為生意競爭，巴結上了警察局，有幾個競爭對手因此丟了命。解放時，水翁爹作為惡霸地主給鎮壓了。如果水翁不是成了乞丐，也許也會跟著他爹賠上性命。對於水翁，村子裏的人不好給他定性，他是地主家的兒子，可他沒拿過他家一針一線，也沒要過一錢一物。他爹給他的東西全讓他給了別人，自己從來沒有消受過。水翁是乞丐，乞丐的出身是貧農，對水翁就沒法下結論了。定他為貧農，他爹可是遠近聞名的富戶。定他為地主，可水翁拿他爹的那些財產當狗屎，他不過是個兩手空空的乞丐。到最後，水翁爹留下的那幢大宅子充了公，一部分做了村裏的辦公場所，一部分分給了村裏的幾個無房戶。給水翁的是幾間牛圈，就是牛圈，也比一般的房子結實。餘下的歲月，水翁沒做乞丐，同其他人一樣早出晚歸，下地耕作。水翁最終壽終正寢，死時形隻影單的一個人，是村子裏的人幫襯著埋葬的。只不過沒人端靈位。

十一、比年

比年的一家出了兩個逃兵，一個是他哥哥比歲，另一個就是比年自己。比歲的事暫且放到一邊，先說說比年。

說比年繞不過比年爹，比年爹是個只知耕作不問政事的漢子，年輕時替人家打了將近十年長工，置了幾畝薄地，娶了比年娘，勉強混著日子。比年娘是個糊塗女人，只知侍候比年爹，照顧比年兄弟兩個，就是水門村的事情，她也是兩眼一抹黑，一問三不知。偏就財神爺開了眼，比年爹在一個冬天上山挖樹蔸當柴火時，一鋤下去，嘎嚓一聲響，砸碎了樹蔸下的一隻瓦罐，瓦罐裏裝了滿滿一罐的銀元和銅板，拾到仔細處，還發現了兩枚金戒指，一隻金鐲子。比年爹用這筆意外之財購置了田地，雇了兩個長工，日子眨眼間就殷實起來。算不得村子裏數一數二的人家，也是個富裕戶。

雖說家境寬裕了，但比年爹依舊是個守著田地度日的莊稼漢。比年的哥比歲卻不同，從小就喜歡打打鬧鬧，後來串連鎮子裏的幾個年輕後生一塊跑得沒了影，直到臨近解放的那一年才帶了一個外地女人跑回來。比歲跑了，比年爹的眼睛全盯在了比年身上，比年爹說上山，比年不能下水，比年爹說下田，比年不能去鋤地。比年爹說一不二，比年成了家裏的第三個長工，整天一身汗一身泥，灰頭土臉的。比年沒一句怨言，也不敢有任何怨言。他強不過他爹，只有逆來順受的份。比年爹將一身耕作功夫全數傳給了比年，比年犁田，犁出的泥塊整齊劃一，好像用模子鑄出來的，每一塊翻轉的泥土都像一個裸露的女人，弧線靈動；比年割稻子，留下的稻茬也是齊齊整整，不高不矮，好像用尺子丈量過；比年的一把鋤頭使得出神入化，鋤草時左繞右拐，草乾淨了，卻不傷莊稼一根汗毛。對於時節的把握，比年也養成了一種規律，什麼時候種秧，什麼時候撒豆，什麼時候插秧，什麼時候收割，全都有條不紊，每年都在一個固定的時間，前後不差一天。比年讓他爹訓練成了村子裏數一數二的莊稼能手。後來，比年爹又委託媒婆替比年說了一門親事，娶了村裏張家的女兒，張家的女兒給比年生了兩個兒子，生第二個兒子時產後大出血，整個人癱在血泊裏，再也沒能起來。

比年的女人沒了，可還有兩個兒子，如果日子就這麼轉下去，比年後來的生活差不到哪裏去。人有旦夕禍福，誰也沒料到比年會讓捉兵的捉了去，據說是去緬甸的遠征軍。緬甸在哪，比年爹不知道，村子裏也沒人知道，反正挺遙遠的。而且是上戰場，性命攸關，能不能回來只有天知道。比年爹已經跑了一個比歲，再不能讓比年離開了。比年關在鎮子裏，等捉兵的捉滿了規定的人數，才統一開走。比年爹託了不少人，費了不少的錢財，仍舊沒法將比年弄出來。有個捉兵的得了比年爹的好處，偷偷告訴他一個法子。殘了，就回去了。捉兵的說著，做了個狠狠的手勢，朝自個的眼睛上比劃了一下。比年爹將捉兵的話琢磨了無數遍，才弄明白他說的殘了是什麼意思。比年爹捂著胸口什麼話也說不出來了，他的心讓什麼揪住了。左思右想，比年爹再想不出其他的法子，只好照那捉兵的說的去做，況且也沒有時間讓他猶豫了。比年爹買通看門的，假裝看望比年偷偷塞給他　塊碎瓷片，然後朝自個的眼睛做了個剜的動作，示意比年剜去自己的一隻眼睛。對於上戰場，比年也是滿懷恐懼，他是個殺雞都手抖的傢伙，何況讓他去殺人。不管殺什麼人，他下不了這個手，除非讓別人殺了他。可是要他剜去自個的眼睛，也做不到。比年爹似乎看穿了比年，臨走時又狠狠瞪了他一眼，再次做了個剜的動作。那一夜，比年終於拗不過對戰爭的恐懼，用他爹給的碎瓷片將自個的左眼剜去了，留下空空蕩蕩的一個黑窟窿。捉兵的見比年殘了，這才放過了他。比年爹將比年抬回村子時，比年已經人事不知，成了一個血人。

後來村子裏被捉去當兵的，一個也沒回來，連死在哪都不知道，連魂帶屍拋在了異鄉，比年是幸運的，丟了一隻眼睛撿了一條性命。比年爹雖然損失不小，可畢竟保住了兒子。只要比年在，失去的東西可以從土裏刨回來。比年成了獨眼龍，越發沉默寡言了，不管什麼事都由著比年爹。比年成了木偶，比年爹說怎麼做，比年就怎麼做。過幾年，比年爹又置了幾畝地，乾脆將一家人的謀算全交給了比年。比年和兩個長工忙不過來，農忙時就雇幾個短工。比年管了不到兩年家就解放了，比年被劃分為富農。村裏人知道比年的經歷，並沒有將比年怎麼樣，不過也沒人願意同他有太多來往。比年爹老糊塗了，管不了比年。可比年自己放不開，總感覺低人一等，滿村子的人都成了比年爹。比年走哪都是弓著背，低垂著一隻眼睛，唯唯諾諾，生怕不小心自己做了什麼錯事，惹上什麼禍患。逃避一場戰爭讓他丟了一隻眼睛，他只剩下一隻眼睛，說什麼也不能丟了。

幸好比年爹傳授給比年的那套耕作的本事派上了用場。比年做農活，最拿手的還是耙田，一張耙在他手裏就成了碎土機，攪拌機。無論多麼板結的泥土，讓比年轉上半天，也成了一攤稀粥。這還不算本事，經他耙過的田過一夜去看，就是一汪水豆腐，平平整整，這份手藝在水門村沒有第二個。耙田的活計幾乎讓比年一個人獨攬了。比年也樂意這麼幹，同牛打交道就避免了同人打交道。比年整天就在牛屁股後面遊走，牛下田他也下田，牛收工他也收工，牛睡覺他也睡覺，牛醒了他早醒了。

日子就這麼不緊不慢過去，比年的兩個兒子也漸漸長大了。大兒子看不慣比年的這副姿態，不被富農的帽子壓死，也會幹活累死。大兒子憤然同比年斷絕了父子關係，一個人跑進了縣城。這大兒子有些類似比歲，比年管他不著。留在比年跟前的就剩小兒子，這小兒子幾乎成了比年的翻版，比年讓他幹什麼他就幹什麼，比年讓他牽牛他就牽牛，比年叫他吃飯他就吃飯，從來沒一句多餘的話。比年不知不覺將比年爹教會的那一套東西又傳給了小兒子，小兒子的農活也是乾淨利索，沒人敢小瞧。小兒子的性格卻是青出藍勝於藍，比比年的性子不知卑屈多少倍。不到三十歲的人就活成了一個老頭相，背也佝了，整天死氣沉沉，進出都不喘口氣說句話。比年沒覺得這有什麼不好，相反不會招災惹禍。說不說話不重要，人平安活著才是最重要的。

比年後來費盡了周折，才給小兒子說上一門親事。比年的家境在村子裏是中間狀態，可沒人願意做一個富農的兒媳婦。這答應親事的人家知道比年一家都是老實人，才放心讓女兒嫁過來。兒媳是個有幾分姿色的女人，替比年生下了一男一女兩個孫子。連比年也不知道，兒媳讓村裏的書記看上了眼，趁著比年和小兒子不在家，偷偷將兒媳霸佔了。這兒媳也不吱聲，村書記就上了癮，只要比年他們不在，他就溜過來。後來小兒子察覺了，也忍氣吞聲，甚至村書記溜進家時他都不敢走進自家的屋子。這一切比年都蒙在鼓裏。終有一天，小兒子以為村書記沒去他家，貿然進了屋子，剛巧碰上了村書記。沒過幾天，小兒子竟然用一根牛繩將自己吊死在村後的千年桐樹上。村裏有人暗暗猜測，小兒子架不住村書記的威脅才尋了短見，可人已經死了，到底什麼原因誰也無從知道。小兒子死後兩年，兒媳帶著兩個孩子改嫁了，比年的兩個孫子都改了別的姓。

比年死時是一個人。他的大兒子聽到消息趕回來時，比年的身子早冷了，成了一具僵硬的屍體。大兒子很後悔同比年斷絕父子關係，不管怎麼後悔，比年都不可能知道了。

十二、流浪者

都說家裏的老大最像他爹的，比歲同他爹卻一點相像的地方也沒有。比歲爹生性憨厚老實，長得也是一臉憨相。比歲見不得他爹的窩囊樣，只曉得箍緊鋤頭把，一鋤向天一鋤向地，欺負腳底下的這塊土地，一輩子都是窮酸相。比歲長得一臉凶煞，念過幾年私塾，藏了亂世出英雄的野心，巴掌寬的水門村已經容不下他這個未來的英雄，就邀了水門鎮的幾個同類，去闖蕩英雄的夢想。左奔右跑，後來鑽進了蔣介石的軍隊裏，當了幾年小兵，才明白夢想並不像他想像的那樣美好。比歲的腦瓜伎滑，靠著投機鑽營溜鬚拍馬，混上了營長的位置。可屁股沒坐熱，解放軍南下百萬雄師兵壓長江，比歲見風頭不對，不想替蔣介石當炮灰，就脫了軍服，找個機會偷偷跑了。東躲西藏的，也沒別的地方去，只得灰溜溜地回了水門村。躲過一劫是一劫，以後再做打算吧。

比歲這一跑就再也沒機會回軍隊了。不過幾日工夫，解放軍的百萬雄師就渡過了長江天險，浩浩蕩蕩南下了。比歲對他當兵的事閉口不談，內心卻惶惶不可終日，如果讓原來的軍隊抓到，肯定死路一條。又怕讓解放軍抓到，他當營長時少不了會幹壞事。雖然自己不說，瞞得了一時卻瞞不了一世，事情終歸會有人知道的。當年同他一起出去的那幫兄弟，都是同一個鎮子的，他們都是定時炸彈，說不定哪天就爆了。在水門村待著也不是長久的法子，隨時都有可能讓人捉了去。如何躲避這場潛在的災難，比歲絞盡腦汁都沒想到管用的法子，學比年將自己的眼睛剜去一隻，剜得了眼睛剜不去逃兵的身份，也剜不去犯下的罪惡。比歲左思想右考慮，後來不知誰提醒了他，還是他自己想透了，竟然在他帶回來的女人身上打起了主意。

比歲帶回來的女人叫蒼子，一個古裏古怪的名字，村子裏的人剛聽到這名字誤以為她叫蒼耳子，那種渾身長滿小鉤刺的中藥蛋，蒼耳了很鉤人，只要誰碰著了，準會鉤結在褲管上或者衣衫上，那種小鉤刺每一根都是一隻手，牢牢箍緊了衣服的紗線，摘都摘不掉。蒼子的長相算不得非常漂亮，但耐看，眼睛相當大，一張臉白淨得有些嚇人。身材柔柔弱弱的，似乎一陣風就能將她刮走。村子裏的人很少聽她說過話，見著誰都是微微一笑，趕緊側過身子給人讓路。蒼子好像就是一粒蒼耳子，勾結在比歲的衣服上，比歲上哪她也跟著去哪，一時一刻也丟不開，生怕比歲扔下她跑了。在村子裏仕了幾個月，蒼子的肚子就隆了起來，肯定懷了比歲的骨血。可誰也沒想到，一個晚上過後，蒼子的那雙大眼睛瞎了。她是讓比歲用針將眼睛刺瞎的。別人都以為比歲強迫了她，誰也沒想過蒼子是自願的，也許只有這個法子才能救得了比歲。

蒼子眼瞎後的第三天，比歲就離開了村子。比歲拉了一輛板車，蒼子就端端正正坐在板車上。她的眼睛用一塊帳布蒙著，臉上平平靜靜，看不出什麼表情。比年想挽留比歲，比歲一句話也沒說，只甩甩手，就低頭彎腰拉著板車走了。比歲的板車上除了蒼子，還帶了一床舊棉絮，衣服碗筷，斗笠蓑衣，看起來像是一家逃荒的災民。板車上還有一套討飯吃的工具，斧頭鉋子，拉鑽鉤針，半筐子粗豬毛。比歲僑裝成一個釘豬毛刷的手藝人。

比歲拉著蒼子，走鄉串村招攬生意。剛開始他的生意局限於釘豬毛刷，後來範圍慢慢擴大，釘鞋掌，補鞋修傘，什麼瑣碎活都幹。他瞄著的地方是塊三角地帶，湘鄂贛三省的交界地帶，天高皇帝遠，不會引人注意。而且這周邊的口音接近，便於掌握，也很難讓人識破。比歲領著蒼子繞著這塊三角地帶轉著圈，第一年蒼子替比歲生了一個兒子，兒子生在一棵桐樹下，取名叫桐樹。第二年蒼子又給比歲生了一個兒子，兒子降生在一座石橋邊，取名叫路橋。孩子都出生在荒郊野地裏，蒼子卻毫無怨言，依然平平靜靜跟著比歲，比歲幹活她就照顧孩子。比歲有一個規矩，就是從來不進別人家的屋子。無論主人多麼熱情，比歲都婉言謝絕，從不踏進屋子半步。吃飯時，他讓主人家將飯菜端出門，換上自家的碗筷，在板車上擱塊木板當是飯桌，一家四口就圍著板車進餐。晚上睡覺也不進別人家門，蒼子帶著孩子睡板車，比歲就在地板上鋪些稻草，將就著睡過。遇上下雨的夜晚，比歲就領著蒼子和孩子睡在屋簷下，如果附近有座破廟，比歲他們就鑽進破廟裏對付一晚上。

比歲在路上沒有遇到過熟識他的人，但路上聽到的全是讓他心驚膽顫的消息。有個潛伏的特務假裝成殘疾人，整天坐在一只穀籮裏，讓人抬著四處乞討，後來讓一個孩子發現他的穀籮裏藏了手槍，讓政府給抓了。還有個拄著拐棍斷了一條腿的叫花，讓人從他裹著的斷腿下搜出了手榴彈。有躲藏在山洞裏的，連人帶發報機一併抓了。比歲的心差點讓這些消息震碎了。有段時間，他都不敢進村吆喝生意了。可不做生意就沒有吃食，蒼子和孩子們就得餓著肚子。他只好硬著頭皮，拉著蒼子和孩子，繼續走村串戶。比歲只有祈求上天開隻眼，讓他逃過劫難。

但終究沒能逃過別人的眼睛。有人懷疑比歲了，將比歲拘住，可比歲咬緊牙關，什麼話也不說。再問，比歲就裝瘋賣傻，答非所問。問蒼子，蒼子死活都沒一句話。問孩子，孩子懵懵懂懂，什麼也不知道，連家裏在哪也不清楚，只知道在板車上。拘住比歲的人感覺比歲絕對隱藏了事情，可如果拘住比歲，這瞎眼的女人和兩個嗷嗷待哺的孩子就沒人照管了。多一事不如少一事，只好將比歲放了。後來比歲遇到過好幾次類似的經歷，但最後都是蒼子和孩子們充當了他的保護傘，讓他躲過了滅頂之災。比歲才明白當初蒼子為什麼讓他刺瞎她的眼睛。當年蒼子跟隨他爹走村串戶釘豬毛刷，讓幾個兵痞盯上了，如果不是碰巧比歲撞見，蒼子就讓他們糟蹋了。比歲沒白救蒼子一場。

比歲幾次化險為夷之後，繃著的弦漸漸鬆了。後來蒼子又給他生了兩個兒子，一個生在一塊大石頭後，取名石頭，一個生在路邊的石洞裏，就叫洞生。孩子小的時候，他們就跟著比歲的屁股流浪，後來桐樹和路橋大了，比歲就讓他們另外討生活，或打短工，或去熟悉的林場扛木頭。比歲不敢輕易回到水門村去，直到一切風平浪靜了，才領著蒼子和桐樹幾個，回到了水門村。村子裏的人並不明白比歲的過去，他們敞開胸懷接納了比歲，給他們分了田地。那時比年已經是一個人了，比年就讓出幾間屋子給比歲他們生活。

比歲以為下半輩子能過幾天安生的日子，誰知四個兒子沒一個讓他省心的。桐樹和路橋出生在一個驚魂未定的時間段，這兄弟倆雙雙成了小偷，整天偷雞摸狗，整個村子都讓他們鬧得雞犬不寧。石頭不怕招惹是非，三天兩頭不是打架就是鬥毆，臉上胳膊上哪兒都是傷疤。相比之下，洞生比較安分，卻又是個酒鬼，十幾歲的人天天歪東倒西，沒一點人樣。只要拿到值錢的東西，立馬換了酒喝。蒼子原本就生多了孩子，流浪中又沒養過身子，加上這幫傢伙的鬧騰，一張臉白得更加沒了血色。沒過兩年，就抑鬱成疾，撒手西歸了。蒼子走了，比歲的記憶也沒了。他和蒼子的點點滴滴大多都在路上。比歲輕鬆不起來，想當初就不該生下這幫豆子鬼。蒼子死後不過一年，比歲將那輛板車的輪子換了，將車箱修理了一遍，拉上那些招攬生活的工具，又離開了水門村。比歲走的是當初和蒼子出發時的那條路，依舊繞著湘鄂贛三省的三角地帶轉圈。比歲最後也沒有回到水門村，四個兒子中只有石頭有些孝心，沿著熟悉的村子一處一處尋去，過了這處認識比歲的人說比歲剛走，尋到下一處又說比歲剛走，兜了一大圈，結果連比歲的影子也沒找到。尋到最後，石頭也沒了耐心，懶得理會比歲了。比歲就這麼活不見人死不見屍了。

十三、潔癖

文叔是個乾淨得有些潔癖的人。村子裏的人整天在土堆裏摸爬滾打，一身泥水一把汗，還得侍候豬狗牛羊這些畜牲，誰有那麼多閒心擺弄自己。除非出門做客，逢年過節，才馬馬虎虎拾掇幾下。可文叔不，他的衣衫始終是筆挺的，頭髮油光水亮紋絲不亂，下巴刮得鐵青，連鬢角都料理得服服帖帖。腳上是擦得鋥亮的皮鞋，有時是乾乾爽爽的布鞋。渾身上下順順當當，見不著丁點的邋遢相。屋子裏也是整整潔潔的，地上不見坑坑窪窪，鋤頭犁耙，該收拾的物什都擺放得齊齊整整，總有固定的位置。就連茅房也清理得一塵不染，還得點一支禪香。

文叔的吃食也是有講究的。拙的煙葉採摘時就用水洗淨了，用塊紗布罩子罩著，懸在通暢的地方風乾。茶葉做茶前先洗去了塵土，泡茶時還用開水過一遍，泡出的茶水顏色清純，一汪新綠。茶葉也是精挑細揀的，都是一葉一心，沒有多餘的葉片。飯食就格外仔細，米都淘了三四遍，米水清澈得如同泉水，才收手。蔬菜不萎不殘，不老不瘦，過了鍋，仍舊原質原樣，紅的紅綠的綠，鮮嫩清爽。那樣的菜，不要說吃在嘴裏，看著也是一種享受。開飯時文叔聞不得半點異味，要是有孩子尿了，或者碰巧風捲來別人家挑糞桶的臊臭，這頓飯就半筷子也入不了嘴，連續幾天都不會有好胃口。

這一切都是文叔自己收拾的。他的女人好多年前就去世了，給他留著一雙女兒。他的心思沒少放在她們身上，她們的穿著打扮比有娘的女孩還入時得禮。一個人供三張嘴，他的負擔說重不重，說輕也不輕。可他情願在這些瑣細上耗去大半的時間。他只做些相對潔淨的農活，比如除草，摘百合花，滅白術的骨朵。至於犁田鋤地，挑糞施肥，這些粗活從不沾手，都是請人幹的。村子裏的人說，文叔是個享福的命，祖上給他留了尊金判官，幾輩子都花不完吶。村子出過金子，說到物質上總喜歡拿黃燦燦的金子說話。這要是換了別人，不要說打理的心情，恐怕連打理的力氣都沒有了。衣食住行，生老病死，早將人折騰個半死，橫豎都是吃飯穿衣，怎麼吃怎麼穿都一樣糊弄日子，誰還會多生這份閒心。

既然文叔這般愛乾淨，每逢紅白喜事，村裏人也就不好意思派重活髒活給他。文叔一般都坐在禮房或者客房，給他的差使不是上禮簿就是陪客。這已經是鐵定的規律，要麼不派他，派他準就是幹這些事。文叔也適合做這些，換成其他人就沒這麼稱心如意了。文叔身上有股子天生的文靜氣，那是別人所沒有的，還寫得一手好字，對聯，請帖，少不得請他來寫。舞文弄墨的事，換了他人也不行。他也沒出過差錯，請帖寫得工工整整，禮簿記得明明白白。

如果不是有一天文叔喝醉了酒，那他在水門村永遠就是這個形象。那天是他的小女兒出嫁，酒筵從早上開始直到日上三竿才結束。那些繁文縟節的瑣事也不需料理，早有人幫襯著，文叔就坐在酒桌邊一盅一盅喝著酒，賓客都散盡了，小女兒也早走沒了影，他還在喝著。他也該醉一回，一雙女兒從丁點大一泡屎一泡尿養大，大女兒早兩年嫁到鄰村，小女兒嫁得遠一些，出了村，出了鎮，還得行車坐轎走上一程。這麼些年，都是文叔一個人拉扯著，也沒見鬧出什麼風流事。清清寡寡的，活著不容易。陪著他喝酒的是幾個在禮房客房常坐的人，話也就是那些話，除了偶爾會插上幾句新的，多半都是嚼了七八遍無數遍的老話。喝酒的人當中有個綽號叫爛棗的，一心想將文叔朝醉裏灌，嚷嚷著，喝酒喝酒，屁話少說。我的酒……都陳了……五年，讓你個……爛棗……糟……糟蹋了。文叔聽不得爛棗的髒話，捲著舌頭說。文叔有錢，酒都陳香了，不喝白不喝。爛棗回敬說。你沒有錢？你茅房裏的那幾兩金子留著生崽的？文叔紅著眼睛向著爛棗。文叔的這句話一出口，喝酒的人都咯噔了一聲，他怎麼知道爛棗的金子藏在茅房裏。要是有幾兩金子，我還受這個活罪，那我不是傻蛋。爛棗藉口喝醉了，丟下酒杯就往回走。瞧他慌張的模樣，八成讓文叔說中了。

都說酒後吐真言，文叔的醉話讓人生出了許多聯想。前些年村子裏出現過幾起離奇的盜竊案，村長九德的一萬三千元現金放在穀倉裏，只有他和他老婆知道，莫名其妙不見了，連失盜的時間也不知道。泥水匠瘦桿將淘來的金子用瓦罐裝了，埋在床底下，連他女人都不清楚埋藏的地點，也讓人連罐帶金一併挖走了。地面像以前一樣乾乾淨淨，也不知什麼時候丟失的。還有人的首飾，縫在棉襖裏，也讓人挑開線頭，將金戒指金項鍊什麼的，搜刮一空。這些案子都成了無頭案，失盜的人家只知道東西丟了，什麼時候丟的，誰可疑，沒人說得出個頭緒來。村人這一聯想，文叔就有了賊的嫌疑，可瞅他的外表，怎麼也同賊扯不上干係。除了文叔的酒後失言，他的生活來源也值得懷疑，他的祖上真就給他留了座金山，幾輩子都花不完？就是金山，也有吃空的一天。

文叔是個賊，一個隱藏很深的賊。這只是村裏人的猜測，並沒有任何證據。但後來村裏人都將他當賊來看待，既然是賊，肯定不能讓人捉到，也不會給人落下證據。有兩件事，文叔幹得似乎不太光彩。第一件事就是，有年冬天，村子裏的大幫男人在一條乾枯的山溝裏淘金，他們邀了文叔，他卻不願意參與其中。他們汗流浹背的時候，文叔在山坡上撿了塊乾淨的地方曬著太陽。傍晚時分，他們淘到溝底讓巨石阻住了，只得草草收工。文叔見人去山靜，點燃蠟燭，用銑鋤將巨石下面的金砂一點一滴挖出來，得了塊老秤七兩的金子。那幫男人什麼也沒淘到，白白做了他三天的苦力。另一件事也是同淘金有關，都說陳姓的古墳下有金子，可誰也不敢打那個歪主意。文叔卻不放過機會，在離古墳幾丈遠的地方開了個天洞，再在地底下挖了個通道，直接捅到了古墳下。據說文叔在古墳的枕頭邊得了塊四兩的黃金。

女兒出嫁後，文叔一個人生活一段時間。他的日子過得並不邋遢，吃的穿的，用的耍的，依舊乾乾淨淨，清清爽爽。衣服筆挺，頭髮紋絲不亂，鬢角服服帖帖。在村人眼裏他是個賊，可紅白喜事離不了他，寫對聯，上禮簿，這些事只有交給他做才妥帖。他始終保持著那股子文靜氣。他特別愛惜他的那雙手，寫了對聯，或者上了禮簿，必然仔細擦洗一遍雙手。他慣用的是香皂，揉啊揉啊，直到泡沫將雙手徹底淹沒了，才戀戀不捨地將雙手浸到水盆裏，洗淨了，拭乾了。雙手又恢復了原樣，手掌白嫩，指頭纖細頎長，真不該是雙種田的手。

村子裏的人知道文叔有潔癖，都將值錢的物什藏到髒地方，慢慢地，失竊的事情就少了。文叔六十歲的時候離開了村子，搬到了大女兒家去住。他依然保持著那種潔淨的習慣。人間易老，他的記性好像不大好，經常聽見他女兒抱怨他，東西明擺著放在眼珠子底下，他就是看不見。後來又聽說，他經常將她女兒的一些首飾，金戒指什麼的藏起來。他藏東西的地方很古怪，將他外甥女丟棄的課本摳個洞，金戒指就藏在書洞裏。他女兒也由著他，偷她的東西不是賊，如果偷拿了別人的東西，那就洗脫不掉賊名了。誰叫他是她的爹呢。

十四、貪嘴的神漢

有一段時間，村子裏的神漢神婆層出不窮，最高峰時達二十多個人。水門村巴掌寬的地方，原來只有兩個神漢：雲清和雲來，他們是師徒，雲來是雲清的徒弟，還有個神婆竹嫂，守著半間廟堂，獨來獨往，同雲清和雲來沒半點牽扯。他們和她各有各的地盤，各有各的客戶，也各有各的本事，井水不犯河水，多年相安無事。他們和她都守著各自的規矩，新生出來的神漢神婆卻不管這許多，中間的界限立刻破了，一切都讓後來者生生攪亂。雲清和竹嫂的聲名倒漸漸淡了，退出了村人的視線，慢慢讓人遺忘了。

這幫新生代的神漢神婆各有各的招式，各有各的顯赫。暴眼鬼金生自稱三帝菩薩的弟子，暴眼怒睜，看得透前生三世；銼子矮腳瓜說是土地公公的弟弟，屋舍墳場，哪兒不清靜，哪兒噪著他的耳朵，只有他知道得一清二楚；鐵腦殼石匠也嚷嚷他是石神的徒弟，連石頭都鑿得穿，這世界就沒有他鑿不穿的事兒；斜眼三是個瘦骨伶仃的傢伙，肩不能挑擔，手不能提籃，偏說是藥王菩薩的後人，隨便扯幾根草，包治百病；可胖瓜更神奇，說他的大肚子裏藏著泉神，一瓢水就什麼問題都解決了。樟樹下的拐腳女人摘朵荷花頂在頭上，逢人就講她前世是何仙姑的弟子，還扯片荷葉擋住臉，半遮半掩，弄出半臉的神祕。那遮住的半張臉長滿了芝麻黑，怕有損何仙姑的形象。就連半癡半癲的風遲媳婦，也讓她去世多年的祖母附了體，拿著一枚縫衣針，左蹦右跳，專刺惡鬼的眼睛。聽說她的祖母很會繡花，繡什麼像什麼。

可他們成為神漢神婆遠沒有濟堂老腳來得驚奇。濟堂老腳六十多歲的人，不到一米六的個頭，臉是窄窄的，身子是窄窄的，連手掌也是窄窄的。只有肚子，像摟了只籮筐，膨脹得嚇人。都說他是蛤蟆精變的，瞧他那模樣怎麼也假不了。濟堂老腳本是春天死去的。他兒子沒有替他準備棺木，將他放在門板上攤了三天，等著木匠砍斫棺木。東家扛截木段子，西家湊塊杉木板，第三天的黃昏才釘成一副薄棺木。眾人七手八腳將他往棺木裏抬時，濟堂老腳突然長舒一口氣，窄窄的眼睛睜寬了，癟癟的肚子鼓了起來。他又活過來了。抬他的人以為活鬼顯形，將他扔在地上，哭爹喊娘的，眨眼跑沒了影。幸好有刨棺木的木屑墊著，濟堂老腳的屁股才沒摔爛。有膽大的偷偷溜回來，閃著腦袋往門裏瞧。只見濟堂老腳手舞足蹈的，繞著那口新棺木蹦來跳去，嘴裏咕咕嚕嚕叫喊個不停。

吾乃玉皇大帝。

吾乃元始天尊。

吾乃三帝菩薩。

吾乃泉郎中，水郎中，石郎中，土郎中。

吾乃江西福主許真君，神仙府裏大仙人。我家住在南昌府，祖籍河南汝南郡。祖孫三代多積善，恤貧濟困有陰功。

吾乃石壇神，跳腳神，灶公大王，河神，塘神，牛神，蛇神，無神不是，無神不在。我是諸神，諸神是我，有病醫病，消災化難，除禍得福，送子得子，送女得女。無病我就寢，無災我歸去，無求我逍遙。

濟堂老腳這一嚷嚷，水門村人才明白有菩薩神鬼附了他的身，借他的嘴在說話呢。至於是什麼鬼神，他嘟嘟嚷嚷的，似乎什麼鬼神都有。也有人懷疑，濟堂老腳一死一活是不是瘋了，那些沒頭沒腦的話就像瘋子的胡言亂語。但他之後的表現否定了他們的懷疑。濟堂老腳的確不同於死去活來之前，不再蔫頭蔫腦，甚至多了明顯的過人之處。比如他能夠在滾燙的油鍋裏撈硬幣，將滿滿的一鍋茶油煮沸了，扔進兩枚硬幣。沒有足夠的茶油，所以只能用小鐵鍋盛著。濟堂老腳赤裸著手，朝手掌手臂噴兩口水，將手伸進油鍋裏，眨眼的工夫就將硬幣撈了上來。手卻好好的，不見半絲異樣。當然，這滾燙的油和滾燙的硬幣就歸他所有了。比如，九龍下海，將一根竹筷砍成九段，拋進嘴裏，用清水咕嚕一聲吞下，屁事沒有。別人叫魚刺卡了喉管，他端碗清水，念幾句咒語，天靈靈地靈靈九龍下海化灰塵，讓人將水喝了，魚刺也化成了水，溜進了肚子裏。

這還不是叫絕的。有孩子受了驚嚇，哭鬧個不停。他讓孩子的父母用木升裝了滿滿一升米，用手巾蒙了木升口，拿顆雞蛋在手巾上滾來滾去，再掀開手巾，那米粒上會現出各種不同的腳掌印。雞嚇了是雞腳叉，狗嚇了是狗掌印。再舀勺水，念兩聲咒語，朝孩子臉上噴口水，孩子立刻不哭不鬧了。最玄的是解讀天書。用盤箕盛了一盤箕米，削一支V字形樹杈，有些像雞爪子所以叫雞臂，讓兩個不識字的男人捉住雞臂的兩肢，在米粒上點點劃劃。濟堂老腳則握了一柄木劍，圍繞盤箕跳來跳去。點起東方九夷兵，兵馬九萬九千人，頭戴戰盔身披甲，手執手槍火鉞旗，排起兵來勒起馬，排兵勒馬赴法場。濟堂老腳唱過一陣之後，雞臂就開始運動，米粒上就現出了個歪歪扭扭的字，識得字的左瞧瞧右看看，認出是個「吾」字。用掃把將米粒抹平了，再接著寫，米粒上又現出了一個字：乃。之後依次是：玉、皇、大、帝。濟堂老腳又開始唱，吾乃玉皇大帝，有病醫病，消災化難，除禍得福，送子得子，送女得女。無病我就寢，無災我歸去，無求我逍遙。遇見災禍的，趕緊燒紙焚香，磕頭拜神。雞臂就將受災的原因，化解的法子一一寫在盤箕上。最後，這滿盤箕的米粒就倒進了濟堂老腳的布袋子，遇上虔誠的人家，米袋子都不用他背，直接送到他家裏去。

有人疑心，濟堂老腳同握雞臂的人串通了，那兩個人本不是文盲，或者他早將要寫的內容告訴了他們。他們只不過依葫蘆畫瓢。為了消除別人的疑慮，另一次就不讓人來捉雞臂了，改用棉繩縛住雞臂的兩肢，懸在房梁上。雞臂照樣在米粒上寫出了字跡，吾乃三帝菩薩。懷了疑心的人才禁了口，不怕濟堂老腳，就怕得罪了三帝菩薩。

多了這些噱頭，其他的神漢神婆都暗淡了，村子裏的熱鬧都集中到了濟堂老腳一人身上。有誰得了怪病，哪家的屋子裏鬧鬼，誰家的祖宗不安分，都會請濟堂老腳跳上一出。濟堂老腳也沒讓他們失望，東生的女人摘茶球回來高燒不止，嘴裏不停地說胡話，他斷定她得罪了土地公公，原來東生的女人在一棵老茶樹下拉了一泡尿，將土地公公兜頭蓋腦澆了一遍。東生燒了幾帖紙，他女人才起床。南生挑了糞桶去南瓜地，回來手就腫了，他在溪溝裏洗了糞桶，溝的下游就是泉神的老巢。後來濟堂老腳在溪溝裏挖出了個圓錐形的石窩，洗淨了，南生的手才消腫。後屋的久德婆婆不過在山腳下走了一趟，回到家胸口像壓了塊石頭，喘氣都喘不出。她是蛇神害的。她讓石頭絆了一跤，將石頭扔在路邊的千年桐樹下，剛好將蛇出沒的洞口堵死了。濟堂老腳將石頭掀開，久德婆婆的氣也就喘勻了。

濟堂老腳的神道讓村裏人很不理解，別的神漢神婆都是單獨的鬼神附身，怎就有那麼多的神鬼趴在他身上。所謂眾口難調，這神鬼一多，供奉起來就麻煩。就拿供品來說吧，過去的手藝人有個說法，三分賺錢七分賺吃，這供品就是神漢神婆們的吃食。暴眼鬼金生跳神時供品就四樣：一盤茶殼餅，一碟黃豆，一碟南瓜籽，三四顆雞蛋；銼子矮腳瓜也四樣：一碟花生一碟葵花子，幾根麻花三四顆雞蛋；鐵腦殼石匠的四樣同暴眼鬼金生差不離，只有一樣南瓜籽換成了鐵蠶豆，也只有他能對付咬不破嚼不爛的鐵蠶豆；拐腳女人比較隨意，遇著不湊巧，有幾個茶殼餅也能應付過去。這些供品神鬼不可能直接享用，最後都落進了神漢神婆的口袋。濟堂老腳跳神時供品就不能這麼簡單了，他背後依附的鬼神眾多，各有各的口味，各有各的喜好，哪個都得罪不起。每次上供少不了十盤八盤的乾果點心，甚至七碗八碗葷素的菜肴。三帝菩薩好吃梨，河神好吃魚，泉神好吃蝦，塘神好吃泥鰍，還有喜歡吃桔子的，吃鵝蛋的，吃螃蟹的，吃黃鱔的，吃酸藠頭的，吃酸豆角的，什麼稀奇古怪的都有。吃法也不一，有煎炸的，有水煮的，有用鹽醃了生吃的。菩薩神鬼的嘴比凡人不知刁鑽多少倍。別人以為濟堂老腳變著法子要吃的，可看著又不像，他沒張嘴吐半個字，全是那懸在梁上的雞臂寫在盤箕上的，不由人不相信。那年冬天，後村憨老腳的孫女在塘邊玩耍受了驚嚇，斷黑時牙關緊閉，嘴唇烏紫一片。跳神時雞臂就寫了兩個字：泥鰍，抹去了再寫，仍就是兩個字：泥鰍。憨老腳打著手電筒，扛著鋤頭挖了大半夜，才挖到半飯碗泥鰍，剖腸破肚，洗刮乾淨，用油煎了，才將孫女的魂喚回來。

憨老腳挖泥鰍的事不是第一次。後來東生的娘患頭痛，打針吃藥總不見好轉，聽濟堂老腳說可能讓陰鬼下了緊箍咒。跳神時雞臂寫的就兩個字：雪梨。這下子讓人慌了神，梨樹才開花，上哪找雪梨去。雪梨沒有，換成鵝蛋行不行？東生可憐巴巴地問。可盤箕上現出的字跡仍舊是雪梨。我給您宰隻雞。東生咕咚一聲跪在盤箕前。雞臂劃出來的字跡仍然沒變：雪梨。別人見狀左搜右尋，才在久德婆婆那問到藏起來的柚子，權當雪梨。就因為雪梨沒遂願，東生娘的緊箍咒硬是沒解開，活活頭痛死了。

讓人不解的是，濟堂老腳最後死在了吃食上。那是在石壇旁跳的神，有個孩子在石壇旁邊失了魂，口吐白沫，人事不醒。那次擺了兩隻盤箕，四個男人捉了兩副雞臂在盤箕上寫寫劃劃，兩隻盤箕現出的字跡都是相同的：五加皮。五加皮是一種藥酒。這邊剛寫出來，就有人慌急慌忙到村裏唯一的藥店拿了瓶五加皮來，擰了蓋打算斟到杯子裏，半道裏卻讓濟堂老腳搶了去，嘴對嘴，咕咚咕咚瓶就空了。喝過酒，旁的人都以為該幹事了，誰知雞臂寫出來的字跡依舊是三個字：五加皮。又有人去拿了瓶酒來，濟堂老腳又咕咚咕咚幹了。三瓶五加皮下肚，濟堂老腳紅光滿臉，步子也靈動了，繞著盤箕蹦跳不止。可盤箕上現出的字跡反反覆覆就是三個字：五加皮。最後濟堂老腳一共喝下了五瓶五加皮，歪倒在地，連盤箕也撞翻了，米粒撒了一地。

濟堂老腳終究沒能在那場跳神中醒過來，讓酒給醉死了。死後三年，他得了一個孫子，長到五六歲，整日裏歪東倒西的，像個醉漢。是銼子矮腳瓜跳的神。銼子矮腳瓜點破的謎底是讓濟堂老腳害的，只有將他的酒氣放了，孩子才有救。濟堂老腳葬在一個叫虎形的地方，挖開墳，開了棺，居然滿棺的酒氣。等酒氣散盡了，將濟堂老腳重新安葬了，他的孫子才醒過來。

十五、內心的邪念

仁貴長得有些異相，用奇形怪狀來形容也不過分。其一頭小：村裏的人都說他長了顆扣子腦袋，臉部就不寬敞，五官跟著細瘦，全擠到了一塊。下巴溜尖，嘴巴窄小，鼻子巴塌。眼睛像兩粒黑芝麻，經常斜著眼看人。他的眼眶裏像潛伏了一條蛇，隨時有可能溜出來噬人一口。其二腳大：一雙腳板天寬地闊，不管什麼鞋子最後都是同一種結局，讓他擠爆了鞋幫。所以只能穿訂做的鞋，特意加寬的。其三屁股大：屁股像兩片石磨，還不只是石磨，而是兩顆巨大的石球，懸在身體的中部。頭小，腳大，屁股大，他的身體成了只剛冒出地面的竹筍，從溜尖的腦袋開始垂直往下闊，一圈闊過一圈，一直闊到了腳後跟。

對於仁貴的長相，水門村人看法不一，有褒有貶。有人說，腦瓜小腦子靈活；可旁的人認為頭大才是君子。有人說，腳大行得正，站得穩；有人偏說腳大是小人，還舉了例子，豁嘴就長了雙大腳，經常打小報告，害了不少人。有人說，屁股大沒什麼不好，古人講究站如松坐如鐘，屁股大才能坐如鐘；別人的意見卻恰恰相反，屁股大壓根就不是好人。他後來的那些破爛事真就印證了這三句話，頭大才是君子，腳大是小人，屁股大絕不是好人。

有段時間，仁貴是水門村公認的能人，正應了第一句話，腦瓜小腦子好使。他先是在村民小組做出納，東家進西家出，從來沒發生過一升半鬥的誤差。小隊不過二三十戶人家，誰該進誰該出，帳目全裝在他的腦瓜裏。後來村裏的書記見他有能耐，就叫他到村裏做會計，原來的會計是個老糊塗，帳簿翻爛了，仍就是本糊塗帳。仁貴不到三天時間就將帳目清理得米是米，穀子是穀子，黃白分明。往後他攏著手，在村子裏遊來蕩去，成了閒人一個。也該他閒的，誰能有這個能耐。慢慢地，仁貴的名聲在外，別的村有理不清的帳目都來請他去，每次他也就費個三兩天工夫，水是水，油是油，全都一清二楚明明白白。最後飯飽酒足，一身酒氣回了村裏。

從做村民小組出納開始，仁貴就走狗屎運了。村民小組出納只做了一年，村上的會計不出兩年，仁貴就讓鎮上的書記看中了，將他弄到鎮裏做了會計。仁貴野雞變成了鳳凰。有妒忌的人說，仁貴清理帳目時小眼睛綠光盈盈，這小子越有能耐越有可能壞事，他那小腦瓜裏不知藏了多少歪心眼。可他們白白妒忌了，仁貴穩穩當當坐住了鎮政府會計的位子。這也應了屁股大坐如鐘的話。鎮政府的帳目也讓仁貴理得丁是丁，卯是卯，省了鎮書記和鎮長的好多心思。那些妒忌的眼光慢慢變成羡慕的眼神了。仁貴不但沒做出什麼壞事，反而在村子裏建起了一幢明三暗五的大瓦房，風風光光進進出出。

可平靜的日子不出三年，仁貴就中了那句妒忌的話，內心的邪念就像摘了韁繩的牛，從牛圈裏橫衝直撞奔了出來。那種潛伏的邪念就像甦醒的蛇一樣溜出來噬人了。不過他首先噬咬的不是別人，而是他自己。他左挪右轉，將鎮政府的一筆資金弄到了自己口袋裏。那可是四千元呢。原以為做得天衣無縫，這水門鎮做會計的再沒人強過他，他誰也不用擔心，四千元的冤枉錢放心吃到了肚子裏。再變成磚磚瓦瓦，變成亮亮堂堂的大瓦房。他的膽大妄為最終在一次財務檢查中暴露了，揭穿他陰謀的是從縣城來的兩名會計，一男一女，男的戴了老花鏡，女的一臉端莊嚴肅。

這個結果讓鎮裏的書記異常吃驚，也極端憤怒。仁貴本是他當寶貝挖來的，誰知如此不爭氣，仁貴栽了跟頭不說，他也跟著跌面子。原以為書記會將仁貴一腳踢回村裏，書記卻很仁慈，將仁貴塞進了計生辦。每個人的心中似乎都有一扇關閉邪念的閘門，一旦開啟，邪念就如潮水一樣湧了出來。仁貴的閘門就讓一次貪污打開了，爾後一發不可收拾。有了前科，他不能做會計，卻同女人扯上了不清不白的關係。讓他到鎮計生辦搞計劃生育，鎮子裏傳言他將幾個女人的肚子弄大了。最跌眼鏡的一次是仁貴上縣城的那一回，在髮廊裏找了位小姐，帶到護城河的草灘上鬼混。仁貴給了小姐五十塊錢，小姐將錢藏在絲襪裏，折騰中錢落進了草叢，讓仁貴撿著了。仁貴偷偷將錢塞回了褲袋，小姐發現錢沒了，認定讓他拾了回去，仁貴卻不認帳。兩個人在草灘上拉拉扯扯，讓巡邏的治安隊發現了。最後是鎮計生辦的人將仁貴從治安隊領回來的。鎮計生辦的人並沒有說出仁貴拾錢的細節，只說他嫖娼讓治安隊的人抓著了。這不是什麼長臉面的細節，他們瞞著有情可原。村裏的人聽說呵呵笑了，這就是屁股大的好處，別的事不好幹，幹這事卻是有勁。

仁貴又被鎮計生辦踢了出來，鎮裏的人還是給他留了面子，將他安置在護林隊。整日裏同樹打交道，他就是滿肚子邪念也沒地方發洩了。仁貴也因此安靜了一段時間。清明時節正是祭墳的高峰，護林隊到處巡邏，因為林地面積寬，不得不分散行動。仁貴在一次單獨巡邏中見到一頭掙脫了韁繩的母牛，母牛後還跟著一頭牛崽。他偷偷將母牛和牛崽牽了回來。後來失牛的人家找他要牛，仁貴死活不認帳，說他是撿著的，怎麼也不願歸還人家。之後偷偷將牛牽到另一個鎮子賣了，得了二千七百元。失牛的人家沒要回牛，只得將事情報告了鎮派出所。鎮派出所的人將仁貴拘了去，審問偷牛的經過。仁貴依舊不承認偷了牛。我沒偷牛，只是撿了根繩子。仁貴詭辯說。後來村子裏因此多了句笑話，叫撿根繩子巴頭牛。這稱得上是世界級的詭辯大師的名言。仁貴被判了有期徒刑六個月。鎮子裏不可能再接收這麼個盜竊犯，刑滿釋放後，仁貴也沒有回到村裏去。後來有人在縣城的大街上見過仁貴，一身破衣爛衫，戴著頂破草帽，拿著只破碗，撅著大屁股，拖著一雙大腳板，在沿街乞討。看見他的人扔給他兩個鋼蹦，鋼蹦掉在破碗裏沒留住又掉到了地上，仁貴彎腰撿拾鋼蹦時草帽掉了，村子裏的人這才根據他的小腦袋認出他就是仁貴。

十六、穴居者

村子裏娶不到女人的男人不外乎幾個原因，要麼家裏窮負擔重是個窮光蛋，要麼瘸腳瞎眼是個廢人，或者精神有問題是個瘋子癲子。有風是個光棍，可他不是窮光蛋，也不是殘廢瘋癲，怎麼都不該沒有女人。水門村的人都說有風娘是頭母豬，一個勁地懷胎生子，懷胎生子，有風是她第十三個兒子，加上三個女兒一共有十六個子女。後來的一年，有風爹和有風娘拍一張四世同堂的全家福照片，這一家子子孫孫男男女女聚在一塊竟然有一百三十四口人，還不包括當時幾個媳婦大肚子裏藏的貨色。

有風是十六位兄弟姐妹中最末的一個。他娘有可能讓生兒育女弄得疲憊不堪，生下有風後說什麼也不願意同有風爹同床共枕了。無論有風爹怎麼好勸歹說，摔碗拍桌使臉色，甚至揚胳膊蹬腳板地撒野動粗，有風娘堅決不回有風爹的草鋪上去了。村子裏有句話，細崽後福，喝碗黏粥，意思就是最末的孩子大多會得到溺愛。可有風沒有享受到這樣的優待。阿膿阿血阿殘了。有風娘逢人便說，要是能塞回去，我恨不得一巴掌將他搧回去。說的就是有風，好像他天生就是個累贅，就是個不該來到世上的人。

有風五六歲時就開始不太同別的孩子合群。村子裏本來孩子眾多，加上他的兄弟姐妹，有風根本不缺少玩伴。他們喧喧嚷嚷玩捉迷藏，屋前屋後亂竄，有風就一個人待在牆角裏盯著蜘蛛網；他們呼朋引伴摘草莓，有風就蹲在場地旁邊的石墩上瞅著螞蟻搬家；他們成群結隊往河灣裏跑，耍水撈魚，有風連河岸邊也懶得去，一個人不知跑到哪棵樹下，一坐就是一整天，看一窩吊腳蜂飛進飛出。十一歲的那年，有風玩過一回失蹤，整整一個星期不見人影。剛開始，有風的爹娘還不在意，以為有風躲在哪玩了。過了兩天還不見他出現，他們就慌了神，井裏塘裏河灣裏，山坡上草陂下，到處都找了個遍，只差沒掘地三尺，沒將井水塘水河水抽乾放淨，仍舊不見有風。活不見人，死不見屍，他們以為有風讓鬼神掠了去，或者叫紅毛野狗叼了去。最後，有風從鄰居的薯窖裏鑽了出來，他在裏面生活了一個星期，餓了就吃紅薯，睏了就睡在紅薯堆上。

有風的爹娘也由著他神出鬼沒。只要不是丟了，死了，管他去做什麼。那年月掙口飯吃不容易，何況他們養著十六個孩子，只能混個半饑半飽，哪有時間去管他這些。有風樂得自由自在。有了第一次夜不歸宿，之後類似的事情經常發生。到十五六歲的時候，除了吃飯，有風平常都不進屋子了。春天的時候，他會躲到某個土洞或石洞裏；夏天的時候就睡在樹蔭下；秋天的時候稻子收割了，他就抱了稻草，隨便睡到哪個土坎下，或者田地裏；到了冬天，他又像老鼠一樣捲了稻草，躲進了山洞裏。村後有座破廟，廟裏有個泥菩薩，缺胳膊斷腿的。有人看見有風在破廟裏睡過，稻草就鋪在菩薩背後的地板上。還有人看見他鑽進電站的水泥管裏，那時是秋天，蓄水池都乾枯了，水泥管空空的，正好容納下一個人的身子。有人提醒有風爹，如果有風掉進水泥管的深處，到時候就麻煩了。有風爹嚇了一跳，特意傍著屋子搭了間草棚，鋪了草鋪，給有風另外安置了一個窩。有風也沒在草棚裏待過幾個晚上。

村子裏傳言有風可能癲了，或者讓神鬼給害了，也有可能患了夜遊症。可瞧他的樣子又不像夜遊症，夜遊症只是晚上亂跑，有風白天就很少進屋子，連午休都到野地裏找個角落棲身。瘋癲也不太像，說話都好好的，做事也有條不紊，沒有半點錯亂的跡象。而且有風出脫得有些標致，身材頎長，臉色白淨。雖然經常睡在野地裏，衣著並不凌亂，只是頭頂偶然會沾上幾根草屑，再看不到其他邋遢的地方。二十幾歲的時候，有風的爹娘替他說過幾門親事，原以為只要娶了女人生了子，有風就該收心了。前幾次的婚事還在搖籃裏，就讓人左一嘴右一舌地打了破嘴，連姑娘的面都沒見著事情就黃了。後來有風娘讓媒婆到外村物色了姑娘，其中有個姑娘看了門房，左等右等沒了下文。另一起都押了茶盤定了親，對方的人家是根獨苗羨慕有風家的勢力，嫁到有風家就不會受人欺負了。問其婚期，對方遲遲不見動靜，到最後還是媒婆將紙捅破了，人家是好，問題在於有風太不正常，姑娘嫁過來不受外人欺凌，可這麼個男人夠她遭罪一輩子了。

斷斷續續，說了好幾門親事，但最後都不了了之。有風爹娘也漸漸淡了心，好在兒子多，一個打光棍，也斷不了香火。三十歲之後，有風就再也沒人替他操心婚事，也沒人來歸管他。有風爹娘都年紀大了，照顧自個都困難，那些兄弟各謀各的活路，誰也沒有時間拘管他。有風越發夜不歸宿了。一切遠離村人的角落都有可能發現他。有時躺在山腳下的某塊石板上，有時躲在橋洞裏。冬天扒拉稻草餵牛，扒著扒著，有風蜷縮的身子就在稻草堆裏現了出來。春天時有人放火燒了一堆乾枯的油菜稈，火苗子剛點著，有風就掀開油菜稈嚎叫著衝了出來。原來有風在油菜稈下睡著了，與他同時抱頭鼠竄的還有幾隻老鼠。幸好油菜稈只是表面著火，才沒傷著他。後來村人吸取教訓，再縱火焚燒草屑藤條時首先檢查一遍，看看有風是否藏在裏面。

五十歲的時候，有風終於定居了。他在村後的山坡上搭了間草棚，草棚不遠處是塊巨石，叫牽牛石。沒事的時候，村子裏的人猛然抬起頭，就可以看見有風端坐在石頭上，向著山下張望著。山坡上沒有樹，只有些稀薄的草，有風的草棚就像牽牛石一樣無比巨大。從那時候開始，很少有人見到有風到村子裏走動了。他在山坡上墾了一片荒地，種了紅薯蠶豆麥子，也種了南瓜冬瓜茄子辣椒。他不知從哪弄到了一桿鳥銃，半夜裏，突然砰的一聲響，肯定是有風打著兔子或者野麂了。第二天有風就會出現在村子裏，用鳥銃挑了兔子，或者馱著野麂，他用這些野物換了油鹽必需品，又回到了草棚裏。

七十歲的時候，有風的草棚讓一把火焚為了灰燼。有人看著從天底上掉下一隻火球，直接落進了有風的草棚裏。草棚著火時有風剛巧坐在牽牛石上。草棚離村子太遠了，誰也幫不了他。再說山坡上也沒有水，有的只是風，風助火勢，很快烈焰騰騰。有風衝進火海裏，只搶出來一副棺木。經歷了這場大火，有風再也沒搭建草棚了。他在山坡上挖了個土洞，將棺木拖進了土洞裏。傍晚的時候，有時會見著有風端了碗坐在石頭上吃飯，吃的什麼沒人知道。後來有人趁著有風不在山坡上，偷偷鑽進了他的土洞裏。土洞有兩間薯窖那麼大，左邊就是那副棺木，棺木裏墊了茅草，有可能就是有風的床鋪；右邊放著幾個石墩，一個石墩上擺著兩隻碗，一隻已經缺了嘴唇寬的缺口，另一隻碗上擱著一雙芒花稈做的筷子。地上歪放著一隻鐵鍋，鍋裏還有半隻沒啃完的紅薯。

有風後來死於一個狂風暴雨的夜晚。那個晚上風雨狂暴得有些駭人。村子裏好多人家的屋頂都讓風掀開了，瓦片飛得到處都是。有幾戶人家的土坯屋讓大雨澆塌了，有的塌了整間的房子，有的垮了半堵牆。風雨停時人們都忙著修理自家的屋子，誰也沒有注意有風。等村子裏的人發覺有風好多天沒下山，奔到山坡上一看，土洞早塌陷了，只剩下一堆黃土，八成有風是葬身黃土下了。其時有風的那些兄弟多半都作古了，活著的也是問不了世事的老糊塗。有風的喪事只能由他的侄輩們做主，在要不要將有風挖出來另行安葬的問題上他們起了爭執，有人說挖起來再安葬，有人說這是有風叔喜歡的方式，不必再驚動他老人家了，就讓他安靜地躺著吧。前一種意見的人反駁，村子裏從來沒見過這麼葬人的，別丟了大家的臉面。有風叔村子裏就只有一個，非得學別人的樣，為什麼不能遂了他老人家的願。最後是後一種人的意見占了上風，只將土堆修理齊整了，插上一塊墓碑，有風的墳就成了。再請了兩個道師，做上兩三個晚上的道場，喪事就妥帖了。想來有風也不會怪罪侄輩們偷懶，畏麻煩。

十七、倒楣蛋

運昌屬羊的，剛巧小寒那天出生，是小寒之羊。算命的先生說，小寒之羊寸步難行，前途渺茫，災難多多，災禍重重，終生奮鬥，晚年享福。想那小寒之時，草色枯敗，山窮水竭，冷天冷地的，要吃食沒吃食，要景致沒景致，不凍死也會凍僵，不餓死也會餓斷腸。所以取名運昌，是他的爹娘希望名字能給他帶來好運氣。

三十歲之前，運昌的確活過一段順風順水的舒心日子。十八歲那年，同村子裏一幫大男人到三百里外的地方修水庫，出發時不過是條泥腿子，回來時卻成了赤腳醫生。運昌在工地上遇見一位草藥郎中，郎中見他機靈，又識文斷字，執意收他為徒，讓運昌挎個背簍跟著他，漫山遍野挖草藥。幾千人的工地，不時有患風熱腦痛的，挖草藥，煎湯藥，砸藥汁，郎中一個人忙得喘氣的工夫都沒有。幸好有運昌，郎中才有片刻的輕鬆。這一年半載下來，郎中的那點本事全數傳給了運昌。當初運昌的爹娘聽算命先生一說，擔心得要命，勒緊褲帶放運昌讀了幾年書，指望靠讀書來改變他多劫的命運。這幾年的墨水幫了運昌大忙，工地結束後他買了些醫書自學，就成了走村串戶的赤腳醫生。不淋雨不曬日頭，不下地不濕腳，不肩挑背磨，讓村子裏的青年後生好一陣眼熱。

成了赤腳醫生，運昌的婚事就順暢了，水門村俊俏的姑娘任他挑選。運昌娶了鐵匠的女兒米花，米花真是一朵從米裏爆出來的花，白白淨淨，滿臉的玉秀。米花不只長相窈窕，還藏了滿肚子的蛤蟆崽。三年時間替運昌生下了兩個虎頭虎腦的兒子。這日子風生水起的，要什麼有什麼，沒處不順眼，沒事不順心。算命先生的預言只當是他睡糊塗了，滿嘴胡言亂語，早讓運昌拋到了腦後。

運昌骨子裏是個喜歡折騰的人。學醫，結婚，生子，這些年一直就沒消停。到後頭就愁著一個字：錢。做個赤腳醫生雖然不必泥一身汗一把的，可也掙不了大錢，只能混個全家溫飽。運昌並不滿足，轉而瞄上了做生意。不過他想做的生意沒離開他的本行，那年月村子裏很多人家都種了百合和白術，是兩種中藥材。外地人蜂擁進村子收購百合和白術，收購價格一年一年攀高，最貴的一年一公斤白術頂得上一個幹部兩個月的工資。運昌費盡心機，終於打聽到他們銷售百合和白術的地方，原來是廣州。他和村裏兩個要好的人一合計，決定也跑一趟廣州。別人收購白術時他們也收購，村子裏的白術幾乎讓運昌全部買下了，有的給了現錢，有的賒欠著，都是鄰里鄉親，還怕跑了不成。運昌他們打算幹一趟大買賣，不鳴則矣，一鳴驚人嘛。出村時白術裝了滿滿一大車，不分晝夜往廣州跑。到了廣州，他們卻傻眼了，前些年白術價格節節攀高，這一年各地都擴種白術，都蜂擁進廣州，價格還不及收購價的一半。幾個人在廣州待了半個月，原想等個轉機，可等來等去，運送白術的車子一天比一天多，白術的價格一天比一天低。運昌他們再也等不下去了，只得咬咬牙忍痛拋了。幸好拋得快，後來白術連青菜的價格還不如，到最後乾脆沒人要了。這一趟下來，運昌將多少年的積蓄全虧了，還欠下一屁股債。

沒過兩年，運昌重整旗鼓，連著跑了三趟廣州。他販賣過去的是百合。前兩趟撈回了些老本，第三趟又栽了跟斗。百合講究品相，前兩趟收購的都是瓣闊的，汆得也恰到好處，一片片潔白如玉。第三趟，村子裏入眼的百合差不多都賣淨了，只留下些落腳貨。運昌將殘存的百合一股腦兒吃進了，用硫磺薰了幾個日夜，讓百合轉了黃白。可貨到廣州讓人聞出了硫磺的氣味，那一車百合白送也沒人要了。前兩趟賺下的，填了最後一趟的窟窿。

日子又回到了之前的軌道，運昌照常背著藥箱走家串戶，好不容易又有了些積蓄。偏村子裏有個啞巴，上山砍柴時用鐮刀敲石頭玩，竟然在石頭裏敲出了金子。一時間滿村子的人都往山上跑。運昌卻守在家裏，哪兒也去不了。那些上山挖金的人，今天這個砸著了手指頭，明天那個傷著了腳趾頭，得清創縫合，一步也走不開。瞅著人家的口袋一天天鼓脹起來，他只有眼熱的份。採金的隊伍手工作業一段時間後，鳥槍換炮，將風鑽機柴油機往山上抬。運昌逮住機會也承包了一個洞口，拉攏一幫人，沒日沒夜朝山體內挖掘。出金子的地方在楓樹窩和松樹窩，一座山的陰陽兩面，而運昌選擇的是楓樹窩和松樹窩相夾的掃帚窩，是同一座山的西面。別人的礦洞不到三十米就挖到金脈帶了，他的礦洞深達一百米，一百五十米，二百米，什麼也沒碰到，最後血本無歸。若干年後，有人路過他挖的礦洞，碰巧下雨造成洞口塌方，那人在離洞口不到一尺遠的地方發現了一條金脈帶，撿到的礦石高達幾千元一公斤。

掃帚窩失敗之後，運昌拆東牆補西牆，又在老虎岩開挖了一個礦洞。這個礦洞深達一百五十米，又是顆粒無收。後來別人撿了他的洞口，繼續往裏鑽，進去不到十米，就撞到一窩金，採出來的礦石磨出了好幾十斤金子。這人要是倒楣，喝涼水都塞牙，放屁會砸腳後跟。在下茅窩，運昌也開過礦洞，這次吸取了教訓，追著礦脈打洞，可追進去不到三十米，就讓上下的兩個礦洞抄了底，得到手的金子勉強夠著開採的費用。在黃土嶺，剛巧挖到富礦，有個礦工裝了顆啞炮，排除啞炮時偏偏炮響了，可憐那個礦工粉身碎骨的。出了人命，這礦也沒法採了。挖到的礦石讓人搶的搶，偷的偷，加上賠償，又是雞飛蛋打。最有可能成正果的一次是在老鼠坑，礦雖不富，畢竟打著了，礦石堆了滿房。粉碎礦石的那一天，運昌特別興奮，喝了點酒，迷迷糊糊的，清理出來的金子當晚就讓人盜了去。報告鎮派出所，破了案，盜賊卻跑了，到現在也沒回水門村。世界這麼大，鬼知道他躲到哪個角落享受去了。

經過這一連串的打擊之後，運昌最終才回想起那個算命先生的預言。這一輩子算是白折騰了。命裏有時終會有，命裏無時莫苦求。命裏註定八升米，走滿天下不滿一斗。後來的日子，運昌還栽過十幾畝桑樹，那會蠶繭正值錢。養了一年蠶，第二年蠶繭降價了。運昌覺得不划算，懶得理會桑樹了。過兩年蠶繭的價格回升，再去看桑樹早讓荒草吞沒了。這一波折，運昌徹底死心了。他安安靜靜守著自己的診所，早出晚歸，一心救死扶傷。沒幾年，運昌的口袋就鼓了起來。那幾間土坯屋住了大半輩子，到了拆舊建新的時候。磚瓦就了緒，泥水匠小工也攏了場，紅紅火火的熱鬧。偏偏鹽罐裏生蛆。他請了個叫嗅驢的小工，嗅驢在河灣裏挖潮沙時坐在沙坑裏歇息，沙坎垮下來，他來不及爬起來就讓潮沙活埋了。等人去尋他吃飯，才發現沙坑早讓潮沙填滿了。又是安葬費，撫養費，運昌的口袋很快空了。房子才起了半人高的牆，好像患了侏儒症，再也沒法向上生長。

接下來的時光，運昌心灰意冷了，什麼事也不想幹。他的大兒子後來繼承他的衣缽，考上了醫學院，分配在縣城的一家醫院。兒子在醫院上班沒幾年，就自己辦了家診所，吸取老子的教訓，別的事不去沾手，一心一意撲在診所上。他的大兒子很快在縣城買了房，還買了小車。運昌這才活過來，到兒子的診所坐診，老老實實替兒子打起了工。他兒子對他很孝順，每個月給他三千元的工資，由著他去花銷。運昌往後有沒有別的倒楣事，暫時還不知道，至少目前沒有發生。

十八、水幽

水幽是個不入時流的老頭。在水門村再找不出第二個人像他那樣穿著裝扮，穿在外面的罩衣，無論棉襖還是襯衫，一律都是棉紗布，都是手工紡織的。手工的棉紗線粗糲不勻，織出的布也就有些粗糙，不實板。用手摸，能摸到一些小疙瘩。再摘了烏梅刺的漿果，榨了汁，將布浸染了。棉紗布就著了灰不灰紫不紫的顏色，很頹舊。衣服的式樣也是舊式的，用的是布扣，像蝌蚪一樣趴在胸口上。腿上的褲子也是同種質地，紮腰褲，有時束根布條子，有時紮條大手巾。不紮大手巾時，大手巾就圈在頭上，繞著腦門後腦勺走一圈。小腿上纏著綁腿，不分春夏秋冬，始終綁著。腳上是一雙草鞋，用的是一晚的稻草，厚實，稻草也柔軟，同布鞋沒什麼區別。到後來，紡車沒了，織布機也散了架，他穿的仍然是手工織的棉紗布。也不知那些棉紗布從哪裏弄來的，或者他收藏了足夠多的棉紗布。後來，有了各式各樣的鞋子，各種質地的，解放鞋，豬皮鞋，牛皮鞋，雨靴，他的腳掌上仍舊沒變化，晴天是草鞋，雨天乾脆赤著雙腳。

水幽成了村子裏一件特殊的古董，傻不拉嘰的古董。村子裏沒幾個人願意接近他，就連老頭老婆婆也同他走不到一塊。只有　些小屁孩，整日裏糾纏著他，水幽爺爺叫個不停。叫水幽居士，不要叫爺爺，我沒你們這幫豆子鬼孫子。水幽往往要糾正孩子的叫喊。他們糾纏他是有原由的。那時候吃食少，能填飽肚子已屬不易，不要說孩子們的零食了。嘴饞的小傢伙們不管野栗子野梨，還是青蛙黃鱔泥鰍蟬，鳥蛋野蜂蜜甚至來不及長毛的雛鳥，逮住什麼都往嘴裏送。煎了黃鱔泥鰍倒不覺得怎麼殘忍，可那赤裸裸的幼鳥剛見天日，就架到火堆上烤，再硬心的人也下不了這個手。還有青蛙，扒了皮，眼珠子依舊骨碌碌地動，手一鬆，就蹦跳著往野地裏逃。有個小傢伙當著水幽的面，想將一隻青蛙活剮了。水幽給了他一毛錢，將青蛙買下了。一毛錢可不是一個小數目，一個勞動力一天還掙不到一毛錢呢，用它買雞屎糖將口袋都撐爆了。一個小傢伙嘗到了甜頭，馬上就有其他的小傢伙仿效，他們或捉了青蛙，或捕了蟬，或掏了鳥崽，一起守到水幽屋前的場地上。場地邊有塊米篩大的石板，成了小傢伙們天然的屠宰場。水幽又用或多或少的毛票，銀角子，將活物從他們手中救下了。小傢伙們原以為他將這些東西買了去吃，誰知卻不是。青蛙放回了田野，蟬飛回了樹上，那些裸著身體的雛鳥讓他找著鳥窩，又放回了鳥窩裏。可是沒過多久，讓水幽放生的那些活物又讓小傢伙捉了回來，如此反復，捉了換，換了放，換到手的東西起來越少，水幽也掏不出銀角子了，能給的或是一把鐵蠶豆，或是幾粒南瓜籽。小傢伙們漸漸對他失去了興致。有個別頑劣的，不死心，將水幽放生的鳥崽又掏了回來。讓水幽撞見了，再也沒鐵蠶豆給他，相反拎起他的耳朵，將鳥崽奪了去。造孽啊，造孽啊。水幽捂著鳥崽，又朝鳥窩走了去。

從水幽身上討不到了便宜，小傢伙們也就不再親近他。他們躲著他，逮住什麼依舊吃什麼，誰也不閒著。後來這些小傢伙們不約而同受到了大人們的拘管，輕的只是拎了耳朵，重的屁股讓杉樹刺抽得滿是血點。蟲角螞蟻都是命，你個斫頭鬼，就這麼狠心。還挨了他們父母一頓臭罵。小傢伙們再也不敢肆無忌憚了，偶爾逮著活物，也只敢躲著吃。

水幽不只是從小傢伙手掌下救走了活物，還給別的人家添了不少亂子。村子裏有囚雞的習慣，將雞用雞罩罩了，好穀好食養著，雞就肥壯得快。有一段時間，雞罩總被人掀開了，雞得了自由，四散亂跑。有人怪罪孩子，後來才發現是水幽搗的鬼。春天時有人逼筍，將筍用瓦缸覆蓋了，筍不斷生長，碰到缸底又彎回地面，觸地又回升，來來去去的，整個瓦缸都讓筍子塞滿了。逼筍的人過十天半月才去察看，瓦缸仰坐在地上，積了半缸的水，竹筍早沖上了天。另一年，他們才逮住揭瓦缸的人，又是水幽。只得將瓦缸重新蓋上了，可過幾天瓦缸又被揭開，這麼揭了蓋，蓋了揭，逼筍的人沒這許多精神去料理，無可奈何，只得放棄了。

經歷了這幾件事，村子裏的人才注意到水幽是個古怪的人。他不養雞也不養鴨，連狗貓也不養。他有不養這些畜牲的理由，養了雞鴨會生蛋，他不吃蛋；狗貓會亂性，狗會走草，貓會叫春，這都是水幽不希望見到的齷齪事。而且雞鴨貓狗會殺生，雞會啄蟲子，鴨會吃田螺，貓會捉老鼠，狗會咬野物。他就養了一隻鵝，是隻公鵝，不會生蛋，村子裏也沒別的人家養鵝，用不著擔心它胡來。鵝喜歡吃草，不會下到稻田搗蛋，笨嘴笨舌的，不會禍害蟲子。也很親近人，水幽每次出門，鵝就嘎兒嘎兒送行，回來時又嘎兒嘎兒迎接他。這公鵝就像是他的兒子，又是他的看家狗。

水幽還是村子裏唯一吃齋的人。他吃齋本來不關人家的事，甚至小隊上宰了豬別人還能因此多分到半兩八錢肥肉。可水幽吃齋給別人添了不少的麻煩，隊裏打牙祭時好不容易宰頭豬，能喝碗肉片湯。給水幽做飯時還得將鍋洗涮了，用茶油另外給他煎幾塊豆腐。碰上灶房裏的人不耐煩，水幽就連豆腐也沒得吃了，只能啃乾飯。遇上人家婚喪嫁娶，村子裏免不了要鬧騰一番，不管生也好死也罷，都會熱熱鬧鬧吃上一頓。掌廚的人又多了麻煩，又涮了鍋，另外給水幽炒上兩個菜，或者下碗素麵。下了麵條，水幽又不急著吃，一個人立在屋簷下，將麵條舉到頭頂上，都不知他在幹什麼。這一站就是大半天，等他吃時麵條都結成麵餅了。村子裏的人懷疑水幽是假吃齋，做個樣子給他們看的。有人用肉湯下了麵條，端給水幽，水幽連碗都沒接過，就皺著眉頭別開了臉。隊裏殺豬時給水幽故意分了塊泡皮肉，送到水幽的屋子裏。送肉的人出了屋子並不走遠，而是躲在窗戶下窺探著。屋子裏不見有什麼動靜，也不見水幽出屋。送肉的人又躡手躡腳進了屋，水幽已經從後門出去了。他將肉塊用棉紗布裹了，在屋後的泥地裏挖個坑，埋了。

只有侍候莊稼的時候，水幽同村裏人沒兩樣，一樣下田，一樣鋤地。對於莊稼，水幽也有他的喜好，喜歡紅薯，花生，紅薯做弄起來簡單，放在火裏烤，或者用鍋煮，隨便捉兩只就能對付一頓飯。花生容易換取小傢伙們手中的活物。得了閒，水幽就上山剮紅棕，用紅棕搓了繩索，再用繩索換了或多或少的毛票。給那幫小壞蛋坑去的毛票就是他剮紅棕的收入。水幽說過一個謎語，不吃你一粒米，不喝你一口水，一年送你一十二件衣。謎底就是紅棕，一棵成熟的紅棕樹一年能剮下十二片紅棕，一片不多一片也不少。後來村子裏有個女人用水幽搓的紅棕繩上吊死了，從那之後，水幽就不剮紅棕也不搓繩索了。水幽將那個女人的死背到了自己身上，雖然她同他扯不上半點關係。

水幽死的時候是個冬天，他的鵝比他先兩年死去。等村裏人發現，水幽已經僵硬在床上，連衣服都沒法換了。入殮時他就穿著那身衣，上身是烏梅刺染的棉紗布罩的棉襖，下身是紮腰褲，腰上是根棉紗布剪的布條，腿肚子上裹著綁腿，大手巾纏在腦袋上。水幽沒有預備棺木板，幾個男人趁著雪爬上山坡，砍了幾棵松樹，釘成一具薄棺木，在山坡上找了個角落，將他草草安葬了。上的供品也就兩三樣，上不了雞鴨魚肉，就只有豆腐腐竹什麼的。這點村子裏的人尊重了他生前的意願。水幽沒兒沒女，連個哭喪的也沒有。村子裏的響器班子免費為他吹吹拉拉了一番，湊足了熱鬧。

十九、一棺之地

水門村素有請風水師相宅相墓地的習慣，總想謀得一塊風水寶地，風生水起，蔭福子孫。越是富實的人家越是將風水看得比命根子還重，生怕富貴不能久傳。為了三尺之地，有人不吝一擲千金，有人不惜以性命相搏，各人拿出了渾身的本事，使盡了看家本領。村子裏就有傳說，柏樹下的朱家同坪下的吳家原來就爭過地，地皮本是吳家的，偏讓朱家請風水師瞧中了，朱家暗中向縣太爺送了賄賂，在吳家的地皮埋了塊石頭。官司打到縣衙，縣太爺派人從地底下挖出石頭，吳家傻眼了，一塊地皮耕種了幾輩幾代，不想藏了朱家的證據，所以那塊風水寶地就歸了朱家。朱家後來果真昌耀，鼎盛時佔據了水門村大半個村子。

村子裏傳得最遠最久的是景柏和仰柏兄弟倆爭搶墓地的事。他們倆都是年過花甲的人，景柏是兄，仰柏是弟，景柏比仰柏大了七歲，古稀之年了。這人上了年紀，隔天遠離土近，考慮的大都是身後事。功名利祿，已是過眼雲煙。兄弟倆想得最多的是葬身之地，水門是個山村，想找到一塊理想的墓地非常不易，山地葬墳有很多禁忌，比如山地有十不葬：一不葬童山，二不葬斷山，三不葬石山，四不葬過山，五不葬獨山，六不葬逼山，七不葬破山，八不葬側山，九不葬陡山，十不葬禿山。墓穴有十忌：一忌後頭不來，二忌前面不開，三忌朝水反弓，四忌凹風掃穴，五忌龍虎直去，六忌直射橫沖，七忌淋頭割腳，八忌白虎回頭，九忌龍虎相鬥，十忌水口不關。兄弟倆請了風水師，在自家的山地上轉悠了三四天，最後在後山發現了一處地方，叫盆形。這地方後有靠山、左有青龍、右有白虎、前有案山、中有明堂、水流曲折，掘為墓地，藏風聚氣，納福斂財，子孫後代必然鵬程萬里，福祿延綿，富貴無比。盆形是個天生的聚寶盆。聽風水師天花亂墜一說，景柏喜上眉梢，他是老大，這地方非他莫屬。而且風水師說了，風水眼不過三尺之地，就算將來仰柏傍著景柏下葬也不管用。如果壽終正寢，仰柏完全沒指望了，可仰柏自有他的小算盤。仰柏同景柏約定，將來誰先辭世，盆形就歸誰，景柏想都沒想就滿口答應了。當哥哥的沒察覺弟弟的鬼主意，仰柏回到家就交代了後事，假裝失足跌進水塘裏溺死了。景柏傻了眼，沒想到仰柏會來這一手，只得按照當初的約定，將盆形的三尺之地讓給了仰柏。

也許因為有仰柏在地底下庇佑，仰柏的兒子德生幾年工夫就發達了。德生在自家的土地上挖出了金子。當年景柏和仰柏分家時，仰柏得到的多是邊頭角尾的貧瘠之地，一場山洪暴發，將山腳下的幾畦旱地沖毀了，德生在裸露的地腳上拾到一瓣瓜子大的黃燦之物，放在嘴邊一咬，竟然是金子。這是誰也沒有料到的事情，那些狗卵不長的土地下面藏著金子。仰柏發現了金子卻不露聲色，先是拿自家的肥田沃土換了芋頭的瘦地，芋頭是景柏的兒子，生性就比較木訥，是個老實的莊稼漢。德生同他換地，芋頭感覺自己沾了德生的便宜，先是不肯，後來架不住德生軟磨硬泡，將地換給了德生。白紙黑字，還簽下了契約，芋頭後悔也不可能要回去。換了芋頭的土地，德生又盯上了村裏別的人家。他暗中勘測了一遍別人的土地，將那些地底下藏了金子的一一銘記於心。後來假意修整讓山洪沖毀的土地，他偷偷挖出一些金子，換成銀元，再收購那些藏了黃金的土地。等村子裏的土地收購得差不多了，德生才揭開面紗，雇了幾個老實巴交的漢子，將那些不見天日的金子從泥土裏刨了出來。別人見了金子，後悔當初不該聽德生的哄騙，上了他的鍋巴當，毀約又不可能，只能在暗地裏撈些便宜。可德生不是省油的燈，將土地圈起來，買了許多狼狗，用狗來看管，誰也靠近不了，就連芋頭也不可能，只有眼睜睜看著那些金子都進了他的腰包。

有了金子，德生就抖擻起來，原來的幾間土坯屋改做了牛欄豬圈，新做了一個闊大的院落。請了娱姆，養了家丁，出門就是四台大轎。挖出來的金子讓他購買了更多的田地，在鎮子上開了布店和米店，還從長沙和武漢弄來了鹽巴。德生成了遠近聞名的老爺，還買了槍在家裏藏著。剩餘的錢，德生用來放高利貸，錢滾錢，利滾利，就像獅子滾雪球一樣越滾越大。村子裏的人卻不是拿獅子來打比方，而是說德生屎殼郎推牛糞，越推越圓滾。他們這麼說除了妒忌，還有憤激。也有人說，仰柏葬了風水，有風水管事就是不一樣。德生對仰柏的祭奠就更殷勤了，恐怕哪一天躺在地底下的老子不庇佑他了。德生除了敬畏盆形的那堆黃土之外無所顧忌，有了錢臉就闊了，少不了幹些欺男霸女的事。村子裏稍有姿色的女人，都逃不過他的手掌心。他不相信沒有錢擺不平的事情。軟的不行就來硬的，霸王硬上弓。村子裏受了委屈的人敢怒不敢言，只能打掉牙往肚子裏吞。也有剛烈的，殘了自家性命，也是奈何不了他。臨到解放時，德生已欠下三條人命，還像沒事人一樣，囂張放肆，一點也沒有收斂。等他發覺大禍臨頭時已是在劫難逃，東躲西藏過了一段時間，最後讓土改工作隊的人抓了，斃在河灘上。他的屍體是芋頭收拾的，埋在盆形的那疙瘩裏。

德生死後，村子裏的人也有話，當年仰柏溺死，是五鬼之一。五鬼為：吊頸鬼，跳水鬼，斫頭鬼，生產鬼，炮子鬼。這種暴死的冤鬼再好的風水也是白搭，長久不了。德生的下場也是必然。芋頭雖然沒有他老子景柏庇護，沒讓他大富大貴，可他老老實實種著幾畝田，土改時他的成份是中農，平平安安過了一輩子。德生不但害自己丟了性命，而且連累了他的兒子祥貴，他不像他老子德生一樣犯渾，也沒得罪過什麼人，有時還瞞著德生偷偷拿些錢財救濟一下老弱孤寡，在村子裏還有些人緣。可畢竟德生得罪的人太多，積的民憤太深，村子裏的人對待祥貴的好還是有限度的，沒讓祥貴挨槍子已是網開一面。祥貴知道老子德生欠村子裏的人太多，對誰都低眉順眼，平平靜靜過了大半輩子，再沒招災惹禍。祥貴有個兒子小名叫平兒，其意在平安，後來兒子考上了大學，自作主張改名為騰騰，志在千里。騰騰大學畢業後留在城裏，後來又下海自己開了公司，成了第一個將小車開進村子裏的人。村子裏的人早忘了他的爺爺德生當年是怎樣的下場，都說仰柏的風水管用，這麼多年了他的子孫還是有享不盡的富貴。可騰騰的好運也就十幾年工夫，有一年開車回家過年，途中撞上了一輛大車，騰騰連人帶車鑽進了別人的車肚子裏，等拖出來時早已血肉模糊，都辨不出人形了。村子裏的人又有了別的感歎，這人一旦同風水扯上了關係，怎麼走怎麼活都抹不開，還是那三尺之地的事。

二十、搭檔

　　仿明是水門村的三個瞎子之一，五歲時害過一場病，從閻王爺那裏撿回一條命，賠上了一雙眼睛。仿明的世界從此黑暗一片。他的眼睛睜得大大的，其實什麼也看不見。陽光、七彩的顏色、一切用眼睛感知的事物，都成了仿明的回憶。仿明很少出門，一直靠著爹娘的照顧生活。他爹想過很多法子，希望仿明自食其力，畢竟爹娘照顧不了他一輩子。讓仿明跟一個算命的老先生做學徒，學算命，仿明執意不肯。那算命的給仿明掐過一回指頭，說仿明雖然生活苦些，但也衣食無憂，晚年安泰。仿明的爹娘略略寬了些心。仿明有個弟弟，一點也不嫌棄仿明是個瞎子，做什麼事都會替他著想，知冷知熱。仿明的日子過得還算舒心。可好景不長，仿明的弟弟後來娶了親，弟媳是個牙尖嘴銳的女人，對待外人臉上還浮著笑，只要仿明在跟前，就摔盆砸碗，甩盡了臉色。仿明看不見可聽得明白，弟媳在嫌棄他。仿明受不得這種憋屈和羞辱，拿著破碗，拄根竹棍出了門。

　　仿明做了乞丐。剛做乞丐時，仿明放不下臉面，不敢張口向人乞討。他叩打著竹棍，沿著道路茫然往前走。仿明不說話，可見著他的人就明白了，他在行乞。村子裏的人也不說破，遇上晝前午後，就叫住仿明，給他盛碗飯，夾些菜。不碰巧的時候，也會拿些東西打發他，比如一碗米，一紮麵條什麼的。水門村的人就這點德性，哪怕自己餓肚子，絕不會虧待一個客人，就是乞丐上了門他也是客，怠慢不得。仿明只要出去了，就不會餓著肚子，也不會遭人白眼，回來時還能捎帶半升八角米或者紅薯乾。仿明也不白吃，誰家給了飯，就幫著誰家做些事。仿明做不了別的，但曬穀子時可以趕趕雞，他的耳朵靈敏，只要場地上有雞跑動，噓噓幾聲，雞就不敢來糟蹋糧食。秋天時，人家拾了桐球茶球，仿明可以幫著撬桐球，或者剁茶籽。遇上老了人，仿明也會主動去幫忙，別的事幹不了，但下葬那天必定和三合土。三合土摻有石灰，燒腳，一般人都不願意幹。仿明就捲了褲腿，赤著雙腳，拄著竹棍，站到泥堆裏。到後來，只要死了人，和三合土就成了仿明的專利。踩多了三合土，仿明的腳掌到了冬天就皸裂，裂縫裏陷得進米粒。仿明卻不叫痛，強忍著。一個瞎子內心的痛用耳朵是聽不到的，只有用心才聽得見。

村子裏的人喜歡拿仿明開些葷葷素素的玩笑，只是當個樂子，其實並無惡意。玩笑的話很多，比如：仿明啊，你知道女人哪兒凸哪兒凹；哪個女人是桃花眼，哪個女人又是貓頭鷹眼；哪個女人會偷男養漢，哪個女人又是狐狸精。仿明不回答，一個勁地傻笑。你別欺負仿明眼瞎，他看不見女人，可聞得著摸得著，你不信問仿明。旁邊的人接話。就有男人假裝女人來試驗仿明，故意扭著屁股讓仿明來摸。仿明坐著不動，也不伸手。仿明，你摸呀。有人催促說。摸什麼摸，你一身汗臭都薰死狗了。仿明說。這狗鼻子。讓摸的人恨聲罵。碰巧喜大腳走近了，喜大腳是女人，可走路像個男人，咚咚直響。男人們示意喜大腳別做聲，讓仿明摸一回。

仿明依舊不伸手，只是嘿嘿傻笑。是男是女？旁邊的人急於知道答案。是女人，不過是個老女人。仿明說。死瞎子，老娘就不給你做媒，讓你一輩子打光棍。喜大腳聽不得仿明說她是老女人，她原本徐娘半老了，仍舊打扮得花枝招展的。仿明挨了罵也不惱，依舊傻笑。喜大腳沒法同一個瞎子計較，恨恨地跺跺腳走了。

有一回，那些男人逮住了一個叫紅繡的姑娘，推到仿明跟前讓他聞。男的女的？有人逼著問。仿明沒說話，只伸出手讓他們將她推過來。紅繡掙扎著，可又掙不脫男人們的手掌。仿明待紅繡近了前，突然在她的大腿上摸了一把，縮回手，放在鼻子邊嗅了嗅。好香啊。仿明一臉的沉醉。狗日的仿明，還真識貨。周圍的人哄然笑開了。紅繡受了羞辱，又說不出話，狠狠地朝仿明臉上甩了一巴掌。仿明的臉上立刻現出幾根紅指印。仿明挨了打依舊不惱，倒將紅繡氣得扭頭跑了。仿明傻笑著，那雙無光的眼睛盯著紅繡跑去的方向一動不動。瞧瞧，仿明讓紅繡勾魂了。又是轟然大笑。

紅繡是個啞巴，十啞九聾，耳朵也不好使，還是個聾子。可紅繡的心眼靈巧，飛針走線，如有神助。她繡出的鞋墊，不只結實耐墊，而且花紋特別漂亮，花是花，草是草，魚是魚，蝦是蝦，一切都活了過來。好多女人都圍著她轉，巴望著從她那兒學個一招半式。她們能學到紅繡的樣式，卻繡不出那樣的鮮活。雖然紅繡長相嬌秀，心眼靈巧，但娶一個又聾又啞的女人做老婆，村子裏沒哪個男人樂意。如果到時再生個又聾又啞的孩子怎麼辦，紅繡的聾啞可是天生的。而且紅繡雖說殘疾，骨子裏卻不認命，好吃懶做的男人她還看不上眼。婚事就這麼耽擱了，慢慢地，紅繡就過了三十。那邊仿明在等著，那天的玩笑真勾了他的魂，當然也沒誰願意嫁給一個瞎子。後來又是喜大腳撮合他們的，那天的氣話她早忘了。剛開始，對喜大腳的撮合，紅繡不答應，紅繡的爹娘更不答應，但喜大腳有她的辦法。一個瞎了眼，一個又啞又聾，仿明和紅繡合在一塊，就是一個完整的世界，再美的東西有眼睛看到，再動聽的聲音有耳朵聽到。他們倆前生註定就是一對夫妻，就是一個人，不然哪有這麼巧的事情。喜大腳的說法讓紅繡和紅繡的爹娘動了心，說不定真是上天註定的姻緣吧。就試著讓紅繡同仿明接觸，這心裏的防線拆除了，仿明同紅繡眨眼就黏到了一塊，成了一個人。

有了紅繡的照顧，仿明的日子就有滋有味了。過去形隻影單，現在進進出出都是兩個人。紅繡是仿明的拐杖，也是仿明的眼睛。仿明是紅繡的耳朵，也是她的嘴巴。仿明看不見的，紅繡替他看見了；紅繡聽不到的，仿明聽到了；紅繡說不出來的話，仿明也替她說了。紅繡是個挺細心的女人，有了她的侍弄，仿明的一切都變得有條不紊，衣服乾淨了，腮邊的鬍子也不拉碴了。仿明，女人哪兒凸哪兒凹，這回總該告訴我們了吧？有男人又拿仿明開玩笑。叫你的女人來讓我摸摸，我就知道了。仿明說得一本正經。紅繡用手擰了一下他的耳朵，仿明轉過身臉上掛滿了傻笑。

雖然生活裏添了快樂，可仿明和紅繡的日子很拮据。自從有了紅繡，仿明再不外出乞討了。仿明下不了田，除了鋤土，地裏的活都靠紅繡忙活著。仿明的弟弟見哥哥成了家，將稻田裏的活計全攬了過去。村子裏的人也替仿明和紅繡高興，總有些好心人暗地裏幫襯他們一把，缺糧的時候送些糧食，缺衣的時候送幾件半新不舊的衣服。外村人建房都到水門村的河壩里拉石頭，一小四輪石頭二十塊錢，剛開始還有人湊熱鬧，後來見仿明和紅繡下了河，那些人就不好意思同他們爭搶營生了。這滿河的石頭都歸了仿明他們。撿石頭是個重體力活，小塊石頭紅繡搬弄不怎麼費力，碰上大石頭，紅繡就拉了仿明，兩個人抬著。最困難的時候，仿明偷偷溜出去乞討過，日子寬裕了，人家給的東西特別多。仿明沒法挑回來的，幸好紅繡尋了去，見了滿袋子的東西眼圈就紅了，眼淚珠子叭啦叭啦直掉。紅繡抹過眼淚，又擰了一把仿明的耳朵，仿明哎喲了一聲，又是一臉傻笑。紅繡拿他沒辦法，只好同仿明一起將東西抬了回來。

仿明和紅繡後來生了一個兒子，兒子繼承了他們倆的長處，眼不瞎，耳不聾，嘴皮子特別會說話，小時候就叔叔伯伯叫個不停。兒子腦瓜大得像個冬瓜，相當聰明，讀書時總是捧了獎狀回來。後來兒子上了大學，分配在縣城工作。兒子心痛仿明和紅繡，好說歹說，想將他們接到縣城生活，仿明和紅繡怕給兒子丟臉，死活不答應。最終架不住兒子的軟磨硬泡，仿明和紅繡上了縣城。他們倆在縣城生活了七八年，最後還是待不下去。誰也沒想到他們的兒子是個花心蘿蔔，七八年時間換了三四個老婆，結了離離了結，年年都在結婚離婚。仿明和紅繡怎麼看著也不是一回事，兒子雖然孝順，可在婚姻上半點都不聽他們的勸告。仿明和紅繡一賭氣回了村子，回來的那天，依舊是紅繡用一根棍子牽著仿明，只不過棍子已不是竹棍，而是他們的兒子給他買的一根手杖。手杖遍體通紅，像是用紅漆染過。剛進門，紅手杖就讓仿明扔了，換上了他原來的竹棍。落地的一端竹棍裂了，拄在地上響聲有些破碎。

二十一、賭徒

水門村的人都說，夷平的家產都是賭來的。他們說的賭有別於賭博，用在夷平身上恰如其分。夷平是個泥水匠，手藝平平，所以生意也不怎麼紅火。住的幾間草房有些破敗，但也不至於倒塌。夷平一直想做幾間房子，積累了好些年，才勉強燒了兩個磚瓦窯。有了磚瓦，買其他材料的錢還不知在誰的口袋裏。碰巧那一年啞巴在楓樹窩用鐮刀敲出了金子，滿村子的人都挾著鐵錘鑿子往山上跑。夷平也跑了去，可鐵錘鑿子的力量有限，收穫不到什麼。楓樹窩鬧哄哄地過了一陣，鬧出了不少問題，甚至有人丟了性命。鎮裏組織護礦隊，將楓樹窩封了山，誰也不能上，爾後又將楓樹窩劃分成幾塊，對外承包。夷平拿定主意，賣了兩個窯火的磚瓦，七拼八湊，將能夠變現的家產全都押了進去，向鎮裏承包了一塊礦區。他的想法很簡單，要麼一輩子住那幾間草房，要麼就住高樓大廈。夷平豁出去了。

夷平像是有財神爺眷顧他，他的礦洞沒挖到十米遠，就碰上了礦脈帶。雖然不是富礦，但也是財源滾滾，讓人眼熱心跳。第一次用碎石機碎石時，夷平還發過金寒，當工頭將一團用水銀沉澱的米果大小的金子交到他手上時，夷平的身體竟然篩糠似的抖個不停，礦工們用了兩床棉被才將他暖過來。可是好景不長，也許因為得意忘形，有個礦工一邊叼了煙一邊裝插雷管，有煙灰掉進雷管口引爆了一盒雷管，那個礦工讓雷管炸得成了篩子，滿身都是小洞洞，礦工被送到省城的醫院住了兩個月，撿得了一條性命。雷管爆炸又引燃了油桶，整個工棚燒得一乾二淨。爆炸時夷平正在工棚裏睡覺，要不是有塊松木板擋著，他也要丟掉半條性命。這一場劫難幾乎吞掉了夷平的全部利潤。

經過這一嚇，夷平再不敢上礦山了。拿什麼賭都可以，唯獨不能將自己的身家性命賭掉了。夷平變換了招式。他成了金販子，走哪口袋裏都藏著一把戥子，大戥進小戥出，幹起了販賣黃金的營生。那時候黃金市場沒開放，販賣黃金往往能賺取暴利。可一旦讓緝私隊抓到，顆粒無收不算，還得虧老本。夷平同別的金販子不一樣，別人跑廣州，他就在鎮子裏兜圈，替那些跑廣州的金販子收集零碎。用行話說跑廣州的，叫跑長途，像夷平這樣本鄉本土折騰的，叫跑短途。跑短途沒有巨大的利潤，但風險小，而且不需要自己墊資。夷平很伎滑，只要有了貨，趕緊就脫手，從來不在自己手上過夜。雖然有人暗中使過壞，但夷平毛髮無損，一點損失也沒有。

村子裏的人都是有些賭性的，淘了金賣了錢，口袋鼓鼓囊囊的，手腳就癢癢了。耍撲克的，打麻將的，各有各的喜好。玩得最多是筒子，因為簡單，不限人數，所以參與的人特別多。每次賣了金子，都是狂歡的日子。那些淘金客都聚集在夷平的周圍，金子賣給了夷平，這玩筒子的莊家也由夷平坐。夷平並不客氣，還訂了條規矩，不管誰坐莊，都不准賣莊，直到沒人下注了，或者莊家賠光了，才散。那些淘金客想都沒想就答應了。這一輪玩下來，夷平吃東家賠西家，怎麼也扳不倒他，到最後賣金子的那點錢又流回了夷平的口袋。玩過幾個輪回，那幫淘金客漸漸醒了，怎麼也不能由著夷平坐莊，夷平的現金總是比他們的金子多，有兩次眼看著夷平賠光了，不知怎麼又從褲腰帶裏抽出一紮票子扔在臺子上，就是這紮票子幫他挽回了危局。後來改由淘金客輪番坐莊，規矩還是那一條，莊不倒不散，莊通吃只要還有一個人下注也不散。這人一換，莊就更坐不住了，沒兩個回合，莊就垮了，再換人，再垮。有一回有個人通吃了十把，將莊坐大了，花花綠綠的票子堆了一大堆，沒幾個人敢下注了。夷平從腰帶裏抽出一紮票子，被莊家吃掉了。再抽一紮，又被莊家吃掉了，莊家抓了兩個天，而夷平抓的是鼻屎。第十三把的時候，夷平解開了褲腰帶，他的腰上纏滿了票子，一紮一紮的，用牛皮帶扣著。夷平將褲子扔到了臺面上，說，要麼老子脫褲子給你，要麼你給老子滾下來。就這一把，夷平的鼻屎轉天，莊垮了。

夷平讓賭筒子這麼一玩心眼就玩大了。販賣那些零碎的收入還不夠他賭筒子賺的零頭。十賭九輸，那幫淘金客也不願意同夷平玩下去了。他們賣了金子自個找自個的樂趣，夷平突然沒了市場，只有將目光轉向外村。夷平同那些跑長途的販金客玩過幾回，他的運氣就沒那麼順暢了，每次都是損兵折將，賺少賠多。最後的一次，夷平虧大了，將在水門村賭筒子贏的錢，加上多年跑短途的所得全搭了進去，還填不滿窟窿，欠下一個跑長途的兩萬元。那跑長途的還算寬容，只要夷平繼續替他收集那些零碎的金子，這兩萬元就不再追討了。腰帶上沒了錢，夷平也安分了，老老實實跑短途。幾年下來，夷平又有了些積蓄。他沒再參與賭筒子，碰巧那年金價下跌，一克黃金還不到七十元，從來沒有過的低價，夷平將所有的積蓄全部收購了黃金，藏了起來。他只有一個想法，怕自己手癢忍不住又會去賭筒子。但沒想到第二年黃金價格回升，價格幾乎翻了一倍，夷平將前些年的損失又撈了回來。

再後來，楓樹窩的金子都讓人挖淨了，楓樹窩的那座山也成了一座空山。村裏的人讓金子慣著了，一旦挖不到了金子，日子就沒了著落。不少人受不了這種逼仄，紛紛朝外奔，或出去打工，或者做點小生意。夷平的戥子也沒用武之地了。原來那幫跑長途的也紛紛改弦易轍，剎那間都跑得不見了蹤影。兩年後，夷平一個偶然的機會遇到一個跑長途的，那人已經發達了，在南方辦著公司，據說員工都有三千人了。夷平受了誘惑，將收藏的那些金子全拋了，帶著全部家當去了南方。奶奶的，要麼一輩子受窮。夷平離開村子時撂下這麼一句沒頭沒腦的話。夷平在南方打拼了一些年月，也不知他做的什麼營生，總之他也發達了。那一年回家過年，夷平一家開了三輛小車回來，他有兩個兒子，一個兒子一輛車。有識得貨的，那三輛小車中就有一輛寶馬。後來村子裏有傳說，夷平不過是個鞋販子，各式各樣的鞋子，只要你想像得到的，他都有，生意都做到國外去了。甚至有人傳言，說某個國家的王子的女友，特別喜歡夷平的鞋子。她有一個鞋櫃，裝的都是夷平販賣過去的鞋子。你想想，這狗日的夷平該賺了多少錢。

二十二、酒鬼

水門村的人認為，有量喝酒完全是他的名字在作祟，有量有酒量才會喝酒，才能喝酒。村子裏的酒鬼有好多種，有借了酒撒野的，見了人就掐，見了東西就踢，將老婆當沙袋，乒乒乓乓練上一陣拳腳；有喝了酒瘋瘋癲癲的，又哭又笑，又說又唱；也有喝醉了，倒在哪兒都能睡，路中間，草叢裏，甚至茅房裏。有個酒鬼就出過一個笑話，有回在鎮子裏做客同人拼酒，拼不過，假裝上茅房結果一屁股坐在茅房的蹲位上睡著了，別人拉他起來，他以為別人叫他換位子，說什麼也不願意起身，反反覆覆就一句話，我就坐這兒好，我就坐這兒好。

有量的酒量其實並不大，所以常常醉。有量也出過笑話，有次他妻舅來了他家，有量的女人出去有事了，家裏剛巧新釀了火燒洒。有量就拿了酒壺上樓灌酒，酒裝在酒缸裏，足有半人高。有量灌酒用的不是酒勺，而是一根軟皮管子，一頭放在酒缸裏，捉住軟皮管的另一頭猛吸一口，再將軟皮管插入酒壺中。有量吸一回，可能手腳緩慢了，酒又倒了回去。有量含了滿嘴的酒吐又捨不得，只好吞下去。如此反覆，也不知有量吸了幾回軟皮管，吞了多少口酒。他的妻舅在樓下等了大半天總不見有量下樓，樓板上倒有酒水滲出來，滴滴答答落在地上，濺起一朵一朵好看的酒花，爬到樓上一看，有量歪倒在酒缸邊，已經呼嚕呼嚕睡著了。有量的一隻手捉著酒壺，酒壺讓酒灌滿了，軟皮管的酒水還在往外噴。

有量喝的酒大多不是自家的，喝酒的人也很少醉倒在自己家裏。有量有個絕活，寫得一手好毛筆字，村裏的紅白喜事都離不開他。寫對聯，抄庚書，上禮簿，紅白的請帖，都出自有量之手。文叔在時少不了有量，文叔離開村子後有量就唱了主角，醉酒的機會也就多了。對於酒，有量從來不推辭。酒是什麼東西，酒不過一杯水，喝了軟軟腿，晚上回家老婆不歡喜，早上醒來又後悔，中午見了又饞嘴，到了晚上又喝醉。而且喝點酒，有量寫起字來更有感覺，筆走龍蛇，龍飛鳳舞。所以有了喜事的人家，特別是紅喜事，主人家事先總要倒上半杯酒讓有量潤潤嗓子潤潤筆。有量有了點醺態，字就活了。如果酒太多，還沒動筆，有量倒先在桌子上趴下了。等完事了，再倒個三杯兩盞，炒上幾碟小菜，有量不經勸，幾杯下去就歪東倒西了。他喝醉了不鬧事，也不能隨便倒地就睡，醉到實在沒法走動時主人家會將他扶到床上躺著，等酒醒了再挽留，有量卻怎麼也不願再喝了。只要還能走動，有量一定會歪歪扭扭回到自己家，倒頭就睡。他的女人聞著他一身酒氣，就知道他醉了。死鬼，你就不能少喝一點。女人罵他兩句，給他泡上一杯濃茶，由著他去睡。

有了這份墨氣，有量在女人眼裏就比別個男人不同。鄉野裏的男人大多粗蠻，少有儒雅的。有量捉筆揮寫時的那種灑脫，少不了有女人暗地裏生了喜歡，篾匠的女人蓮花就是一個。蓮花生得富態，對房事特別貪婪。篾匠大多日子不在家，守在山溝裏做篾。同有量好上之後，只要逮著空子，絕不放過有量。偏有量家裏的女人也是不甘寂寞的，這兩頭折騰有量剛開始還以為是樂子，後來就疲憊不堪，連勉強應付也支持不了。如此下去，有量的身體都抽空了。有段時間，有量就怕見著蓮花，後來又怕見著自己的女人。這要是交貨不出，自己的女人對他有了疑心。想來想去，有量想了一個法子。每次同蓮花親熱後，都朝自個身上噴上兩口酒，回到家女人以為他又喝醉了，頂多罵他幾句，就躲過去了。

同蓮花的事並沒有隱藏多久，就讓篾匠發覺了。這篾匠捨不得丟下自己的女人，又不忍心戴著這頂綠帽子。也不能扯破臉，讓村裏人看笑話。其實村裏人都心知肚明，只要不拿到桌面上來說，這面子好歹算是保住了。可篾匠有篾匠的法子，沒拿篾刀砍去有量的腦瓜，也沒割去有量的臍下三寸。篾匠逮著有量正同蓮花親熱的時候回了家，故意不說破他們的曖昧事，只敲開門搬了根凳子堵在臥室門口，耐著性子看電視。蓮花想了許多法子想支開篾匠，叫篾匠吃飯，篾匠說不想吃，蓮花又勸篾匠洗腳，篾匠也不動彈。這樣一來就苦了有量，他趴在床底下，時間長了就難以忍受，可又不敢動彈。篾匠一直坐到了深夜，將有量折磨得差不多了，才吩咐女人去炒菜做飯，並且讓女人多做幾道菜，說有朋友來喝酒。蓮花不明底細，又不得不按照篾匠說的去做。等菜上了桌，酒滿了杯，卻不見有客人來。篾匠這才說，他的朋友早就到家了。有量知道瞞不過篾匠的眼睛，這才灰頭土臉從床底下爬了出來。有量站不是，坐也不是。篾匠卻像個沒事人，對有量說，我不會打你，也不會罵你，你也別跑，坐下來喝杯酒吧。有量只有老老實實坐下了，篾匠喝一杯，有量也喝一杯。蓮花悶聲不響待在一旁，一句話也不敢說。有量的酒量不及篾匠，最後醉得人事不知。那一晚上，有量沒有回去。另天醒來，有量才發現自己睡在篾匠家的狗窩裏。有可能有量酒醉時讓人看到了，有量睡狗窩的事很快傳遍了村子。

遭了這次羞辱，有量再也不敢同蓮花往來了。不只蓮花，村子裏其他女人朝他使眼色，他也視而不見。有量成了一個名副其實的酒鬼，沾酒必醉，每次醉後都醜態百出。捋拳擦手打人，葷葷素素亂罵，有時醉倒在牛欄裏，有時跌倒在泥地裏，渾身都沒了點人樣。有一次竟然歪東倒西追著一對正在走草的野狗，狗們黏合在一起，跑不快，讓他追得滿村子亂蹦。還有一次有量躺倒在石橋邊，見著他的人怕他滾落到橋底下，將他扶回了家。有量到了家卻嚷嚷著，叫女人和兒子趕快拿了紙筆，女人不知他要幹什麼，將紙筆給了他。有量一筆一劃，竟然寫了一封遺書。關於遺書的內容就不好多說，反正讓有量的女人扔到灶膛裏一把火燒掉了。她當他寫了滿紙的醉話。

二十三、樹神

本昌的長相有些奇特，像是拿一些樹段子拼接起來的。從腳板到肩膀是主幹，雖然不怎麼粗壯，可圓滾得均勻，從下到上，直挺挺的一截。手臂是枝丫，加上指頭，就是枝丫繁雜。脖子到頭頂這一截，像截樹茬，已經到了這棵樹的最高峰，再往上生長有難度了，杵在那兒，癡頭癡腦的，多少有些笨相。他站立的姿勢也像樹，雙腿微屈，手臂張開，那模樣就是一棵老茶樹。身子微斜，脖子稍歪一點，手臂張開並向下曲些弧度，活脫脫就是村子中央那棵古樟樹。除了外形相似，本昌的性子也像樹，平日裏不管誰見了他，都難得說上三句話。就是你嘴巴不停地哆嗦，他也是靜靜聽著，絕不開口回答你半句話。如果還你一個笑臉，那是給足了你面子。他不說話，別人也就不多嘴了，他走哪都是靜悄悄的，連腳步聲都聽不到。樹是有季節的，春榮冬枯，如此反覆。本昌也像樹一樣活出了季節，春天裏步子矯健，到了冬天靠著牆根曬太陽時，他就是一截木頭，半天都見不著動彈。

本昌是通樹性的，他的眼睛比啄木鳥還銳利。哪棵樹長了蟲子，敲敲樹桿他就能聽出來，甚至用一根抓釘親自將蟲子摳出來。哪棵樹為什麼落葉子，是樹根淹水了，還是樹患病了，他都能瞧個一清二楚。哪棵樹哪一天開花，開什麼樣的花，都逃不過他的眼睛。有些樹是男樹，有些樹是女樹，哪棵樹與哪棵樹是一對夫妻，它們會有夫妻相。哪棵樹的籽散落在哪裏，發了芽，生了根，開了花，他也能辨得了誰是誰的子孫。樹站在那裏是無聲的，可本昌硬說能聽到樹在說話，樹在對他笑，樹在叫喚他，樹身上長了蟲子，樹腳底下了長了草，樹開了花等他欣賞，樹結了果等他採摘。村頭有棵白果樹，長得寡瘦，葉子黃不拉嘰的。本昌又是施肥，又是滅蟲，樹就枝繁葉茂了。有年夏天，村子中央的那棵樟樹王莫名其妙掉了好多葉子，本昌跟著心裏絞痛，說有什麼東西鑽進樹心裏了。扛著鋤頭轉了幾圈，扒開樹底下的草叢見著一個土洞，從土洞裏居然掘出一對蛇來。蛇讓本昌放生了，讓它們去尋找新的房子。蛇是土地公公派來保護樹的，只是這兩個傢伙太調皮，喜歡亂鑽亂動。

本昌對待樹是有耐心的。他沒娶過女人，樹就成了他的女人。村子裏的古樹誰也不能亂碰。他在樹根下壘了一圈石頭，將樹圈了起來。每年的春夏，本昌要替樹們鋤兩次草，到了秋天，要在樹底下埋一圈土，怕樹在冬天會凍著。有時還提了石灰桶，替樹刷上一層石灰水，石灰水裏兌了殺蟲劑，樹就多了一層鎧甲，百毒不侵。就是那年大凍，地上的積雪將近兩尺厚，還下了好多天的凍雨，連家裏的水缸都凍裂了，村子裏的幾棵古樹毛髮未損，到了春天又是生氣盎然。

有人打過村子裏那群古樟樹的歪主意。打歪主意的是鎮革委會的頭頭，他有個兒子要結婚，一個女兒要出嫁。那年月流行用古樟樹做傢俱，樟木箱，樟木櫃，用樟木做的傢俱不用防蟲子，而且有股自然的香味。這頭頭才動了心思，不知怎麼讓本昌知道了。一向不愛說話的本昌突然多嘴多舌了，說的多是同樹有關的事，說哪棵樹下有土地公公，動了樹，土地公公會生氣，土地公公生了氣村子裏就怕有禍事，又說哪棵樹下藏了蛇精，動了蛇精的窩蛇精會害人，會半夜裏吸人家的腦髓。村子裏的人聽他一說都被嚇著了，有事沒事都不敢隨便靠近古樟樹，生怕有什麼不測。等鎮革委會的頭頭找到村裏的書記鋸樹時，誰也不敢動手，各自找了藉口，有的說手軟，有的說肚子痛，破簍子裝泥鰍，跑的跑溜的溜，全都不見了影蹤。村裏的書記表面上不怕神鬼，可內心膽怯得要命，這丟性命的事誰會幹，可又拗不過鎮革委會的頭頭。村裏的書記請了雲清師傅來打竹筶問樹，竹筶是用竹蔸做的，將竹蔸鋸為兩半，將竹筶扔在地上，竹筶同時仰著為陽筶，同時仆著為陰筶，一仰一仆為聖筶。樹啊，同意鋸樹，就三個陽筶。雲清師傅問。竹筶落在地上，是三個陰筶。樹啊，你要應下了，就三個陰筶。雲清師傅又問。竹筶落下去是三個聖筶。樹啊，你就答應吧，答應就三個聖筶。雲清師傅再問。可扔下去又是三個陽筶。後來雲清師傅也沒耐心了，賭著氣說，樹啊樹，不管是陽筶陰筶還是聖筶，都算是你應下了。說完將竹筶往地上一丟，讓人驚奇的是竹筶竟然豎了起來。雲清師傅連竹筶也懶得撿了，對村上的書記說，樹同意了，長 點留個樹樁吧。

村上的書記組織了幾個不怕神鬼的人，準備動手砍樹了。本昌知道硬頂不行，又想到了另一個法子。趁著夜晚，找了許多破銅爛鐵，還敲碎了自家的兩隻鐵鍋，將這些破銅爛鐵繞著樹身釘了一圈。砍樹的時候，一斧子下去，斧頭立刻缺了，根本沒法砍進樹身。換了鋸，鋸沒拉兩下，鋸齒就折了。砍樹的人心痛斧頭和鋸，又敬畏樹的硬朗，真像是有神鬼附樹，一個個默不作聲罷了手。村上的書記原本也是不想砍樹的，事情就這麼應付過去了。本昌卻沒少受苦，一塊銅鐵下去，他的腿肚子就錐心地痛一回，他的嘴跟著哆嗦一回。一筐的破銅爛鐵換來了一身的痛，他的腿上生了瘡，一塊銅鐵下去，他的腿肚子上就多了一處瘡瘢。到最後兩條腿上全是洞眼，生生將本昌痛成了瘸子，後來他就靠拄著兩支拐杖走路。

本昌一扭一拐在村子裏行走了好多年。躲過那一劫後，再沒人打那群古樟樹的歪主意了，那群古樟樹一直鬱鬱蔥蔥，成了村裏一道獨特的風景，吸引了不少外來看風景的人。但看風景的人很少有知道本昌的。他們會在樹底下見著一個老頭，一聲不吭坐在那兒，彷彿一截樹樁。他們以為只不過是村裏一個閒著無事的老頭，有時問他幾句，他也沒話回答他們。本昌七十歲的時候承包了村裏的一片荒山，說是種樹。一個連路都走不動的老頭還想種樹，村子裏幾乎沒人相信。接下來的日子，本昌將鋤頭用繩子綁在背上，拄著拐杖上了山。挖坑時他就坐在地上，一鋤一鋤挖，挖一片地栽一片樹。幾年下來，山頭就綠了。有關本昌的事後來不知怎麼傳了出去，縣上來了一個記者，採訪了本昌。細心的記者計算了一遍山頭上的樹木，絕不少於十萬棵。記者後來以《兩支拐杖和十萬棵樹》為標題寫了篇報導，據說還在省報登了出來。若干年後，縣裏搞了一次古樹普查，水門村的古樟群裏都是上千年的古樟樹，全都一一登記造冊，還掛了保護牌。調查的人聽說本昌的事蹟後一致認為要替本昌爭取一個榮譽。後來果真有人送下來一個大紅本子，上書森林衛士，是終身的榮譽稱號。可本昌已經辭世多年了，證書交給了他的繼子。本昌的繼子本是本昌哥哥的兒子，過繼到本昌名下。繼子拿了證書，賠了幾摞火紙，連同證書一併燒在了本昌的墳前。本昌的墳就葬在他種樹的山坡上，墳頂上特意栽了一棵樟樹，樟樹苗是那古樟王的孫子吧。本昌在地底下應該接到大紅的證書了，只是看不見他是什麼表情。

二十四、草鞋地主

陳老四是水門村為數不多的幾個地主之一，他的地主成份完全是他自己省吃儉用掙來的。陳老四的爹是把種田的好手，裏裏外外都打理得順風順水。陳老四打小就跟著他爹的屁股轉，將他爹的那一套學得滾瓜爛熟。陳老四拾過糞，砍過青，燒過木炭，跑武漢販過私鹽。去武漢時給外村的地主當轎夫，回來時挑一石鹽，往返兩不空。那時候鹽貴，一塊銀元才能買到一斤鹽，十六兩的小秤。陳老四雖然販鹽，家裏炒菜卻很少放鹽，只有逢年過節，菜湯裏才有點鹽味，也是寡淡寡淡的。販鹽的路上並不太平，陳老四還遭過劫，連筐帶鹽讓人搶了。陳老三身無分文，冒充神漢，幫人請神占卜，才混到飯吃。碰巧同去的轎夫中有個耳背的，陳老四請神時聾子就看陳老四的眼色敲鑼。村子裏有人笑話過陳老四，他哪會請神呢，問陳老四請神時怎麼說，陳老四就回答兩句話，討到吃的，賺到吃的。問的人哄然大笑，問別人怎麼聽不見。陳老四說，我請神時就朝聾子丟眼色，聾子就打鑼。聾子打鑼，響聲震天，看來這話一點也不假。

除了當轎夫販私鹽，陳老四還從他爹那裏學得一手打草鞋的好手藝。他打的草鞋板紮，厚實，很耐穿。打草鞋少不得要用芒鞘，稻草和舊布條。陳老四將芒鞘捶散了，那樣不硌腳，稻草先抖去短莖散葉，噴上水，用木槌輕捶一遍，再揉軟了。這樣的草鞋穿著舒適，不扎腳。有時也摻紅棕和舊布條，草鞋就更耐穿。逢上下雨下雪，別的活幹不了的時候，陳老四就在家打草鞋，打草鞋的工具是個丁字耙，陳老四所以得了一個草鞋耙的綽號。村子裏很少有人叫陳老四，都叫他草鞋耙。其實這名字替他做了廣告，陳老四的草鞋賣得不少。

有了錢，陳老四照舊節衣縮食，從不亂花一分錢。菜碗裏沒有鹽，也見不著幾星油花。他的錢全花在買山買地上。有了山，有了地，陳老四請了幾個長工，自己也同長工一塊幹活，是個長工頭兒，上山砍柴，下田勞作，都是陳老四走在頭裏。只有一樣有區別，腳上穿的草鞋不一樣，陳老四的草鞋摻了舊布條，長工們的草鞋都是純稻草的。村子裏傳言陳老四的飯桌上餐餐有魚肉，只有長工們清楚，那魚是用木頭刻的，用油炸了，放在盤子裏擺個臉面。要是真拿筷子去搛，無非就是沾到幾滴油星。一年下來，陳老四的鍋裏至少有三條木魚炸成了木炭，炸壞一條不得不重新刻一條擺上桌。這樣的望魚止饞，不知什麼滋味。

陳老四對買地有一種慾望，別人不斷賣地，他不斷買地，有些土地剛買到手還沒來得及耕作一季，就土改了。陳老四成了地主。水門村的幾個地主雖然最後都得到了善終，但活罪沒少受。批鬥陳老四的人群中就有他當年的一個長工，將陳老四穿摻有舊布條的草鞋當做了陳老四的一大罪狀。這個長工批鬥陳老四時費了一番腦筋，正是臘月天，將殺豬用的木桶盛滿水，將陳老四當豬一樣扔進水桶裏，泡上兩個時辰，再撈上來，將陳老四綁在電線桿上，用搧穀子的風車搧上半天。陳老四原本浸泡得像條落水狗，嘴唇都凍得烏紫了，哆嗦個不停，再讓風車這一搧，牙關一合眼睛一閉不醒人事了。那時候鬥死一個地主並不是什麼大事，可這個長工一看陳老四凍死過去了，趕緊將他從電線桿上解了下來，生了兩堆火，一前一後夾著陳老四，這才將陳老四烤回一條命。除了挨批鬥，陳老四幹的活兒也不輕鬆，他種田是好手，可論手藝的活偏不給他做，挑糞，挑石灰，撒石灰，搬石頭砌河堤，和三合土，這些粗重的活就離不了他。分給他的糧食看著不比別人少，一石穀子用風車搧一次，就去了一大半的秕穀，陳老四得到手的一石穀子只剩一籮筐。分給他的紅薯乾，不是霉黑的就是發潮的，一桶茶油沉澱了半桶油渣，殺頭豬分給他的也是四兩泡皮肉，甚至有人將母豬的那玩意套了骨頭塞給他當豬腳骨。對於這些，陳老四不說一句話，也沒他說話的份，能分給他就已經善待他了。

後來一次砌河堤，陳老四讓石頭砸著了腳板，一隻腳板都稀爛了，成了拐子。有人猜測陳老四故意砸壞自己的腳板，是為了逃避那些粗重的活計。也有人替他辯護，肯定是他失手了才砸著腳的，好端端的，誰願意自己成為一個瘸子。但不管怎樣，陳老四沒法下田了，更不要說幹那些別人不想幹的骯髒活。既然幹不了重活，就安排他能幹的活計。有人出主意，陳老四不是會打草鞋麼，讓他將全隊上人穿的草鞋全包了。本來陳老四還可以放牛，守倉庫，做些其他輕便的活。可做草鞋的主意得到了大多數人的附和。從那以後，陳老四徹底安靜了，不用下地勞作，也不用挨批鬥，別的地主當了替死鬼。陳老四做上草鞋後就挨過一次批鬥，有人穿了他的草鞋去拔小竹筍，讓竹樁紮著腳掌了。被紮的人說陳老四偷工減料，有意加害於他，將陳老四拎到村小學的操場上跪了大半天。

接下來的日子，陳老四成天埋著頭打草鞋，天晴時搬個長凳徇在竹林裏，天雨時就躲在自家屋子裏。陳老四的身邊到處堆滿了芒鞘，稻草，紅棕，舊布條。舊布條都是別人送過來的，誰送的舊布條就織進誰的草鞋裏。打好的草鞋就吊在屋子裏，泥鰍一樣一串串的，男人穿的串在一起，女人穿的在另一串，摻了紅棕和舊布條的草鞋另外收藏著。屋簷下也掛滿了草鞋，晚上關了門，人家就從屋簷下取了草鞋走，不必同陳老四招呼。拿草鞋的人其實也用不著招呼，陳老四就是他們拿糧食養著的。這狗日的，解放前是地主，解放了他還是地主，仍舊剝削他們，靠他們供著養著。

這話說得有點冤枉。如果靠分給的糧食，陳老四一家十個得餓死八個。這還得感謝他打草鞋的活計，是草鞋養活了他們一家。陳老四的家在河堤邊，河堤上長滿了竹子。從村子經過的人都從河堤上走，那些過往的行人見了他的草鞋，有需要的這個一雙，那個兩雙，這賣草鞋的錢都進了陳老四的口袋。草鞋雖然不貴，只有五分錢一雙，那時一個日工也就一毛多錢，一雙草鞋頂得上半天工資了。這買草鞋的多半是販賣樹方的，從山溝裏扛了樹方出來，一雙草鞋早穿底了，陳老四的草鞋正好雪中送炭。這販賣樹方的怕被林業站的人捉到，多走夜路，買了草鞋也不吱聲，賣草鞋的錢因此也安全了。天長日久，這生意越發牢靠了。陳老四除了供他們茶水，有時還暗地裏替他們通風報信。這販樹方的心存感激，就更不會提及賣草鞋的事了。

當然村子裏的人也很和善，陳老四賣草鞋的事他們不可能不知道，大家都睜隻眼閉隻眼，一個瘸子養著一家人，著實也不容易，人心都是肉長的，不少人還同陳老四沾親帶故，更放不下這份臉面。陳老四就靠這賣草鞋的營生養大了幾個孩子，其中的一個還上了大學，政審的時候村上的書記和鎮上的書記都幫了忙，後來陳老四的這個兒子在縣城還當上了一個什麼局的副局長。可不管他的官兒多大，村子裏的人稱呼他老子陳老四仍就叫他草鞋耙，就是陳老四死了多年，村子裏的人還改不了口，還都這麼叫。有了事，人們都說去找草鞋耙的兒子。

二十五、賊笑星

笑清是水門村的一個樂子，他出現在哪裏那裏就會笑聲不斷。有人笑痛了肚子，有人笑閉了氣。誰遇上他都沒法好好說話，你說不上三句話就得張嘴大笑。笑過一陣，你連自己要說什麼都忘了。乾脆聽笑清的，捂著肚子聽樂子。笑清的樂子全在一張嘴上，他會說順口溜，看見什麼說什麼，張嘴就來，少見的敏捷。他對誰有意見，從不罵人，也不背後說人壞話。編個順口溜，讓那些懵懵懂懂的孩子學著唱，孩子們一唱，誰做過什麼齷齪事滿村子的人都知道了。有個綽號叫缺牙耙的，不知哪裏得罪了笑清，笑清就編了個順口溜，缺牙耙，耙豬屎，豬屎耙一石，放到長泥灣，豬屎耙一升，放到甑裏蒸，媳婦來燒火呀，公公來扒灰，扒完灰來捧崽俚。這個順口溜讓孩子們一嚷嚷，全村的人都知道缺牙耙的爹是扒灰的。再看看缺牙耙的兒子，怎麼看都是他爹的種。鬧到後來，缺牙耙罵他爹是畜牲，同他爹分了家，只差沒將女人一腳踢回娘家去。

笑清很會編排人，村子裏幾乎沒人沒讓他編排過。笑清的編排並沒有惡意，無非找個窮樂子，那時候沒電視，茶餘飯後除了說說笑話，日子都是悶著過。受了編排的人哭笑不得，你不能計較，你越計較他編排你越多，你要是報復他，可能就是缺牙耙的下場。最後都只能一笑了之，頂多罵他幾句，嘴上生釘瘡什麼的。你罵他，他也不生氣，由著你罵，該編排你時絕對不會放過。笑清編排得最多的是新娘子，有的還成為名段子，串了村流傳。夷平的老婆剛嫁到水門時笑清向她討過茶喝，水門村的茶除了放茶葉，還放菊花黃豆芝麻什麼的，夷平的女人少放了幾粒黃豆，就讓笑清編排了一回。新娘子，屁的咩，泡起茶來半碗得，放起豆子幾粒得。後來只要是新娘子端茶，不管誰家的新娘子，村子裏的人都會拿這個順口溜來編排她。張家的新娘子送飯給老公，讓笑清撞見了，也編了一段順口溜。新娘子，去送飯，腰裏插把大蒲扇，走一走，搧一搧，搧得屁股冒青煙。張家的新娘子讓他這麼一編排，說什麼也不給她老公送飯了。

其實笑清的順口溜是黃連樹下彈琴苦中作樂。笑清肩膀上的擔子不輕，上有一個瞎眼的爹，一個癱瘓的娘，橫著是個糊糊塗塗的老婆，往下是四個孩了，三男一女，嘴湊在一塊不只一尺寬。拿什麼填滿這些嘴窟窿，笑清煞費苦心。春大的野蔥野蒜，夏天的苦菜，秋天的葛，冬天還挖過芭蕉樹蔸。想吃葷的，就撿田螺，捉泥鰍，掏鳥窩，捕蛇，設陷櫥裝狐狸，也抓青蛙，甚至從貓嘴裏搶食，捉山老鼠吃。也採野果子，野梨野桃，錐樹籽獼猴桃，只要下得了鍋入得了肚的，都逃不過笑清的眼睛。除了找吃的，笑清變著法子找錢，有了錢就能買到吃的。剮紅棕，撿桐球，挖藥材，只要能換到錢的，他都想方設法弄到手。有人販賣樹方，笑清也偷偷跟著跑。鄰村缺少竹子，笑清晚上砍了竹子，賣到鄰村。後來事情敗露了，笑清因為盜砍林木破壞森林罰款六十元，笑清拿不出錢，被送到縣上拘留了兩個月。笑清在勞改農場幹了兩個月活，掙了十元錢，又挑著被子回村了。在村子中央遇上個賣包子的，笑清的順口溜又脫口而出。日照蒸籠生白煙，近看包子堆成尖，口水飛流三千尺，一摸口袋沒帶錢。居然套用李白的望廬山瀑布，也不知笑清從哪學來的。笑清摸摸口袋裏的十元錢，沒捨得買包子。後來碰上有人同賣包子的打賭吃包子，十八個包子，吃完了包子不付錢，賣包子的還賠上五元，沒吃完十八個包子，吃包子的就得掏錢買下十八個包子。十八個包子裝在撮箕裏，有大半撮箕，沒人敢下得了口。笑清扔了被子，一把將撮箕搶了過來，十八個包子很快下了肚。又接著吃了十八個，吃得人目瞪口呆。那賣包子的自認倒楣，丟了三十六個包子不說，還賠了十元錢。笑清接過錢，拍拍肚皮，拾起被子樂顛顛地回去了。

饑餓起盜心，笑清也是逼得沒了法子。抓了笑清不過殺一儆百，盜伐林木的何止笑清一人，只不過別人幸運沒被捉到。不能砍樹砍竹子就斷了財路，但飯總是要吃的，活人總不能看著餓死。沒過多久，笑清就扯出了另一場麻煩事，他撬開村上的倉庫，偷走了一石米和兩鐵皮油桶茶油。案子在村子裏鬧得沸沸揚揚。倉庫裏的那點糧食，別人都盯得鐵緊。村上的書記領了人，滿村子搜查，一時間雞飛狗跳，查到最後也沒找到糧食。後來是笑清的兒子洩露了祕密，笑清偷了米回去，連夜煮著吃，可是沒有菜，就在鍋裏下了半鍋的油，用油加水煮飯，飯卻怎麼也不得熟，成了夾生飯。笑清一家人都鬧肚子痛。村裏的赤腳醫生問吃壞了什麼，小孩子不懂得隱藏，張嘴就說吃了油煮飯。一石米和兩桶油讓笑清藏在一個廢棄的薯窖裏，搜出來時米已去了小半籮，油桶也空了半隻。村上組織開了一個批鬥會，將笑清五花大綁在舞臺上，讓他做檢查。笑清也不避諱，張口來了一段順口溜，下定決心去偷穀，不怕犧牲爬上屋，排除萬難挑一石，爭取勝利挑到屋。批鬥他的人被他弄得忍俊不禁，轟然笑開了。缺牙耙批鬥笑清是最歡喜的，本來批鬥會結束了，可缺牙耙不甘心，上躥下跳，後來拉了幾個人將笑清綁在電線桿上示眾。笑清依舊不當回事，嘻嘻哈哈編排人。綁緊點，像綁扒灰鉤一樣綁。笑清譏諷缺牙耙。缺牙耙氣不過，吊了一片石磨在笑清脖子上，將笑清的脖子差點吊斷了。

這也是笑清嘴多惹的禍，如果不是編排缺牙耙，缺牙耙也不會那麼報復他。原以為吃了虧，笑清會有所收斂，不會亂編排人了。可江山易改，本性難移，狗走千里，改不了吃屎的本性。笑清做賊多半是饑餓的原因，家裏嘴多了，總得撈點吃食。如果不生那麼多孩子，笑清的負擔也不會這麼重。鎮裏讓笑清的老婆去結紮，笑清見了鎮裏的一個幹部，又編排起人來。那時候有一種尿素袋，裁剪了可以做短褲。這尿素袋一般人還要不到，除非是鎮裏的幹部，供銷社的售貨員。這尿素袋上面寫著字，有「日本尿素」字樣，做成短褲四個字剛好拆開了，「日本」兩字在短褲的前面，屁股上就是「尿素」兩字。笑清編的順口溜就是：幹部幹部，身著大短褲，褲襠是日本，屁股是尿素。結紮回來，笑清又順手牽羊，將醫院病房的床單捲走了，裁剪成了短褲。床單是馬映花布的，上面用紅筆寫了字，畫了圈，標上了號碼。笑清的老婆裁剪大褲頭時沒注意，將那個紅圓圈剛好留在了褲襠的正中間。笑清穿著大短褲出工時關鍵部位剛巧對著那個紅紅的圓圈，成為水門村一個永久的笑話。

後來日子漸漸好了，笑清卻一時改不了偷雞摸狗的惡習。都是小物件，他的兒子們發現了，會偷偷將東西送還人家。笑清不過手癢，過的也是手癮。有一回笑清還偷出了一件善事。村子裏有對夫妻因男人在外面沾花惹草，夫妻倆吵了一架，女人想不通，背著人擰開了一瓶農藥。等人發現時，一瓶農藥早讓女人灌進了肚子。誰知女人屁事也沒有。那瓶農藥讓笑清偷偷調了包，農藥讓笑清用另一隻瓶子倒回了家，留在原來那只瓶子裏的不過是他灌進去的一瓶水。幸好讓笑清將農藥偷走了，不然女人的小命真就完蛋了。

二十六、剮皮柳

剮皮柳也叫剮皮溜，這是水門村的說法。從字面上理解，剮皮柳，剮了皮的柳枝光禿禿的，滑溜溜的，怎麼捉也捉不住。剮皮柳說的並不是柳枝，而是一種剝了皮比柳枝滑溜百倍的小樹枝。這種雜樹長不高，大多是矮子，開白藍的花，皮特別厚，剝了皮握在手掌心，稍一用力，樹枝就滑出去了。水門村的人用剮皮柳來形容一類人，嘴上說得比花還漂亮，若想他們來點實在的，就像捉剮皮溜一樣怎麼也靠不住。他們若是借了你的錢財，你就別指望歸還了。他就是一根剮皮溜，無論你怎麼抓他都能滑溜出去。初一望十五，十五他不見人影了；年頭巴望年尾，大年三十他不落屋；頭年又盼另年，另年又轉後年，到了後年，他裝個可憐相，扔給你幾句好話，你心裏一軟一個恍惚，一年又過去了。到最後，你只有寄希望於他良心發現，或者他得了一筆意外之財恰好讓你撞見了，否則你只有自認倒楣放棄了。

這樣的人村子裏也就三兩個，屁眼大的地方也養不了更多的剮皮柳。再說呢，別人再傻也不可能長期上他們的當，吃過兩回虧，你說得再動聽也沒人相信了。你將樹上的鳥兒哄下地，或者用河水點得著燈盞，剮皮柳就是剮皮柳，成不了參天大樹。柳皮成為剮皮柳其實是無奈。

他養了三個兒子，老婆整天不是腰痛就是背痛，幹不了什麼事。加上柳皮的爹娘，雖然做些輕便事，但輕便事掙不來銀子，只能靠柳皮供養著。柳皮想過許多法子，無奈有些事沒膽量做，比如偷樹偷竹子，販賣樹方；有些事丟不下臉面，又怕背上污名，比如順手牽羊，偷雞摸狗。假裝神漢，他又跳不來神，也不會念那些莫名其妙的咒語。柳皮只能乾熬著，可熬得久了，日子就乾枯了。先是吃乾飯，慢慢就稀了，到後來清湯寡水，最後清湯寡水也沒了，不得不找米下鍋。剛開始，柳皮變賣東西，那些藏在角角落落的，用不著的物什，都讓他翻找出來賣了，換到手的不過幾個小錢。後來什麼值錢賣什麼，不知傳了幾代的銀鐲子，老婆的陪嫁品衣櫃樟木箱什麼的。賣到最後，能賣錢的都賣掉了，再也找不出什麼像樣的東西。柳皮又換過了一種方式，向左鄰右舍告借，可老虎借豬頭有借無還，借過幾次，這條路也堵死了。他不得不又變換了招式，由借糧食變成改借一些別人用不著的閒物。既然是閒物，被借的人並不怎麼在意，但後來這些東西也是有借無還，讓柳皮賣掉了。有了這些經歷，村子裏誰都不敢招惹柳皮了，不管做什麼都不敢同他往來，就是碰著來錢的道兒，也不願透露給柳皮，柳皮越活越孤寂，越來越沒人樣了。

村子裏的人斷了往來，柳皮將眼睛轉向了外村，可認識的人畢竟有限，再說柳皮已是臭名遠揚，誰都知道他是個剮皮柳，甚至拿他來打比方。碰上有人借東西，主人家說得更直接，別像柳皮一樣，剮皮柳一個。柳皮自覺沒臉面見人，很少同村裏人來往了。他的三個兒子一天天長大，肩膀上的擔子也慢慢輕了。都說龍生龍鳳生鳳，貓頭生來會爬樹，老鼠生崽會打洞，柳皮三個兒子倒有兩個兒子老大和老三像極了柳皮，同柳皮一個德性。只有老二愛面子，在村子裏的聲名還算好，但也好不到哪裏去，畢竟他爹是個剮皮柳。別人對老二，將信將疑，誰也不會完全放心。

老大是受柳皮影響最深的一個。除了耳濡目染外，柳皮還差遣老大借過東西，有時孩子出面勝過大人。長大後，老大不只繼承了柳皮的剮皮柳性格，而且青出於藍勝於藍，自創了許多招式，將剮皮柳的傳統發揚光大。老大很有策略，慣用的一招就是到店鋪裏買東西。村子裏開了好幾家小店，為了招攬生意各自使盡了渾身解數，慢慢地，各自有了各自固定的顧客。碰上不湊巧，賒欠也是難免的，所有的生意都在一家做，開店的想推掉也不可能。老大買東西頭幾次都是現金，從不賒欠一分錢，也不講價錢，店家說多少就是多少。買了兩三次，老大就開始欠錢，每次欠個三兩元，過兩天立刻還了。如此慢慢開始賒欠，一直賒欠到店家不願再賒欠了。老大又開始琢磨法子，謊稱自己在哪賺了錢，誰誰欠了他的錢，等他的錢到了手，還這點欠帳綽綽有餘。店家若是信了他的話，那就又上當了。老大根本不見了影蹤。他繞過這家店，到另一家店去了。他採用的仍然就是這幾招，原來的店家提醒別人不要上老大的當，可別人不聽勸告，以為搶了生意別人故意說老大的壞話。這另一家很快又讓老大攻破了。到最後村子裏的幾家店都記著老大的帳。水門村討債有個習慣，不到大年三十不討帳，過了大年三十到了大年初一，誰也不能談及欠帳的事。很多人家的往來帳都趕在這一天清算，一般人也不好意思提前追討，怕傷了別人的臉面。老大自然不會主動到店鋪來清帳的，只有開店的上他的門。老大一家卻不見了人影，不知上哪去了，屋子裏冷火寂煙的，沒一丁點的年味。家裏也沒什麼值錢的東西，幾把破椅子歪東倒西，灶堂上沒燻臘肉。問柳皮，一問三不知，反正他家就這路貨色，一輩子也問不出句真話。到晚上再去，連屋子都不必進了，屋子裏黑燈瞎火的，進去也是白搭。可到了大年初一，老大換了一身新，滿臉笑容來給你拜年了。你還得端茶遞煙，擺上果盤，斟滿酒杯款待他。

除了向店家賒欠，老大還向別人借款。手法是相同的，先借小錢，十元二十元，按時還款，後來借一筆大的，你就別想他歸還了。甚至借款時答應給你多少多少利息，讓你覺得有利可圖。到最後，你利息不要了，就是他少還你一些你也答應，可他怎麼也沒錢還給你。到大年三十，你找他要帳，他沒個鬼影見你。這錢怕是打了水漂，討了兩三年，討帳的人都失去了信心。這老大在村子裏漸漸沒了市場，像他老子一樣將目光轉向了外村。到了大年三十，上柳皮家討帳的人不再是水門村的人，換了外村的那些人。一個村子的，早將欠帳放棄了，就當是讓賊給偷了。這外村的人後來瞭解了情況，只怪自己眼睛瞎了，認錯了人，跑了兩年再也不要了。就當給他吃藥吧。外村的人說話比水門村的人狠心，臨走時免不了咒罵幾句。柳皮的耳朵早起了繭子，聽不清，老大不在家，也聽不到，討帳的人白罵了。

也有人沉得住氣，柳皮一家總有發達的一天，跑得了和尚跑不了廟，生在水門村長在水門村，怕他撐土船跑了不成。這老大真有一天發達了。他不知從哪弄來了一中四輪的海帶，擺在村口叫賣。那些追討欠帳的立刻聞風而動，拉的拉，扯的扯，一車海帶眨眼讓人搶了個乾淨。老大叫喊著過秤，誰也沒人理他，都說從欠款裏抵扣。老大無可奈何，只有應下了，誰叫他欠他們的錢呢。這點海帶付利息也不夠。村子裏的人不知不覺鑽入了老大設計的圈套，這車海帶他是有意買來的。經過這麼多年的積蓄，老大想蓋房子，如果蓋房子勢必有人來討債。如果讓人將錢要了去，蓋房子就沒錢了。老大拉了磚倒在場地上，果真那些討帳的人又蜂擁到來了。開店的拿著帳本，借了現錢的只憑一張嘴，水門村借錢從來不打欠條的，信得過才借，信不過打了欠條也不起作用。我不欠你們的錢了。老大一句話說得他們愕然。老大怕他們不明白，將海帶的事說了一遍。我那一車海帶可是五千斤吶，值多少錢？老大說。這追討欠帳的就爭論開了，將海帶的錢扣除，老大還是欠他們的。怎麼扣？東家才搶了兩三斤，西家手快，用籮筐裝了一擔。我說了讓你們過秤，你們一個個搶了海帶就走，要不是鄰里鄉親的，我早將事情報告派出所了，那是整整一車海帶，少說也值兩三萬。老大的說法讓人氣得吐血。他們是吃了啞巴虧，上了老大的當。那一車海帶畢竟讓他們搶了，沒過秤也是事實。這討帳的人心有不甘，又將老大的一車磚哄搶一空。這一次他們吸取教訓，搬走時都清點了數目，誰家多少，大家相互證明，一塊磚也不錯亂。

臨到下一次，老大又倒了一車磚在場地上，這討帳的人再去哄搶時老大卻不客氣了。都是沾親帶故的，你們搶了我一車海帶一車磚也就算了，你們再搶我就不客氣，誰敢動一塊磚頭，我就報告派出所，不信牢房裏不關人。老大這一番說詞將許多人都震住了。討帳的人沒沾到便宜，只有訕訕走了。後來有細心的人統計，老大欠下的帳款，別說一車海帶一車磚，就是十車海帶十車磚也買得下。等他們醒過來，老大的房子也竣工了。他們的那些錢鐵定是討不回了，誰讓他們碰到一個剮皮柳呢。

二十七、白葉

水門村有個村中之村的自然村，叫港背。港背分為三段，上港，中港，下港。港背的村民都是從外村移民過來的，有些習慣同水門村不一樣。比如種地，不管地皮怎麼窄小，總得種點花生用來待客，而港背的人不種花生，也不用花生待客。他們種了甘蔗，剛開始水門村的人以為港背人懶，連地裏的芒草長得都比人高，後來才發覺不是，去港背人家做客，遞給客人的就是一截甘蔗。甘蔗雖然啃著甜，可畢竟不符合水門村人待客的習慣，後來熟悉了，再去做客就直接要茶，不要甘蔗。孩子們卻很喜歡，經常跑到港背的人家去，為的就是討一截甘蔗。港背人在屋子後挖個土洞，甘蔗就藏在土洞裏，像豆莢一樣紫紅的棍子，來了客人就抽出一根砍上一截。

港背人的習慣水門村的人大多都能接受，日子久了，甚至還受了港背人的影響，學著種一些甘蔗，讓孩子解個饞。只有一個習慣村子裏的人接受不了，那就是港背人睡覺不穿衣服，脫得赤條條的，往被子裏鑽。港背人說不穿衣服睡覺舒坦，可水門村人不穿衣服被子裏像長滿了刺，扎得人生痛。水門村人說港背人裸睡是一種惡習，港背人說水門村人不懂得享受。可能因為經常一絲不掛，港背人的緋聞特別多，今天是東家的男人偷了西家的女人，明天又是張家的女人養了李家的漢。原以為港背人會大打出手，臭哄哄地鬧上一出，誰知屁事沒有。東家的男人給西家的男人遞煙，李家的男人和張家的男人一塊喝酒，和和氣氣的，倒像是一家人。水門村人很納悶，港背人戴綠帽子似乎是件值得慶賀的事情。慢慢的，才瞭解到，港背人根本沒有戴綠帽子的說法，相反，如果一個女人沒其他男人喜歡倒是她的恥辱，沒男人喜歡的女人絕對不是什麼好貨色。為了證明自己是個有男人喜歡的好女人，港背人家的大姑娘沒出嫁就開始偷男養漢，讓人弄大肚子的大姑娘有的是。沒偷男養漢的，甚至還嫁不出去。連個男人也偷不到，絕不是什麼好鳥。

港背人的這些破爛事都是禿頭上的蝨子，明擺著的。誰也騙不了誰，誰也瞞不過誰的眼睛，都是公開的祕密。如果誰耍了手段，幹了什麼見不得人的事，那是要讓人唾棄的。原來有個男人覬覦一個女人，一直找不到機會得手，雙搶時節的一個晚上，那男人趁機著女人的老公不在家，偷偷溜進了女人的屋子。女人累了一天正在熟睡，稀裏糊塗讓野男人得手了。過了不到一盞茶的工夫，她的老公回來了也爬到了女人身上，女人這才發覺不對勁，讓人偷了身子。又不知野男人是誰。女人再也睡不著，跑到村口咒罵了一通。女人像唱歌一樣罵開了，她的罵詞有板有眼，豬日豬豬發瘟，人日人不死人，你偷人的不富，我失身的不窮。一直當做了港背人的笑談。

港背人的這種胡來讓他們飽嘗了苦果。有段時間港背人梅毒氾濫。有句順口溜說的就是港背的梅毒，上港楊梅樹，下港楊梅丫，中港的楊梅剛開花。港背的女人再漂亮，水門村的男人也不會去招惹。水門村原本少不了風流韻事，可水門村的女人無論港背的男人說得天花亂墜，誰也不敢動心。

白葉就是一個讓水門村的男人心動的女人。白葉有五姐妹，大葉，二葉，小葉，紅葉，秋葉，白葉。白葉是最後一個，白葉的爹娘一心想生個男孩子，生到白葉沒想還是個女孩，白葉的爹娘再也沒有信心往後生了。白葉的姐妹都長得很養眼，是村子裏不多見的窈窕女人。大葉至少養了五個男人，二葉扳著指頭數過，比大葉多了二個，紅葉不顯擺，但也不遜於她的兩個姐姐，紅葉最放肆，走到哪浪到哪，差不多全港背的男人都同她有染，秋葉才起步，也在步姐姐們的後塵。白葉出落得比她的姐姐們還齊整，她的身上彷彿長了許多鉤子，隨時隨地都勾引著男人的目光。白葉走到哪，他們就跟到哪。白葉的一舉一動，他們都收在眼底；白葉的一笑一顰，他們都記在心上。全港背男人的眼睛都吊在白葉身上，她逃不脫他們的視線。可白葉不同於她的姐姐們，不管他們是出於真誠，還是被她的相貌誘惑，全然不搭理他們。她甚至將他們當做了蒼蠅，恨不得一巴掌將他們拍死。

也許是因為名字的原因，白葉喜歡穿白，白襯衫白褲，白鞋白襪子，從頭到腳一身白。女人俏，要穿孝。白葉成了一朵白雲，在村子裏飄來飄去。她不給任何人接近她的機會，飄到哪都是她一個人。在港背，在水門村，白葉沒有女伴，更沒有男人。就是她的四個姐姐，她不同她們一塊出去做事，她們做她們的，白葉做白葉的。就是白葉使用的東西，也從不讓姐姐們碰一下，誰碰了她就同誰玩命。那些男人想了許多法子靠近白葉，勞動時碰到白葉負重，都主動想去幫一把，套取她的好感。有時買些女人喜歡的小玩意，偷偷塞給白葉。有好吃的，暗地裏截留一些，也想拿來當做送給白葉的禮物。對於這些，白葉從來就沒有好臉色，給她的小玩意當場就扔到了臭水溝裏，給她的吃食不是給雞啄了就是讓狗叼走了。那些男人丟了臉面並不死心，逮住時機依舊往白葉跟前湊。

後來關於白葉的各種傳言多了。長得漂亮有什麼用，沒一個男人喜歡她。港背人說這話意味著白葉是個嫁不出去的女人，只能當大姑娘在家養著。港背的男人們明白，他們沒法娶到白葉，可又不甘心眼睜睜看著這朵白雲飄到別的男人身邊去。只要港背之外的男人來談婚事，他們就想方設法阻撓，編造許多謊話，將白葉罵得一錢不值，臭不可聞。最終，那些男人按捺不住了，有幾個男人趁著白葉在山谷裏割草時將她糟蹋了。他們得逞後以為白葉會像其他女人一樣服服帖帖，聽從他們的擺佈。他們也擔心白葉會不會尋死覓活的，這個女人表面上什麼話也沒有，骨子裏卻是剛烈得很。他們都嘗過她的味道。可讓他們感到意外的是白葉突然消失了，離開了港背，也離開了水門村。白葉活不見人，死不見屍，那些男人輕易不敢談論到白葉身上，深怕會給自己招災惹禍。畢竟一個大活人不見了，是死是活還不知道。萬一死了，當初在山溝裏幹齷齪事的人少不了賠錢償命。

村子裏沒人知道白葉上哪去了。白葉的爹娘，姐姐們，放了許多消息，託了許多人，都沒打聽到白葉的紙言片語。過了三四年，某一天，白葉突然回了水門村。白葉竟然帶了一個醫療隊進村，清一色穿著白大褂，戴著白帽子白口罩的人。水門村的人不知道白葉要幹什麼，港背人摸不著頭腦，那些男人更是膽顫心驚，以為白葉來找他們算帳。他們忐忑了好些天，白葉卻沒找他們的麻煩。白葉已經嫁人了，嫁的是個醫生，年紀比白葉大了許多，頭頂上還禿了一圈，那樣子完全可以當白葉的爹。醫療隊就是白葉的男人帶進村的。港背人不管男女，不分老少，全部檢查了一遍。該打針的打針，該服藥的服藥。醫療隊還給港背的男人發了許多安全套，有人覺出了稀奇，不知有什麼用。醫生就解釋，港背人從醫生的解釋中聽出了羞辱。也有懵懂的孩子，拿了安全套當氣球，吹得鼓鼓的，掛到屋簷下。再看白葉，見了誰都是一張冷臉，像貼了一層白冰。她同醫療隊的人同進同出，連她的姐姐們也懶得搭訕，別人就更不敢靠近她了。

經過這番折騰，港背人裸睡的習慣變了，氾濫的梅毒也消失了。港背人的生活習慣也改變了許多，待人接物，同水門村人沒有任何區別。醫療隊離開時，白葉也走了，之後再也沒回過水門村。就連白葉的爹娘去世，白葉也沒回來，她的姐姐們也不知上哪去找她。

二十八、狗王

老昆是個糟老頭。說他糟，是因為他的長相猥瑣，個子比滿地的女人繡雲高不了多少。別人給他取了個綽號，叫地腳魚，也就是土鱉。土鱉喜歡躲在牛欄或雞舍中，揭開一塊石頭，石頭下土鱉攢動，亂成一團。老昆還長了個酒糟鼻，鼻頭上爛紅一塊。試想，哪個女人願意嫁給一隻長了酒糟鼻的土鱉呢。所以老昆孤身一人，沒兒沒女。年輕時老昆對女人也許有過興趣，慢慢地興趣淡了，都不拿正眼瞧女人了。也許他忘記了女人對他有什麼好處，要女人幹什麼。老昆住的地方也孤僻，在村後的山坳裏，三間土坯房還是他爺爺留給他的。他爺爺還留給了他一桿鳥銃，和做火藥的法子。

老昆成天躲在山坳裏，很少出來活動。他的心思全放在養狗上。獵人離不開狗，他爺爺就養過許多狗，也將識狗養狗的法子教會了老昆。臨死，他爺爺給老昆留下了一溜狗，有公有母，都是清一色的箭毛狗，連嘴筒子上都長滿了箭毛。這狗分為兩類，一類趕山的，叫聲如雷，另一類專門獵捕野物，悶聲不響，只知道用牙齒對付獵物。水門村已經禁獵了，老昆養狗為的是找個樂子。他沒地方可去，又不願意同別人打交道，同狗守在一塊最恰當不過。狗是老昆的兒子，也是他的女人。老昆對待狗甚至比男人對待女人還細緻，冬天的時候怕狗凍著，將狗抱到床上同睡一個被窩，狗喜歡遊蕩，老昆給狗腿套上布套。夏天的時候，狗怕熱，每到中午，老昆都要給狗們洗個澡，將它們的皮毛梳理一遍。狗的飯食也是精心料理的，割了肉，狗吃的多老昆吃的少。狗病了，老昆會挖草藥，熬了湯藥給狗灌下去。

狗對老昆也是忠誠的。老昆外出，有的狗留下看門，有的狗就追著老昆的屁股，老昆上哪狗跟著上哪，同他寸步不離。狗們有時咬了野物，必定會交到老昆手上，從來不貪吃。但後來狗太多，老昆沒法養活它們。那些老狗跟隨太久了，將它們溺死燉了狗肉湯，他下不了手，將它們賣給別人，他也狠不下心。只有等狗老了，壽終正寢了，才能解脫。老昆將目光放到狗崽身上。每次母狗生了狗崽，他都細心挑選一次，中意的才留下，不中意的全送給別人。老昆將狗崽放到米篩中央，像篩米一樣篩上三次，如果狗崽從米篩中甩了出去，這狗崽就送人。如果三次狗崽都在米篩中央巍然不動，他就將它留下來。這是狗王，他爺爺就是這樣挑選獵狗的。後來老昆真就用這個法子篩出了一隻狗崽，用手去米篩中捉它時，它還齜牙咧嘴向著老昆，差點咬到老昆的指頭。

老昆將狗崽當成了寶貝，給它取了個名字叫黑將軍。黑將軍長了一身黑毛，像緞子一樣油光水亮。老昆將全部的心思都集中到了黑將軍身上。從吃飯到拉屎，一點一滴調教它。黑將軍很聰明，不管教什麼，只要重複兩三次，它就理解了老昆的意思。老昆叫它往左它不會往右，叫它拿鞋它就銜了鞋屁顛屁顛跑回來將鞋扔到老昆的腳邊，叫它看門它就老老實實守在門口，一步也不走開。黑將軍慢慢長大，慢慢出脫成了狗中的將軍。它的個頭夠著老昆的胸口了，腰身比一截樟木還粗壯。它的爪子留在地上的印跡比碗口闊。它長著一身又黑又粗的箭毛，抖擻起來，滿是讓人寒心的箭頭。也許從小同老昆一起長大，同老昆一樣不愛說話，只拿眼睛盯著人看。它的眼睛裏滿是箭毛一樣的光。村子裏的狗見了黑將軍，一隻隻夾了尾，灰溜溜的，誰也神氣不起來。

老昆的印象中，黑將軍始終是威風凜凜的樣子。它是狗中的將軍，哪條狗也比不過它。它是老昆的掌上明珠，是老昆心目中的王子，誰也不能招惹它，誰也不敢招惹它。村子裏的狗卻不理會老昆的心思，特別是那些草狗，幾乎天天跑進山坳裏圍著黑將軍轉。老昆將它們驅散了，可它們趁老昆不注意，又纏繞在黑將軍的身邊。終有一天，老昆最不願看見的事情發生了，黑將軍同不知誰家的一條草狗屁股黏著屁股扯在了一塊。老昆的眼珠子都血紅了，操起一根木棍直往草狗身上招呼，可讓他更生氣的是黑將軍同草狗一塊蹦跳著跑了。因為這，老昆幾天吃不下飯，病了一場。他懶得理會黑將軍了，就算它的尾巴搖斷了，也不拿眼睛瞧它一眼。黑將軍髒了，徹底髒了，它的身上有了草狗的騷味。

這不是狗王該幹的齷齪事。黑將軍應該是神，神就不能同草狗扯在一塊兒。老昆不願意看到黑將軍墮落下去，也不能讓它墮落下去。他必須阻止它。老昆想了很多法子來拘管黑將軍，用鐵鏈子將它鎖在柱子上，可黑將軍竟然將鐵鏈掙斷了，逃出去同草狗鬼混。將它關在屋子裏，它又跳到窗子上將窗子的木柵欄撞斷，又跑了。有一段時間，老昆灰心了，破罐子破摔，由著黑將軍胡來。可過去一段時間，老昆還是忍不住，又想了別的法子來對付黑將軍。他不知從哪得來的靈感，給黑將軍縫了一條褲子。黑將軍也弄不懂老昆要幹什麼，反正他在它身上擺弄慣了，給他上腳套，梳理皮毛，什麼事沒幹過。到後來，黑將軍才明白老昆那條貞潔褲的陰險，可它也有破解他的法子。老昆低估了黑將軍的智商，它將褲子頂在地上磨來磨去，希望將褲子磨穿。草狗們也跳過來幫忙，用牙齒撕扯，最終老昆的防線被突破，貞潔褲讓黑將軍輕而易舉脫掉了。

老昆讓黑將軍的舉動氣暈了，再也想不到用什麼辦法來對付它。後來是村子裏劁豬騸牛的劁匠提醒了他，乾脆一不做二不休，將黑將軍閹了，讓它成為太監。可劁匠怎麼也不敢給黑將軍動刀子，老昆將黑將軍哄住了，用繩子綁了它的腿，還在它的嘴巴上套了個套子，劁匠這才拿出了那把月牙形的刀子。這一刀，黑將軍真就成了狗太監，怎麼也威風不起來了。而且它的性情大變，以前老昆說什麼它聽什麼，現在老昆怎麼哄它都沒用。有一次它將老昆撲倒在地，剛巧有人打柴時經過，不然老昆的性命難測。黑將軍從狗王淪為黃眼狗了，翻臉不認它的主子。從那以後，黑將軍整天在村子裏遊蕩，成了一條野狗。終於有一天，它逮住機會，將劁匠撂倒了，從他腿肚子上扯去了一片肉。三天兩頭，村子裏不時有人被它咬傷。被咬的人找上老昆，老昆也拿它沒辦法，它已經讓老昆欺騙夠了。村子裏的人讓黑將軍徹底激怒了，圍起而攻之，最後黑將軍死在了亂棍之下。等老昆聽到消息趕去時，黑將軍早讓人燉了狗肉湯，剩下的只有幾根光禿禿的骨頭扔在泥地上。之後，老昆再也不養狗了，用米篩篩狗選狗王的法子也慢慢讓人忘記了。

二十九、走眼

七叔是水門村的能人，在兄弟姐妹中排行第七，加上輩分高，所以大家都叫他七叔。七叔上知天文，下曉地理，世間萬象，無所不通。他能掐會算，靠一張嘴，十根指頭，養活一家人。村子裏遇上婚喪嫁娶，都要找到七叔問一問吉凶，替新郎新娘合生庚八字，挑選婚慶的日子，幫孩子取名字，求財的問財路，問前途的算運道。甚至走遠道的出門，新娘子回娘家串門，都要讓七叔挑選黃道吉日。不管問什麼，七叔都能說出個子丑寅卯，辰巳午未。問的人也不是白問，多多少少都會給七叔送個茶錢。七叔不下田不種地，就靠這茶錢過日子。

七叔的能耐是從書本上學來的。他祖上不知哪朝哪代得到了幾部線裝的古書，一直藏在樓上的倉房裏祕不示人，也沒發揮什麼作用。七叔卻拿它當寶貝，早晚拿在手上，細細研讀。他上過幾年學，識得不少字，可讀那樣的古書很費勁。七叔拿了書，好酒好煙送給學校的老師，讓老師讀給他聽。花了三四年功夫，七叔終於將幾本古書的內容掌握得八九不離十。七叔學到了不少說法，說一生福道的：三月羊，跑斷腸；臘月虎，饑與苦；十一月的猴，過年的鼠，吃喝不愁。說婚姻的：青虎黑豬上等婚，男女相合好姻緣；紅馬黃羊兩相遂，這等婚姻極可為。

白馬犯青牛，蛇虎如刀錯；金雞怕玉犬，豬猴不到頭。七叔後來跟著一個走江湖算命的跑了兩年，將算命先生跑江湖的奧妙爛熟於心，之後自個立了招牌，做起了算命先生。

可七叔的營生在村子裏有限，就這麼個屁眼寬的地方，幾輩幾代都定居在一塊兒，都是知根知底的。說得靈驗了，那是你早就熟悉了；說漏了嘴，那就丟臉面了。這算命的本是轉珠嘴，奉承的話常掛在嘴邊，偶爾說些災禍，無非也就是多騙幾個錢財。都是鄰里鄉親的，遇上別人的喜事，你討個喜錢還可以，一般的時候不好漫天要價。俗話說，近處的菩薩遠處靈驗，七叔的生意大多都在外村。除了算命，卜卦，七叔還送留言，送日記。誰家剛生了孩子，按生庚八字推算一番，送上一本見生，注明孩子什麼時候上運，什麼時候換運。過去沒有出生證，這見生成了出生的一種特殊證明。這留言記錄了日干，哪天宜動土，哪天宜出門，哪天宜婚喜，哪天避災凶，這留言都寫得明明白白。日記同留言是相同的玩意兒，只不過日記更詳盡，一年三百六十五天，天天都有記載。七叔就靠著這些營生，賺回一家人的生活。

七叔幹這營生是被迫的。七叔的眼睛有一隻是菜花眼，什麼也看不見。剩下的一隻眼睛就成了七叔的命根子，就靠它賺飯吃。雖然是獨眼龍，可七叔善於觀顏察色，見什麼人說什麼話，到什麼山上唱什麼歌。喜歡聽好話的，就說得天花亂墜；故意挑刺的，就說得模棱兩可。確實遇了災禍的，七叔會挑安慰的話來說，別人給錢他也會假意推辭一番。走江湖的，討打是這張嘴，賺吃也是這張嘴，七叔就靠嘴皮子贏得了不少人緣。慢慢地，同七叔熟悉了，就有人拿七叔開玩笑。七叔，你既然算得這麼神，為什麼不算算自己呢，也許你不是算命的命，別錯過了。有人尋七叔的開心。七叔回答得很乾脆，早算過了，我就是算命的命，這還是因為祖上給麻衣燒過香，磕過頭，不然這碗飯也沒得吃。你這命也夠福氣，不用日曬雨淋，不用勾肩弓背，幾根指頭一掐，兩片嘴皮子煽動，錢就來了。有人也拿好話哄七叔開心。七叔也不生氣，而是順著他們的話往後說，託你們的福給口飯吃，我這人福氣沒有，一輩子都是受苦的命。七叔，你是多子多福壽，別看現在日子苦點，將來享不盡的榮華富貴。別人見七叔生了感歎，仍就拿話來寬慰他。你才是多子多福壽，享清福的命，我就一個火把鬼，能跟著我算命就是老天爺開眼了。七叔說的火把鬼就是他兒子。你兒子聽說很會讀書，你別小看他。有人替七叔的兒子抱不平。他要能考上大學，我就不算命了。我家祖輩就沒葬出文曲星的墳。七叔似乎將他的兒子一眼看穿了，壓根就是握鋤頭柄的命。那麼走著瞧，到時看你還來不來算命。那人同七叔賭上了。

七叔的兒子叫文生，名字是七叔取的，多半希望兒子能多念幾句書。文生讀小學時很聽話，考上了鎮上初中的重點班，後來又被貶到普通班。這一貶，將七叔的希望貶沒了。初中畢業，文生只考上普通高中，七叔說什麼也不讓文生讀書了，叫文生跟著他學算命，趁著他能走動學點經驗，將來還能混口飯吃。文生死活不依七叔，七叔的女人向來疼愛兒子，兒子說什麼她聽什麼。七叔敵不過他的女人和兒子，只好同意文生讀高中。文生這三年高中讀得相當苦，學校在五十里外的另一個鎮上，就靠一雙腳板跑來跑去。七叔算命的錢本來就可憐，日子捉襟見肘。文生其實很懂事，體諒七叔的苦楚，往返上學將鞋別在腰裏，到了家見什麼幹什麼，上山砍柴，剮紅棕，撿桐球，努力賺取自己的學費。七叔見了文生的狠勁，還真拿文生的八字掐過一回，這一掐，七叔更心灰意冷了。臨到高考時，七叔怎麼也不讓文生報考，不要浪費那個錢。七叔的女人卻不理會，賣了兩隻母雞，給文生交了報考的費用。後來又是七叔的女人賣了一隻母雞，讓文生去縣城體檢。

七叔最終在他兒子身上看走眼了。文生考上了省城的一所大學，後來又分配在省城。只要他的兒子不心血來潮，恐怕這輩子都沒機會握鋤頭把了。七叔的金字招牌讓他兒子砸掉了，從文生上大學後，七叔再也沒出門替人算過命。即使他出去了，別人也不會請他算命，連自己的兒子都算不準，還能算誰的命。但有一句話七叔倒是說對了，文生考上了大學他就不算命了。文生在省城站穩腳跟後，將七叔和他的女人接去了省城，估摸著省城不會有人請七叔算命，也不會有人知道七叔算命的事。水門村算命的營生全交給了走江湖算命的，誰從村子裏經過，誰就佔有了水門村算命的市場。

三十、醉茶

冬昌是水門村的一個怪人。同那個長相古怪的本昌不是兄弟，兩個人卻有著類似的愛好，本昌喜歡樹，將那幾棵古樟樹視若自己的命根子，冬昌不只喜歡樹，還喜歡花花草草。別人喜歡花草頂多多看幾眼，或者折一枝回家插在瓶子裏。冬昌卻不同，發現好看的花草一定連根挖回來。冬昌家的後面有個園子，園子不大，後來冬昌挖回來的花草樹木越來越多，園子一步一步擴展，幾年時間，竟有幾畝見方。

剛開始，冬昌弄回來的那些植物都是怪裏怪氣的。比如樹茬，都是經過千刀萬砍的，樹幹不知斷了多少回，樹茬的頂部傷痕累累，有的樹會自我療傷，傷口早結了痂，用樹皮包裹了，有的樹傷口裸露著，刀口的木屑都成了腐敗的黑色。樹茬的形狀不一，有像飛禽走獸的，如龜一樣癡頭癡腦，如蛇一樣屈曲盤旋，如狗兔奔跑，犀牛望月。也有如鳥雀蟲蟻的。有一堆樹疙瘩很奇特，中間隆著大樹包，周圍都是小樹疙瘩，就像母雞帶了一群雞崽。也有像人形的，如老僧坐禪，如拐子搬家，也有如頑童嬉鬧的。說到花草，也是種類繁多，應有盡有。紅藍黃綠青靛紫，什麼顏色的花兒都有。春夏秋冬，哪個季節都有花開。有些花是識得的，比如野櫻桃，野梨野菊，杜鵑，金櫻子，也有些叫不上名字的花兒，幾輩子都長在山溝裏，就是沒人喊得出名字。這花兒聚在一塊，也像人一樣分個環肥燕瘦，有單瓣的也有重瓣的，有米粒兒一樣細碎的也有大如碗口的野百合，有成串成串的也有孤苦伶仃的，有潑潑辣辣熱熱鬧鬧繁花似錦的，也有低眉順眼悲悲泣泣獨守寂寞的。有的芳香襲人，有的潔淨無味，有的花心裏藏了蜜，有的空空蕩蕩沒心沒肺。

進了冬昌園子的人，難免會生出感歎和驚詫。這些花草樹茬，其實大多都見過的，只不過分散在山溝裏，不引人注目。可聚在園子裏感覺就不同，那些花花草草經過冬昌的手，模樣就變化多端。有的枝丫修剪得齊齊整整，像個文質彬彬的書生；有的分明是個小姑娘，幾根細瘦的枝丫讓冬昌紮成了辮子，一綹一綹豎在頭頂上；有的葉子闊大，像是穿了裙裾。冬昌沒有女人，暗藏的心思全用在對花草樹木的妝扮上。村子裏的人對冬昌不理解，冬昌其實是個尋常不過的人，手笨嘴拙的，見了誰都沒個響屁，鬼知道他從哪裏學會擺弄這些。再說這些東西當不得飯吃，也不能長出衣服，放倒了，曬枯了，不過是堆柴火，而且還不是好柴火。開始別人覺得稀奇，不時會有人過去瞧瞧，到後來都知道了就幾個老樹蔸，誰也懶得費那個勁了。

冬昌的那些寶貝的確派不上什麼用場。就有過一回，一個挖蛇藥的在冬昌的園子裏發現了一株蛇藥，想討了去，冬昌說什麼也不給。後來村子裏有人讓蛇咬傷了，在他園子裏配過一兩次蛇藥。大人們不去，孩子們有時卻將那裏當做了樂園。園子裏長了各種各樣的野果樹，到了夏秋時節，果子就冒出來了，早熟的有野梨野桃，晚熟的有獮猴桃毛栗子尖栗子，還有許多叫不出名字的果實。孩子們趁著冬昌不注意偷偷溜進園子，將果實摘了個一乾二淨，等冬昌發現早已人去園空。誰知其中有果子壞了事，有個小孩也許吃了有毒的果實，上吐下瀉個不停。讓村裏的郎中灌了滿肚子水，洗了胃，又打了幾天液體，孩子才緩過來。如果不是發現得及時，孩子怕是沒命了。都是冬昌的園子惹的禍，孩子的爹娘翻了臉，刨的刨，砍的砍，將冬昌的園子搗了個稀巴爛。冬昌委屈，可又理虧，別人不找他賠醫藥費已經夠客氣的了。

園子毀了，村子裏的人以為冬昌該死心了，他栽種那樣一個園子，也不知圖的什麼。冬昌卻不管別人的看法，起早貪黑，慢慢又將園子恢復了。那些樹茬能復原的都復了原，花草壞死了的地就空著。忙完這些，冬昌又扛著鋤頭，漫山遍野去找尋那些樹木疙瘩。這一次冬昌吸取了之前的教訓，凡是長了果實的樹木必定先摘個果子嘗一嘗，吃了沒事才放心移栽到園子裏。為此，冬昌也讓果實毒倒過，幸好吃得不多，緩一緩，毒也就散了。那帶毒的果樹，冬昌紮了木柵欄，嚴嚴實實圍了起來。

冬昌的園子又慢慢豐富起來，甚至比劫難之前更闊氣了。冬昌還釘了許多木頭盒子，將那些造型怪異的樹茬裝在盒子裏，嬌生慣養著。終於有一天，冬昌的園子讓外面的人知道了，有人願意出十萬元的天價購買冬昌的那些花草和樹疙瘩。村子裏的人這才醒了，冬昌擺弄這些花花草草比他們十年八年積賺的錢還多，早知這樣，他們也像冬昌一樣去弄個園子。冬昌發了。可結果突乎他們的意料，不管多少錢，冬昌都一聲不吭，說什麼也不願賣了園子裏的那些寶貝。這買的人見冬昌鐵了心不賣，只有歎口氣走了。

冬昌後來還發生了一件讓人稱奇的事。他的園子裏移栽了一株老茶樹，茶葉不多，樹根卻是龐大得驚人，都成茶樹精了。有一天老茶樹上冒出了一根特別的枝丫，枝丫伸展得好長，葉子也大得出奇，比人的巴掌還闊幾分。還像人的手掌一樣，葉子上分出了幾根指頭。冬昌將枝丫砍下來，插在木頭盒子裏，竟然養活了，成了一棵茶樹。這茶樹上的茶葉比別的茶葉不同，摘上一兩片葉子泡著，味道比什麼茶都濃郁。喝上半杯，人就有些醺醺然。再喝，就像醉酒一樣醉得人暈暈乎乎。茶樹慢慢長大，產的茶葉也慢慢多了，先是一兩二兩，多的時候也不過三四兩。有覺得新鮮的，向冬昌討要一撮，嘗嘗味道。後來這茶葉讓冬昌的侄子帶到學校讓教授鑒別，他的侄子在一家農學院讀書。是醉茶。這是冬昌的侄子從學校帶回來的說法。村子裏的人又猜測，這茶樹一定是棵搖錢樹。冬昌也不見有什麼變化，依舊像往常一樣，除了下地就是照看他的園子。

冬昌後來死於一場意外。他在山溝裏挖一株不知什麼草，草是挖出來了，冬昌卻倒在了山溝裏，等別人發現，他的屍體都僵硬了，身體縮成一團，臉色烏青。冬昌是讓那草給毒死了。冬昌死後不久，那株茶樹也莫名其妙乾枯了，葉子落了個乾淨，死了。冬昌的園子最終讓他的兄弟賣了，園子清除一空，只留下一塊空地。沒過兩年，空地有一半長了草，一半讓他的兄弟種了莊稼，豆子芝麻什麼的，也是一片盎然的綠色。

三十一、順風耳

關於富貴之相有許多說法，古人將一個人的臉部以五嶽來劃分，左右臉頰為東西嶽，前額為南嶽，下頜為北嶽，中嶽為鼻祖，東西嶽講究開闊對稱，南嶽平闊正中，北嶽方圓豐隆，中嶽直挺豐厚、上接印堂，即大富大貴之相。亦鯤長得牛高馬大，濃眉粗眼，一身的陽剛之氣，是個彪形的漢子。生得也福相，天庭飽滿，臉部開闊，耳朵招風。耳垂子闊大，厚而多肉。亦鯤就有幾分富貴之相，可偏偏是個長工，成年累月除了做牛做馬幹活，什麼富貴都沾不到邊，最多就是侍候富貴之人，幹的也是粗活。亦鯤的名字也取得霸氣，不是一般人承受得了的。相面的人很納悶，亦鯤怎麼同富貴無緣呢。想來想去，說是亦鯤的聲音破了相，亦鯤的嘴闊，他的嗓音卻如銅鑼破鼓，焦枯沙啞。這是貧苦者的聲音。

亦鯤的魁梧讓不少女人眼饞，她們甚至會拿亦鯤同自己的男人比較，亦鯤是威武的牛牯，她們的男人不過是閹了的公雞。可眼饞歸眼饞，讓她們嫁給亦鯤誰也不願意。一個長工，一輩子都難翻身，跟著他還不是遭罪。媒婆也不會找上亦鯤，給一個長工說媒，能有什麼好處，磨穿鞋得自己掏錢買，說破嘴皮子是自己的。一個長工，他有個卵子給你啃。亦鯤的確沒什麼東西能給人家，打長工賺的吃在肚裏，穿在身上，此外沒什麼多餘的。別的人再窮困，土坯房總會有幾間，亦鯤卻什麼也沒有，他睡在別人家的牛棚裏，冬天一堆稻草，一床灰不溜丟的破棉絮，夏天一張草席，赤條條一個身子。幾件破衣爛衫，必要的時候才穿，只要天氣可以，他就裸著上身，只穿了只大褲衩。天長日久，亦鯤的身體黑黝黝的，像抹了一層桐油，雨水落到身體上，的溜溜滾了，什麼也留不住。

亦鯤活到三十多歲還沒嘗過女人的滋味。可是想也白想了，天上不會掉女人，地裏也不會長女人，就算天上會掉地裏會長，天不是亦鯤的，地也不是亦鯤的。這掉下來的女人，長出來的女人，亦鯤能做的無非多看幾眼。可不看還好受一些，看多了反而更難熬。亦鯤最喜歡的事情就是聽房，比過年還興奮。這得益於他有一雙奇特的耳朵。亦鯤的耳朵大過巴掌，比豬耳朵差不了多少。亦鯤卻是半個聾子，這雙耳朵如果背著風，什麼也聽不到，同個聾子一般。只要順著風，幾里外的響動都聽得見。別人因此給他取了個綽號叫順風耳。雖然亦鯤很不滿意他們的叫法，無奈嘴巴長在別人身上，他管不著。有了順風耳的綽號，亦鯤正好借機裝瘋賣傻，別人說的話對他沒好處，不管順風還是背風他都假裝聽不見，只要有好處，他一定想方設法將事情問個明白。這順風耳聽別的事沒什麼樂趣，可聽房是天大的用場。新郎新娘入了洞房，只要有細微的動作，都讓亦鯤聽個明明白白。新娘子脫了鞋，準備上床。脫鞋了。亦鯤就在窗外叫。新娘子受了驚嚇，待著不動了。好半晌，亦鯤又說，脫衣服了。窗外浮起一層猥褻的笑。再有動作，亦鯤又接著往下說，做事了。別人什麼響動也沒聽到，白了亦鯤一眼，說，你曉得個屁，你又沒做過。再往後，村子裏的新郎和新娘患了恐懼症，生怕亦鯤聽房，一夜都不敢亂動彈。只有個別放肆的，不管有沒有人聽，一樣忙活得山搖地動。

亦鯤一生打了二十多年長工，十三歲那年，他爹患哮喘去世了，亦鯤就成了孤兒。他的伯伯叔叔也不願養著他，讓他給村裏的一個地主放牛。同亦鯤走得近的是另一個長工，名叫本元，本元讀過一些書，後來家裏遭了災禍，也淪為了長工。本元是個有遠見的人，暗暗參加了農會。亦鯤受了他的影響也加入了農會，後來本元離開水門村去了縣上的農會，亦鯤幾經顛簸，成了農民赤衛隊的隊長。一夜之間，村子裏的人突然醒了，亦鯤真的長了一臉的福相，你看，他的額頭寬敞得可以跑馬，他的鼻子就是一道高高的山梁，他的眼睛炯炯有神，一雙招風耳，耳垂舒展而肉厚。隨便從哪看，亦鯤都是人富大貴之相，好日子才開始哩。

亦鯤抖擻了起來。他背著一口鬼頭刀，刀身寬可盈尺，寒光閃閃，誰見了都不由自主哆嗦。亦鯤走路的姿勢也變了，昂首闊步，一副勢不可擋的模樣。他手底下管著三十多號人，都是清一色的漢子，個個兵強馬壯。手中的武器五花八門，有大刀，有長矛，還有幾桿鳥銃。這人一闊臉就變，亦鯤說話中氣十足，原來的破鑼聲音不見了，耳朵也管事了，不管好事壞事都逃不過他的耳朵。村子裏的人誰也不敢招惹亦鯤，說話做事都盯著他的臉色，惟恐哪兒做得不周到，不小心得罪了他。有姑娘的人家暗地裏託了媒婆去找亦鯤，誰知亦鯤卻不屑一顧，對女人絲毫沒了興趣。亦鯤不再是個長工了，每天要處理很多重要的事情。每次見他，亦鯤都在風風火火趕路，一會兒往東，一會兒往西。別人撞見他，免不了陪著笑臉，主動招呼，亦鯤，上哪兒去？順風耳，去哪打惡霸？誰知他們的馬屁拍到馬蹄子上了，亦鯤眉頭一皺，眼睛一橫，說，別叫順風耳，叫我亦鯤大隊長。有了這次教訓，村子裏的人都知道了，不管在什麼地方誰見了亦鯤，都叫亦鯤大隊長。別人這麼叫，亦鯤用鼻子哼哼兩聲，算是回答了。

亦鯤的赤衛隊熱鬧了好長一段時間。後來讓保安團的人圍攻，赤衛隊的人犧牲了大半，餘下的全跑散了。亦鯤費了好多周折，才將剩下的人攏起來，不到十個人了。有了保安團的威脅，赤衛隊的活動受到限制，亦鯤也不像之前那麼張揚了。別人見了他，依舊叫亦鯤大隊長。亦鯤的態度也溫和了，不再用鼻子答話，而是笑著點點頭。有時還回問一句，老人怎麼樣，地裏的收成怎麼樣，讓你的兒子或侄子來參加赤衛隊什麼的。下次別人再遇見他時，再叫亦鯤大隊長，亦鯤就推辭了，別叫大隊長，就叫亦鯤吧。別人以為亦鯤謙虛，再說叫慣了亦鯤大隊長，怎麼也改不了口。後來的一次，赤衛隊又遭到保安團的人圍攻，保安團人多勢眾，荷槍實彈，赤衛隊根本不是對手，只有倉皇撤退。慌亂中，亦鯤沿著土路往村後的山溝裏跑。亦鯤大隊長，往這邊跑。有人在不遠處呼喊著。這一喊亦鯤更是慌不擇路，從田野上直往那人的藏身處奔了去。別叫我大隊長，叫順風耳。亦鯤邊走邊提醒叫喊他的人。但他的提醒沒了作用，保安團的人聽到喊叫聲已經盯緊了亦鯤。那一次，亦鯤沒能逃脫保安團的追蹤，犧牲在村後的山溝裏。亦鯤後來是村子裏的人安葬的。亦鯤倒在一棵松樹下，身上中了五槍，有三槍打在胸口上，一槍打在大腿上，另一槍打掉了他半個耳朵。如果亦鯤還活著，說不定都是將軍了。村子裏的人很替亦鯤惋惜。後來又聯想到本元，本元也沒能回到村子，也是倒在了保安團的槍口下。

三十二、倔驢

水門村有可能沒一個人見過驢子，真正的驢子長什麼模樣，誰也說不清楚。說驢像馬，又沒人見過馬；說驢像牛，聽說驢不會長角。除了喚驢，水門村還有一個人同驢子扯上了關係，讓人取名叫胡驢子。胡驢子是個長相平庸的人。他的個子不過兩把稻草疊起來的高度，比豆莢扡矮上一大截。一張臉有些寒磣，眉毛眼睛擠在一塊，舒展不開。鼻子有些塌，鼻頭驕傲不起來。嘴唇很厚，所以說話不爽快，更多的時候不說話。乍一看上去，胡驢子就長了這麼個憨厚相，是個實誠得膽小的人。

胡驢子卻長了身倔脾氣，愛認死埋，一條道走到黑。別人倔有個限度，他倔起來是個無底洞，別人不撞南牆誓不回頭，他是撞了南牆也不回頭，非得將南牆撞塌。胡驢子的屋後有塊石頭，每次上山砍柴都得繞著石頭走，胡驢子不甘心，發誓要將它弄走。拿起鐵錘鑿子幹了整整三年，才將石頭搬走。胡驢子同人下過一盤象棋，下到最後，胡驢子只剩孤帥，對家還有將和一士一象，已經是和棋了。胡驢子死活不認輸，將孤帥進退了一個晚上，對手敵不住瞌睡，只得拋子認輸。胡驢子贏了這盤棋，往後就再沒人同他下棋了。有人故意同胡驢子打賭，如果胡驢子能夠數清一窩螞蟻，他願意輸一百塊錢給他。找到一窩正在搬家的螞蟻，胡驢子趴在地上，一隻一隻地數，數了三天三夜，也沒數出個頭緒。後來是一場暴雨，將螞蟻沖走了。雨過天晴，胡驢子接著數螞蟻，可螞蟻不知搬到哪去了。胡驢子扛了鋤頭，到處挖螞蟻洞，想找到那窩螞蟻。後來是胡驢子他娘背後找到那個使壞的人，給了他一百塊錢，讓他同胡驢子說不打賭了，願意認輸。胡驢子接了一百塊錢這才住手。

胡驢子的倔脾氣讓很多人下不了臺階，慢慢地，也很少有人願意同他打交道。胡驢子他娘託了好幾個說媒的人，如果能定下一門親事，許諾重謝媒人。有媒人動了心，找了七八家的姑娘，聽說是胡驢子沒人願答應。好不容易找到一家，那姑娘也是丑角兒，又矮又胖，滿臉的芝麻，歲數比胡驢子小，樣子卻比胡驢子老，不然她也不會答應媒人。胡驢子娘見過那姑娘，雖然有些不滿，可有個媳婦總比沒有媳婦強。如果沒有媳婦，這抱孫子的希望就沒了。同媒人約了日子，讓胡驢子去看姑娘，胡驢子說什麼也不答應。他娘知道他的脾氣，這事只有黃了。他娘以為胡驢子不滿意姑娘的相貌，後來又說過幾次，胡驢子都堅持不見面，他娘倔不過胡驢子，最後只能聽命由天了。

這做娘的背地裏對胡驢子留了心，慢慢也知道了，兒子暗地裏喜歡上了一個女人。她叫水翠，是石匠的老婆。水翠也不是個長相嫵媚的女人，比那個滿臉芝麻的姑娘好不到哪裏去。水翠的個子也不高，臉蛋很黑，屁股的面積很寬，是個塌屁股。水翠生了一個女兒。論年紀，水翠比胡驢子還大兩歲，也不知胡驢子看中她什麼。胡驢子對水翠不是一般的上心，只是他沒有機會。水翠有石匠管著，想也白想了。水翠上哪，胡驢子總會找個藉口跟著。水翠去採茶，胡驢子就找個就近的地方鋤地；水翠去摘梔子花，胡驢子就挾著鐮刀上山砍柴；水翠洗衣服，胡驢子就牽了牛去飲水。胡驢子就這樣不遠不近跟著水翠。如果不是後來石匠出事了，他有可能只有永遠這麼跟下去。石匠在採石時從斷崖上墜下來，摔斷了脊樑骨，癱在床上。石匠殘廢了，水翠的天也塌了。胡驢子終於有了接近水翠的機會，田要耕了地要犁了，稻子要下種黃豆紅薯也要下種，水翠一個女人家操勞不了這些事情，只有請人幫忙。之前幫忙的那些男人以為石匠倒了，能撈到水翠的便宜，水翠卻是軟硬不吃，他們自覺沒趣，一個個溜了。只有胡驢子，仍舊守在水翠的身邊，她讓他幹什麼他就幹什麼。髒活重活，胡驢子不讓水翠沾手，糞池滿了就挑糞，柴火沒了就砍柴。胡驢子成了水翠的主要勞動力。

胡驢子娘在世時還能約束胡驢子，後來她去世了，就再也沒有人拘管胡驢子。胡驢子將水翠的家當做他自己的家，白天幫著水翠幹活，晚上才回到自己家的那幾間破土屋裏。由於失去照管，一場暴雨過後，三間十坯屋倒垮了兩間，餘下的一間也是搖搖欲墜。那幾間屋子本來離水翠有些距離，這一倒，胡驢子也懶得修復了，乾脆在離水翠家不遠的地方搭了個草棚，將剩下的那些東西都搬到了草棚裏。日子就這麼不緊不慢地過去，石匠最終沒能從床鋪上站起來，扔下水翠和兩個孩子走了。水翠成了寡婦，胡驢子更有理由進出水翠的屋子了。村子裏的人也以為水翠會嫁給胡驢子，可左等右等不見任何動靜，日子還是像過去一樣，胡驢子悶著頭進進出出，水翠仍就在堂前灶後忙碌她的。有好事的人對他們留意了一隻眼睛，可什麼也沒看到，胡驢子忙完一天仍然回到他的草棚裏。

村子裏有人替胡驢子嘆惜，幫水翠種了半輩子的田，水翠都沒給過他一個好臉色。胡驢子做胡驢子的事，水翠忙水翠的活，好像是兩個互不相干的人。胡驢子的一身力氣全給了水翠，自己什麼也沒留下，只有那間草棚。胡驢子無兒無女，將來老了怎麼辦，誰替他養老送終。村子裏幾個愛管閒事的長者想替胡驢子主持公道，讓人過話給水翠，讓她嫁給胡驢子。水翠沒說話，胡驢子倒搶先回話了。胡驢子讓過話的人轉告那幾個長者，他的事不用別人操心。胡驢子的話像是警告，別的人也就不瞎操心了，這都是命，也許胡驢子前世就欠了她水翠的，這輩子當牛當馬來還債。

日子就這麼一天天過去，水翠的女兒也長大成人了。女大不能留，水翠的女兒嫁給了外村一個木匠的兒子。屋子裏就只剩下水翠和胡驢子了。他們兩個人在一塊，村子裏也沒什麼非議，畢竟這麼多年了，他們早該走到一塊。誰知女兒出嫁後沒幾天，水翠突然消失了。胡驢子滿村子亂鑽，到處尋找水翠，水翠就是不見影蹤，村子裏也沒人知道她上哪去了。胡驢子找到水翠的女兒家，沒見到水翠，她女兒也不清楚她去了哪裏。胡驢子暈頭轉向找了許多天，就差沒掘地三尺。後來的一天，胡驢子也突然從村子裏消失了，有人看見他一個人往村外走了。胡驢子八成是尋找水翠去了。最後也沒人知道他到底找到水翠沒有。胡驢子再回到村裏時，是水翠的女兒和女婿送回來的。水翠的女兒可能感恩於胡驢子的哺育之情，給他買了一口上好的棺木。所有安葬的費用都是水翠的女兒支出的，她還給胡驢子披麻戴孝，端了靈位。胡驢子安葬在村口的山坡上，只要水翠回了水門村，他是第一個看見的。

三十三、腳魚砌塔

獵八是流落到水門村的，只能算半個水門村人。某個夏天，獵八手握一柄鋼叉，頭戴草帽，從河道裏深一腳淺一腳，涉水進入水門村。獵八從河岸邊冒出頭時，鋼叉上挑著一隻網絲袋，網絲袋裏裝了兩隻剛捉到的腳魚。水門村人叫甲魚不叫甲魚，而是叫腳魚。獵八的個子奇長，夠得上那柄鋼叉的長度，身子骨卻單薄得要命，像用幾根篾片紮起來的。風一吹，東搖西擺的，隨時有可能跌翻在地。

獵八枉生了一副大架子，扶不了犁掌不了耙，粗活重活都上不了手。一根空扁擔擱在肩頭，好像都能將他壓垮。別人說獵八是個富貴命，不能做事，只能享福的。他爹本想讓他學門手藝，可獵八學什麼都不用心，學什麼什麼不會，從小到大，喜歡在河壩裏打滾，水性出奇地好。捕魚撈蝦，樂此不疲。空著手一個猛子紮下去，就有一條紅鯉拋上岸，落在地上活蹦亂跳。後來，獵八遇著個捉腳魚的老頭，戴了頂破草帽，扛了把鋼叉，在河灘上叉腳魚，一叉一個準。獵八讓老頭吸引了，纏著老頭拜師學藝。老頭往哪走，獵八就寸步不離跟到哪。老頭被纏得不耐煩了，就收了獵八當徒弟。那野生的腳魚值錢，飯碗大的一個就能賣到上百，而且不需要本錢。

剛開始，獵八同老頭一起出沒，後來老頭在河壩裏滑了一跤，後腦勺碰在石頭上，丟了性命。剩下獵八，一個人扛了鋼叉，自由自在，哪兒有河就往哪兒走，也沒個目的地。獵八捉腳魚的手藝得了老頭的真傳，有些出神入化。淺淺的沙灘上，除了沙子，什麼也見不著。獵八用鋼叉左一叉右一叉，就叉出了一個憨頭憨腦的傢伙。那傢伙爬出來時很不情願，似乎獵八攪醒了它的好夢。一條河的哪一段藏著腳魚，獵八溜一眼就能知道。春夏秋冬，腳魚不斷挪動藏身的地方，可無論怎麼躲藏，最後都逃不過獵八的鋼叉。有時獵八根本不用鋼叉，兩根指頭一戳，一隻腳魚就讓他從草叢下夾了出來。腳魚是有路的，獵八識得它的道路。腳魚下蛋時會賣路，七繞八繞，將蛋下在沙子裏。它終究瞞不過獵八的眼睛，腳魚蛋藏在那堆沙子下，獵八瞥一眼就一清二楚。可獵八從不偷盜腳魚蛋，也不捉正在下蛋的母腳魚。

獵八說過捉腳魚的許多趣事，都是水門人沒聽過的。最有意思的是腳魚砌塔，腳魚一隻疊著一隻，堆積起來，像一座塔。塔尖的腳魚最小，往下逐漸變大，塔底是最大的一隻母腳魚。捉腳魚的碰到腳魚砌塔就發了，一隻一隻捉起來扔進袋子裏，一共可捉到八隻。最底下的那隻不能捉，它的下面往往盤著一條蛇，你捉了腳魚蛇就會咬你一口，弄不好你就送了性命。

第一次到水門時獵八在秋蛾屋門口討過一碗水喝，秋蛾給了他一碗茶。後來不知怎麼一回事，獵八給了秋蛾一隻腳魚。秋蛾的男人得了一種怪病，什麼都好好的，就是一天比一天瘦。頭天晚上看著一個樣子，第二天早上起來就是另一副樣子了。湯藥喝了不少，秋蛾想著法子給他進補，可不論什麼法子，都無力阻擋他一天天的消瘦。先瘦去的是肉，接下來是皮膚，到後來瘦成皮包骨頭了，骨頭接著瘦。到後來，秋蛾的男人瘦成了一張紙，隨便一陣風都能將他刮起來。獵八給的那隻腳魚，讓秋蛾剁了給她的男人燉了湯。可腳魚湯也挽留不了秋蛾男人的命，最後秋蛾成了寡婦。她的男人給她留下了一個兒子和一個瞎了眼睛的老娘。獵八再進入水門時，就住在了秋蛾家，秋蛾成了獵八的女人。水門村沒有人願意娶秋蛾，甚至有說法，秋蛾的男人是讓秋蛾剋死的，所以誰也不願讓秋蛾剋死了。女人有的是，可命只有一條。

有了秋蛾後，獵八仍舊扛著鋼叉，在遠近的河流裏輾轉。少了病人的拖累，多了捉腳魚的收入，秋蛾的日子漸漸好轉了。過兩年，秋蛾替獵八生了一個女兒，長得挺像獵八，手長腳長。有了負擔，獵八的擔子陡然重了，捉腳魚的路程越來越遠。有時還扛著鋤頭下地，活兒雖然不太精緻，可終究打破了獵八不下地的規矩。獵八雖然沒了空閒，生活卻是有滋有味。獵八有了窩，有了落腳的地方，不再在河流裏流浪。

如果後來不發生另一件事，獵八的這種生活會一直繼續，直到白髮蒼蒼。秋蛾竟然患上了同她男人一樣的怪病。她的身體一天天消瘦，像有隻手從她的體內不斷掏走東西。她的身體眼看著被掏空了，獵八卻束手無策。秋蛾像她的男人一樣服了很多湯藥，獵八還找到一個老郎中，挖了許多草藥，可這些藥物半點作用也沒有。獵八唯一能做的就是不斷捉腳魚，燉了湯，補充秋蛾的身體。這些腳魚湯最終也沒留在秋蛾的體內，而是很快又讓什麼東西掏走了。掏走了，獵八又用腳魚湯填補，再掏走，再填補。獵八鑽入了一個永遠也走不出來的圈子。他絕望，又不敢停下他的腳步。獵八一次次在水門村和異村之間奔走，捕捉更多的腳魚來填充秋蛾的身體。近處的腳魚沒了，只有到遠處，更遠處。每一次獵八都不會空手而歸。

終有一天，獵八倒在了捉腳魚的路上。那一次獵八很幸運，卻又非常不幸。他碰到了腳魚砌塔，捉了八隻腳魚。最後那隻腳魚，他猶豫了很久，最終還是將手伸了過去。他的手剛剛將腳魚掀開，就被蛇咬了一口。獵八倒在了回水門的路上，最後是幾個好心的人送回來的。獵八的身體已經不是原來消瘦的樣子，而是放大了無數倍，能裝下之前的幾個身體。村裏挖草藥的，給獵八服下了好多湯汁，結果都無究於事。到嚥氣時，獵八的身體都沒消腫。下葬時，不得不做了一副巨大的棺木，才將他的身體裝進去。獵八安葬在靠近河邊的山腳下，用村裏人的話說，這樣他下河也方便。另外一層意思，就是村裏人希望他順著河道，從哪裏來的仍舊回哪裏去。獵八不是壽終正寢的，怕他的鬼魂留在村子裏會生事，會禍害人。這種擔心怕是多餘的。

三十四、單響

瘸子生來就喜歡聽響動。據說，他在他娘肚子裏時就能聽見外面的聲音，當然不是一般的響聲，像雞鳴狗吠貓叫春，老公喝醉了酒打老婆，野漢子衝著偶然遇見的女人嚎山歌，這些聲音他娘聽了有反應，可他充耳不聞。瘸子娘若是聽了山歌，連屁眼兒都笑了，這是瘸子爹說的。如果是換了人家辦喜事，吹嗩吶，放爆竹，打鳴銃，瘸子就同新郎官一樣歡天喜地，揮胳膊蹬腿兒，吹鬍子瞪眼睛，早在肚子裏鬧騰開了。碰到這樣的事情，瘸子娘就躲得遠遠的，生怕他從她肚子上扒開個窟窿，鑽出來了。嗩吶鑼鼓還避得了，可打鳴銃或者放那種鑽天猴的爆竹，它們的響聲巨大，十里八村都聽得見，躲哪兒也沒用，躲哪兒也是白躲。瘸子娘爽性捂了肚子，靠在一旁，不錯過了熱鬧。

出了娘肚子，瘸子一點也沒變，稍有響動就手舞足蹈，小嘴都咧成了狗嘴巴。鬧煩了，瘸子娘就在他手腕上掛上響鈴，左右手各一隻，腳踝上也掛上了鈴鐺，也是兩隻。雜貨擔子上的東西，一個雞蛋就能換上一對。瘸子動手動腳，鈴鐺就脆響，聽到鈴聲他就笑了。

後來鈴鐺不管用了，瘸子爹就給他買了面鼓，鼓槌是截楊樹枝，敲下去鼓就嘣嘣響，屋子全被鼓聲佔領了。瘸子敲鼓是一聲一聲的，從來不會敲出連串的聲響。他握著鼓槌，一槌一槌砸在鼓皮上，鼓皮很快搗出了個窟窿。瘸子爹沒錢買鼓了，就鋸了截幹棕木，用鑿子挖空，做成了梆子。梆子聲比鼓聲尖銳許多，聲音高亢激越。瘸子敲爛兩截棕木後就換了爆竹。瘸子爹就給他買了掛老鼠嘴，很短，不過二十響，所以才叫了老鼠嘴，是祭墳的時候放的。

瘸子將老鼠嘴拆散了，一個一個，單獨的。他將爆竹插在泥地上，感覺靜的時候就燃一個，響聲並不怎麼宏亮。後來他摸索到了一個辦法，就是將爆竹放在鐵皮桶裏，轟的一聲，是個悶響，聲音卻壯大了許多。嶄新的鐵皮桶，沒幾天就癟兒吊頸的，像張揉皺了的廢鐵皮。

十三歲的時候，瘸子玩上了鳴銃。鳴銃是個短傢伙，同燒火棍差不多，頂端戴個鐵帽子，鐵帽子上有三個圓孔，拇指粗，是火藥筒，圓孔的側邊有引線孔，火柴棍粗的，不看認真就發現不了。放鳴銃時先朝引線孔插了引線，之後朝火藥筒填火藥，填個半飽，再用紙團子將火藥筒的口子塞緊，一響就完成了。一般是三響。引線有些長度，三五秒後才見銃口火光爆起，一條火舌噴向了半空。轟隆一聲巨響，整個村子都震動了，附近的樹葉子在窸窸窣窣掉。半天功夫，那些枯葉子就落淨了，只剩下些光桿子。

這樣的動靜也只能發生在冬天。農人們閒下了，才有心思談婚論嫁，媒婆喜大腳是最忙碌的，走了東家去西家，兩片嘴唇就像兩片樹葉子，上下翻飛，搧個不停。換了生庚八字，定下了日子，大紅的喜字也貼起來了。放鳴銃的人半上午就進入了陣地，瞧他的樣子像是面臨一場大戰，火藥都裝了半蛇皮袋。他紮起了竹臺子，填好了火藥，就在旁邊蹲著，看守著，怕貪玩的孩子鬧事，又怕吸煙的人落了火。有時還得備下一桿鳴銃，如果客人來得急了，來不及填火藥，那就怠慢了。客人不高興，主人家也不高興，罪責都在放鳴銃的人身上。老舅爺來了，沖，沖，沖，是三響。遠村的姨媽到了，雖然年紀輕，臉蛋還是花朵一樣，可人家輩分不小，沖，沖，沖，也是三響。這些都是走了多年的老親戚，來得早一些，一半是為了敘敘舊，一半是瞧個熱鬧，還有一重擔心，就是怕晚了，落在新親的後面說不定就遭冷落了。接老親，放鳴銃的人當是前奏，有點類似於熱身，真正的大戰是在後面。

老親迎進了門，嫁妝差不多也就到了。嫁妝講「槓」數，大衣櫥一槓，梳粧檯一槓，被子枕頭一槓，大紅的箱子一槓，桌子椅子一槓，鍋碗瓢盆一槓，寒酸點也得湊起八槓，人家攀比的就是這槓數，臉面都在上面撐著哩。抬嫁妝的人是自家的兄弟侄輩，可一樣得放鳴銃，還不是三響，是六響，迎接的是嫁妝，取個六六大順的意思。嫁妝之後是新娘子，由她的姐妹妯娌陪著，紅紅綠綠的一串。這會兒是最熱鬧的，整個村子的人都湧了過來，扔了鍋鏟，踢了瓢盆，雞飛了，狗跳了，瘸子爹，瘸子娘，他們都擠在人堆裏。連那些老親也藉口上廁所，溜到了村口。可瘸子不敢懈怠，別人指指點點，對著新娘子品頭論足，他得守著鳴銃，這次是八響，就是生發的意思。他一個人忙不過來了，還得有個熟手幫著填火藥，不能讓銃聲斷了，這可是關係主人家香火的大事，半點馬虎不得。日後若是新娘子生育上出了什麼問題，他也好脫了干係。幫忙的人手腳利索，裝了引線，再用根小竹管盛了火藥，直接插進火藥筒，一響眨眼就完成了。八響過後，瘸子吐了口氣，也只給吐口氣的時間，緊接著是十響，十全其美，迎接的是新娘子家的那一班上親。人影還只在村口一閃，這邊鳴銃就響了，沖，沖，沖，火藥裝得足，響聲就震天了。一般的鳴銃手都得用棉花團塞住耳朵，可瘸子不用，他的耳朵似乎天生就是用來裝響聲的，而且是別人的耳朵盛裝不下的響亮。

一切又安靜了下來。瘸子的臉紅紅的，像是喝醉了酒，實際是他什麼也沒吃，一點湯水也沒進肚子。開席時他在放鳴銃，散席時他也在放鳴銃。他走路搖搖晃晃的，步子不踏實。都以為他讓鳴銃震壞了，問他卻一點也不亂，別人的話聽得清清楚楚，答話也不糊塗，也是明明白白的。一個老銃手說，他肯定是醉了。老銃手以前就醉過，是被聲音震醉的。還沒聽說過有人能被聲音震醉的，可瘸子的的確確是醉了。

十八歲的時候，瘸子說過一門親事，是前村人家的女孩。他同女孩約過一次會，在前村的稻草垛後，差點將事情給辦了。最後這門親事還是吹了。瘸子婚姻的失敗同胖頭不無關係。如果不是胖頭從公社背了整整一袋炸藥回來，那瘸子絕不會打一輩子光棍。胖頭是民兵連長，他的肩頭常挎著槍，腰裏掛著手榴彈。他用槍打過野豬，用手榴彈炸過魚。瘸子都見過，說是槍，響聲還不及鳴銃，手榴彈的聲音也炸不開，小小的一團水花，不惹眼。瘸子還是願意抱著他的鳴銃，雖說它不能打野豬，也不能炸魚，可瘸子不圖野豬也不圖魚，他圖的只是個聲響。

胖頭喜歡炸魚，用酒瓶子裝了炸藥，往河灣裏一扔。響聲突然爆起，河堤都搖動了，所有的人都嚇了一大跳，以為堤岸要塌了，白了臉往後退，到了安全的地方才止了步。水花沖天而起，是棵圓錐形的水樹，憋了一口氣往雲端裏衝刺，頂天了，還頑強地挺上去了，之後才往回折，回落的速度比上沖要慢得多，不過樹底下枝葉盤踞的地方，水珠密集，下降倒很快，等半空裏的水珠落下來，樹身已是空蕩蕩的，那些水珠就不像是從河面上沖上去的，而是剛才的衝撞洩漏了天底，水珠就是從那兒降下來的。水花落盡了，河面上混濁一片，有魚肚翻在水面上，一點一點的白。到這個時候反倒沒人動了，都被響聲震懾了。

炸過一次魚後瘸子就成了胖頭的尾巴，胖頭教會他認識了炸藥，雷管，導火索。胖頭還教會他如何製作炸藥包。胖頭拿了只酒瓶，將炸藥填進瓶肚子。炸藥一點也不起眼，是些類似於幹豆腐渣一樣的東西，瘸子不敢相信它能有那麼爆烈的力量。雷管像截小竹管，寸把長。導火索是根繩子，同引線差不多，裏面灌滿了硝。酒瓶有個瓶頸，所以導火索得留長一些，雷管才能插進瓶肚子裏。將導火索的一端掰開了，露出硝，這樣便於引爆雷管。之後將導火索插進雷管，將雷管送進酒瓶的肚子。再用一根小棍子將炸藥夯實，找團塑膠將瓶口塞緊了。這就是那天胖頭扔進水裏引爆巨響的酒瓶子。

扔酒瓶子是有學問的。就像放鳴銃一樣，火藥不能裝得太滿，也不能夯得太緊巴，若是滿了緊了，說不定銃管就爆了。胖頭剪了一截導火索，同塞進酒瓶子的一樣長短，劃根火柴點燃了。一，二，三。胖頭開始數數，數到八的時候，導火索的最後一股青煙噴了出來，它燃盡了。數到五的時候你就要扔了。胖頭說，扔快了導火索有可能被水浸滅，扔慢了那可就要命了。替胖頭裝了幾次炸藥，背了幾次蛇皮袋，瘸子終於要到了一小捧炸藥，一個雷管，還有一截導火索。炸藥是少了一些，瘸子就找了個墨水瓶，那些炸藥填個墨水瓶不成問題。一切都是按照胖頭教的步驟來操作的，只是導火索要短一些，墨水瓶是個圓球球，長了就浪費了。胖頭叮囑過，如果去炸魚就叫上他，可瘸子沒叫他。他想獨自弄出一聲響動來。也是在寂靜的午後去到河灘的，他挑選了一處小水潭，炸藥少了，力量可能就不夠大。他劃燃火柴，點上一支煙，再用煙燃著導火索。他數到三的時候就將墨水瓶扔進了水潭裏。這一次，他還沒來得及看見河面上有青煙冒出，墨水瓶就爆了，響聲雖然不及上一次，但同放鳴銃相比也是波瀾壯闊了。水花爆開來，是座小山的模樣，再嘩啦嘩啦落下去，水花散盡，白色的魚肚漂上了水面。

村莊的日子是單調的，沉悶的。胖頭也喜歡在安靜的時候弄出些動靜，但他的方式很多，有時晚上也能背著槍出去轉一圈，打個兔子什麼的，讓槍聲劃碎鄉村的夜晚。那些炸藥來之不易，也是有限的，胖頭將它們當寶貝一樣藏著，輕易不拿出來，況且充裝炸藥的酒瓶也不多。有了那一次，瘸子像是被炸藥勾了魂，整天圍著胖頭轉，央求他再給些炸藥。胖頭被纏得煩了，給過他兩三次，但後來說什麼也不願給了。瘸子再纏，胖頭就說找公社的武裝部長去。瘸子說不認識，胖頭就帶他去了公社一回，認識了武裝部長。部長姓吳，是個禿了頂的胖子。胖頭說瘸子是村裏的民兵，想練習製作炸藥包，吳部長就給了一小包炸藥，兩枚雷管，一截導火索。炸藥用完後，瘸子逮了隻雞送給吳部長，吳部長又給了他一小包。你小子識相，下次拿些魚來吧。吳部長給了瘸子一張笑臉。下回，瘸子就拎了袋魚去，來來往往中，他同吳部長就熟絡了，吳部長變成了瘸子的動響倉庫。

瘸子的第一隻手掌是丟在豬婆潭的。他帶了兩只墨水瓶，胖頭說過真要炸魚用墨水瓶是最好的，炸藥不多，能夠有的放矢。墨水瓶的體積小，濺起的水花也大，魚先是嚇了一跳，可立刻又會回過身來，以為是岸上扔下了什麼食物，墨水瓶就在魚回游過來的瞬間爆了。或者可以先朝水裏撒些爆炒過的食物，等魚爭搶食物的時候，再將墨水瓶扔下去。這兩種方法在時間上都要把握準確，不能有半秒的誤差，導火索是超短的，不及一寸長，燃著了就要扔下去。就在墨水瓶將脫手而未脫手的時候，它提前爆了，等瘸子醒過來，他的一隻手掌就丟了。聞到響聲跑過來撿魚的人們，在河灘上扶起了瘸子，卻怎麼也找不見他的那隻手掌了，沙灘上，石頭上，都是斑斑點點的血跡。幸好是只墨水瓶，要是只酒瓶，瘸子就報銷了。

少了一隻手幫忙，瘸子裝炸藥的確有些不便，可也礙不了什麼事，只是速度慢一點而已。他裝了只大酒瓶，他也要像胖頭那樣製造一次驚天動地的響聲。在將大酒瓶扔到河裏時就沒往常順暢了，他用嘴巴咬住火柴盒，用剩下的那隻手劃燃了一根火柴，酒瓶子就放在地上，一根火柴滅了，導火索沒燃著，又劃了第二根火柴，又滅了，燃了三根火柴，導火索的屁股才噴出一道火光。他扔了火柴棍，操起酒瓶子，數了五個數，將它拋到了水中央。

瘸子選中的地方是鬼眼泉。村子裏的人都說那是鬼的眼睛，有誰敢朝鬼眼睛裏扔炸藥呢，所以從來沒人在這地方炸過魚。鬼眼泉的水面並不寬敞，河道在這裏拐了個彎，三面被岩石包圍著，只有一面是河灘。水是綠盈盈的，深不見底。曾經有個不信邪的人在鬼眼泉游過泳，可下了河就沒再上岸。幾個會水性的人，腰上繫了籮繩，摸到水裏打撈他的屍體，放了兩根籮繩，就不敢再放了。更多的人來幫忙，在上游拐彎的地方砌起了壩，將水流改道了。可鬼眼泉的水也不見淺，依舊綠汪汪的，看不見底。用抽水機抽了一天，還是老樣子。老輩的人說，鬼眼泉的正中就是鬼眼睛，據說同鄱陽湖都洞穿哩。後來就沒人敢在這兒下水了。

酒瓶子落下去時咕嚕咕嚕冒了幾個泡，也有些淡淡的煙霧。之後水面平靜了一會兒，酒瓶子扔得快了點。接下來的那聲響，並不像胖頭那樣的浩大，響聲有點悶，可能是水深的緣故。也許是酒瓶子被水憋緊了，放不開手腳。水花也飛得不高，不見水樹，只是翻捲出一個偌大的水球來。水球的中央沖出小股的水柱，也沒有多少高度。瘸子有些沮喪，原以為響聲會蓋過胖頭的，沒想到是個癟炮。可收穫卻不少，沙灘上滿是魚的鱗光。他在水底下鑽過來穿過去，發現鬼眼泉並不像別人說的那樣深，也沒那麼恐怖。

一包炸藥沒用到一半，瘸子的另一隻手掌也弄丟了。瘸子徹底成了個廢人。吃飯時連筷子也使不上了，改用勺子，用根布條將勺子綁在手臂上，綁布條的活還得請人幫忙。可誰也沒想到，瘸子在成為瘸子之前，還成功炸了一次魚。

裝炸藥是簡單的事兒。瘸子用兩隻手臂夾了根小竹管，舀了炸藥，咀對咀往墨水瓶裏灌。這個過程很慢，但他還是將墨水瓶裝滿了。裝導火索時就得嘴巴幫忙，用牙齒咬住導火索，雙臂夾著雷管，雷管的口子小，對了好幾次才將導火索塞進去。要想將導火索點著，再扔進水裏就不那麼容易了。他用禿臂攏了些柴草，堆在沙石上。再用禿臂夾緊火柴盒，用嘴巴咬住火柴棍，在火柴盒上劃拉一聲，火柴燃著了。他的唇邊是長滿了鬍子的，被火柴燒去了一大半，一股焦臭味沖進了鼻子裏。他趕忙將火柴棍吐到柴草上，柴草燃著了。他又用雙臂夾住一支禪香，湊在火上燃著了。他沒用香煙，是因為香煙太短了。而且禪香燃燒的時間長，他有足夠的時間來對付墨水瓶。墨水瓶就放在他左腳的腳背上，像塊石頭一樣壓著他的腳板。他用禪香點燃了導火索，導火索噓噓響著，青煙在屁股上噴出一根直線。他一點也不急，從從容容數了三個數，左腳一挑，墨水瓶就落到了水中央。就因為這，他在河邊挑選過一塊墨水瓶大小的石頭，試過無數次。直到石頭每次都落到了他想要它落的位置。

之後的一次，他就沒這麼幸運了。當他用腳掌挑起墨水瓶的時候，墨水瓶卻從腳背上滾了下來，它好像很不情願落到水裏。瘸子愣了一下，就是這一愣拖延了時間，讓他錯過了將它踢入水中的最佳時機。他的腳再次伸出去時，可是慢了半拍，他還沒有接觸到它，它就爆了。它將他掀翻在地，他的大半個腳掌也被它絞碎了。如果不是搶救及時，他的性命差點也丟了。

成了廢人，瘸子還不死心。後來村子西邊開一條引水渠，每天下午，工地上都會準時放上一排炮，七八響。響聲是震天的，連房子都跟著在顫動。土牆上甚至有土屑窸窸窣窣掉下來。瘸子想方設法從工地上弄到了一捆炸藥。瘸子將雷管夾在兩隻膝頭中間，用兩隻禿臂夾緊導火索塞進雷管裏。然後又用膝頭夾住一筒炸藥，用筷子在炸藥中間捅了個窟窿，再將雷管連同導火索插進炸藥裏。捆綁炸藥時他費了一些勁，用去了很長一根苧麻繩，一腳踩住繩子一端，另一端用嘴巴咬著，纏來繞去，將炸藥捆成隻粽子。最後他將炸藥放在背簍裏，背到了水庫上。

他挑選的投彈地點不在大壩上，而是在水庫另一邊的懸崖上。他擔心炸藥會毀了堤壩。工地上的一個炮眼不過兩筒炸藥，竟能將岩石炸出那樣一個深坑，五筒炸藥綁在一起，那該是如何一聲巨響。整個村子都要被他震暈吧。甚至他的眼前又浮現出胖頭的那只酒瓶子，胖頭扔下去，水柱拔地而起，水花盛開，水霧漫天飄灑。如果五筒炸藥扔下去，也是一棵水樹，不，它絕對比酒瓶子要壯觀得多，它會是一座水山，仰視的水山。等了這麼多年，為的就是這聲巨響，他覺得值了。可究竟壯觀到怎樣的程度，他想像不出，也沒必要想像了。他馬上就可以見證了。

瘸子從背簍裏捧出柴草，它們是用來掩蓋炸藥的。他用嘴巴咬住火柴棍，劃燃了一根火柴將柴草點著了。之後就著柴草的火光燃燒了一支禪香，再用禪香將導火索點著了。他用兩隻禿臂將炸藥捧起來，因為他的左腳承受不了多少力量，站的姿勢就向右邊歪扭著，那樣子有幾分怪異。就像一隻折了翅膀的鷹。他必須盡可能將炸藥扔得遠一些，如果落在岩石上，那就發揮不了多大的作用。導火索有些長度，他不用慌張，有足夠的時間讓他調整姿勢，找准角度。他憋了一口氣，緩緩彎下腰，將身體彎成一張弓，然後突然繃直身子，用盡全身力氣將炸藥拋了出去。他看見炸藥在空中翻滾著，不斷下墜，進水的地方比他預想的要遠得多，可能要多出去兩三丈的距離。也許是用力過猛，他的身子搖擺了幾下，最終沒能穩住。他本可以抓住懸崖邊的雜草樹枝，可他的手掌丟了，身子就順著雜草樹枝滑了出去，也墜下了懸崖。

炸藥落進水裏，先是一小簇水花，水花靜了，之後是一串泡泡，泡泡裂了，是淡淡的青煙。但最後炸藥並沒有響，因為給他炸藥的工頭知曉了瘸子的故事，偷偷在雷管上做了些手腳，給瘸子的是個啞巴雷管，就算放進火裏燒成灰，它也放不出個響屁來。

三十五、獵鞭

那幾個老獵人說，青頭天生就是當獵人的料。別看他呆頭呆腦的，笨得像個冬瓜，心思卻巧得很，不管什麼獵具，只要到了他手上，都服服帖帖。村子裏再找不出第二個人比得過青頭。比如系銃，是個高難度的活。先得選準野豬出沒的地點，根據豬蹄印判斷獵物的大小。還得防著有人經過，如果傷了人，那是會出人命的。這銃繫得不高不矮，野豬觸發機關時一銃中著。這銃要是傷不到野豬的要害，就會逃脫，即使倒斃了，如果逃得太遠，有可能就成了紅毛野狗的美餐。青頭繫的銃不偏不倚，正對野豬的心臟，一銃斃命，野豬倒地的地方超不過十步遠。就是那些老獵人也沒這份手藝。比如裝陷樃，看起來是個簡單的活，其實大有學問。旁的人裝陷樃都是拿些肉條子當誘餌，很多野物都喜歡吃肉，但各有各的偏愛。裝兔子時，青頭就拿胡蘿蔔做誘餌，裝狐狸就用活的小雞崽，狐狸見了小雞崽，所有狡猾的心思都拋到腦後了。裝野雞就用針串了豬肝，野雞的脖子伸得長，不容易觸發機關，如果連豬肝帶針一併吞下，免不了就會掙扎，這一掙扎身後的樃門剎那間就落下了。

除了使用獵具得心應手，青頭還會造獵具，比如套野麂和兔子用的竹弓，野麂的力氣大，套住了會拼命掙扎，所以竹弓就做得粗蠻，兔子的勁頭輕，竹弓就細巧。有時會有野豬誤打誤撞，踩到竹弓的套子裏，就用一根鐵絲將竹弓繫牢了，野豬想掙脫也不是件容易的事。還有釣鉤，蛇錐子，釣鉤就有好幾種，釣野雞的鉤子就不同於釣老鼠的鉤子，釣野雞的鉤子小巧，野雞啄食連誘餌帶鉤子一併吞進肚子裏，釣老鼠時鉤子吊在離地不過五寸高的地方，老鼠吞下食物，鉤子突然張開，將老鼠的嘴撐開了，老鼠無論怎麼掙扎，也無法逃脫。蛇錐子是極為鋒利的刀片，埋在蛇出沒的洞口，蛇一旦讓刀片紮著，就拼命游動身體，蛇就讓刀片開膛破肚了。青頭甚至用一根鋼管做了一桿鳥銃，為了隱蔽，將銃身用黑漆染了。這銃比老獵人手中的燒火棍好使多了。燒火棍是青頭的說法，他將他們的鳥銃統統視為燒火棍，別的用途沒有，只能用來捅捅火堆。

論狩獵的經驗，青頭卻不及那些老獵人老道，畢竟他們久經沙場，身經百戰。大多數時候，青頭只能跟在他們屁股後面轉，其中跟得最多的是老狗。老狗有個女兒叫山丫，老狗在山頭上瞄著獵物，青頭就在他的屁股後面瞄著山丫。終有一天，老狗他們奮力趕山時，青頭和山丫躲在一個土坎下，偷偷將事情做了。可事有湊巧，青頭和山丫正火熱時，一頭野豬讓老狗他們追得慌不擇路，從土坎上栽下來，正好砸中了青頭的屁股。青頭受了這一嚇，魂都散了。青頭的身子好像斷成了兩截，那上一截的腦袋暈暈乎乎，而下一截不知道游離到哪兒去了。他發現自己突然變得軟弱無力，像是誰把推送彈頭的火藥剔除了，失去力量的子彈在銃身內恍恍惚惚。青頭非常強烈地想控制那些從身體內遊走的東西，但不論怎樣努力都已經是徒勞，就好像銃嘴上的硝煙慢慢地飄散了，無影無蹤。軟綿綿的青頭不再尖銳，不再硬朗，像一攤顏色頹舊的野豬血攤抹在泥地裏。

青頭人生第一次最重要的進攻在山丫的尖叫聲中失敗了，這成了他一生中永遠無法顛覆的失敗，但任何人都不會甘心於失敗的，青頭也不例外。青頭拯救自己的決心毅然決然，極像一個溺水的人，越是在激流中越是不停地掙扎。青頭是一個善於捕捉時機的人，在山林中，在蕎麥地溝裏，在茅草叢中，甚至在山丫緊閉的閨房內，他一次次幸福地行走在一個女人的肚子上。青頭煥發的熱情完全可以從頻繁的掙扎中看出來，這一切似乎又是無可救藥的。當他再次俯瞰山丫誘人的胴體時，屁股上那兩塊被野豬牙齒鑿出來的疤痕就隱隱疼痛，像是烙印在他身上的惡毒的符咒。他彷彿看到那兩塊傷疤泛出灰白的顏色，就像那頭死豬的眼睛一般在背後驚懼而絕望地瞪著他。他完全被那雙驚懼而絕望的眼睛罩住了，怎麼也甩脫不掉，他感覺到身體有些部位開始冷卻。他信心百倍的努力最後只換得一個令人沮喪的結局，巨大的失望像一個深不見底的陷阱圍困著他。他不惜一切來凝聚一種新生的力量，凝結一種可以產生無窮衝撞力的火藥般的東西。可是那些東西根本不聽他的使喚，就像口渴時用手捧水一樣，它們也像水從指縫間溜得無影無蹤。

山丫最終沒能成為青頭的女人，青頭由此恨上了野豬。他撇開老狗他們，一個人在山林裏遊蕩。不論什麼活物，只要撞在他的槍口上，都成了犧牲品。如果是野豬，不分公母長幼，一銃斃命。他不只用鳥銃，竹弓，陷橱，釣鉤，蛇錐子，所有的獵具都派上了用場。死在他手上的野物也多了，野豬，野麂，兔子，山雞，狐狸，黃鼠狼，甚至麻雀，什麼都有。後來的一次狩獵，老狗打中了一隻公豬，有人拿野獵鞭開老狗的玩笑。老狗的一段話提醒了青頭。老狗的話是這麼說的，別小看這野豬鞭，它神著哩，吃得九十九條野豬鞭，六十歲的雞巴翹上天，挑得石臼，戧得柴垛，尖過鐵釺，硬朗著呢。為了證實老狗的話是不是真的，青頭也打了一頭公豬，將豬清理了，單留下了兩斤精肉和豬鞭。兩斤精肉送給了那個戴老花鏡的郎中，老花鏡隔著櫃檯盯了他老半天，轉身在擠擠挨挨的抽屜裏摸索了好一會兒，才塞給青頭一個紙包一臉曖昧地說，拌了這藥熬湯喝，臨出門時又補充道，打了野豬還來。

喝了湯藥，青頭感覺下身熱了起來，後來就向整個身體蔓延，生命便獲得了一次重複的熱度。他在溫熱的興奮中開始做夢，夢見山丫踩著細碎的步子像隻野麂般款款而來，露珠樣晶亮的眸子忽閃忽閃，那裸露的胴體像一朵初次綻放的在風中顫動的野百合。青頭拼命想集中自己的力量，可無論怎樣努力也聚集不到關鍵部位，那些力量似乎群龍無首軍心渙散。憤怒的青頭將怨氣全部傾瀉在野豬身上，他用野豬肉換來了一大群種類不同用途也不相同的狗，個頭靈巧的會嗅騷路，嗓門大的會吼山，塊頭大的會追咬獵物。如虎添翼的青頭就可以嘯傲群山了，甚至改變了原來從山腳到山頂的追獵方式。他儼然像一位統帥千軍萬馬的將軍，帶領眾多的獵犬無聲無息地潛入山林深處，然後兵分五路喧嘩著將野獸從山巔往山底趕，那些逃到淺山平地上的野獸不是倒斃在青頭的鳥銃下，就是落入獵犬的爪中成為它們的盤中之餐。

有了湯藥的滋潤，青頭的身體開始鼓脹起來，像鳥銃被填進火藥那樣，慢慢地，銃膛內就暴起快要填滿填實的感覺。這時候山丫的影子不斷浮現，紮羊角辮的山丫，鼓著胸脯的山丫，或微笑的山丫，嗔怒的山丫，雖然她經過老狗的默許被一個收山貨的帶走了，但青頭仍感覺像有無數個山丫在圍著他跳躍，舞蹈。當然，最好看的最具誘惑力的還是裸體的山丫。老郎中或許從青頭的眼中看出了什麼，警告他說，藥只能用來安神固精扶正固本，現在正是火候，無論如何，那藥方一天也不能停，否則前功盡棄。青頭把話印在心裏，絲毫不敢懈怠，沒日沒夜地操起鳥銃漫山遍野地尋那藥引子。

後來，青頭在獵殺一隻老奸巨猾的公豬時展現了他非凡的狩獵天才。那一次沿著蜿蜒的溪流拐進大山的最隱密處，他突然發現水溝邊的濕地上有幾個深陷的腳印，蹄印大如碗口。蹄印肯定是新踩的，那邊緣聳立的泥巴稜角分明，前端兩個並列的趾印尖而鋒利，後端還浮有兩個圓錐狀的印痕。他非常熟悉這種形狀的蹄印，僅憑這印跡就可判斷出野豬的體長、身高和重量，誤差不過米黍，就像用秤稱過用尺量過。他對自己這種精確的判斷感到十分驚訝。他甚至從爆滿綠葉氣息的空氣中嗅出了一種特殊的氣味，即使十分微淡也逃不過他的鼻尖，他不止一次憑藉敏銳的嗅覺捕捉到蛛絲馬跡，然後順藤摸瓜將獵物擊斃。他熟悉那種特殊的味道就像熟悉自己的汗臭一樣。現在，那種騷味又在他身邊徘徊，而且特別濃烈，他感覺到這是他遭遇到的最雄壯的一隻獵物。

青頭利用那隻野豬謹慎而多疑的性格，和它驚弓之鳥一般的心理狀態。他點燃一支支祭祀用的禪香插在泥地上，並在底部用枯葉托著一小撮火藥，當禪香燃盡時火藥就會自動燃燒，冒出一綹硝煙隨風飄散。那多次死裏逃生的野物嗅到了硝煙的氣味，以為又碰上了獵隊，就掉頭往無硝煙味兒的地方遁去。青頭緣著山坡溝壑遍插了一把禪香，將那野物引向一處平坦地帶，他要在那裏為它舉行一個隆重的葬禮。那群曾立下赫赫戰功的獵犬再次發揮了巨大的作用，它們聒噪著吶喊著從山嶺的主峰疾奔而下，滿山的野物受了驚嚇四散逃竄，到處一片兵荒馬亂的景象。青頭在半山腰的松林中鎖住了那縷異常的騷味，那縷氣味混雜在一大堆騷味中極難分辨，也許那一大堆騷味在充當掩護，他在內心揣測著。他輕手輕腳地咬在那縷騷味後面，他發覺那騷味不是照直線行走的，而是忽左忽右擺出許多「之」字形。但它還是一步一步地踏上了那條預定的道路，鑽進了青頭為它設計的死亡的圈套。青頭抄近道進入了埋伏地點。

最終的結局有些讓人意外，青頭打中了野豬，野豬也沒放過青頭。在臨死的那一刻，野豬將青頭撂倒在地。等老狗他們聽到銃響趕過來時，野豬倒斃在血泊裏，它的身體下面壓著青頭。青頭一臉血肉模糊，沒了一點人樣。那些老獵人收的最後一個關門弟子就這麼喪命了。

三十六、紅綠橋

水門村的中央有座橋，叫紅綠橋。這河邊的村莊大多因橋得名，比如上游有石橋村，木橋村，下游有拱橋村，新橋村。紅綠橋原來不叫紅綠橋，叫紅橋，只因為橋頭有個女人叫紅，橋尾有個女人叫綠，才被男人們叫了紅綠橋，本來的名字反讓人忘得一乾二淨了。

女人紅生在橋南，長在橋南，嫁也在橋南。女人綠好像故意要同女人紅鉚著勁，擰著幹，她生在橋北，長在橋北，嫁的也是橋北的人家。女人紅不願跨過河，女人綠也不屑從橋上過。兩個女人就在橋的兩頭搖曳生姿。

在橋北男人的眼裏，女人紅就是一朵落地的南瓜花，淳厚，嫵媚。一隻蜂兒偶爾落在了她的花心，再出來必定是一身醇香的花粉。橋北男人喜歡的就是這身沾露帶蜜的花粉。可在橋南男人的眼裏，女人綠就是一朵高挑的鳳尾花，輕薄，野豔。她的花瓣就像是蛇的信子，只要一觸及，便中了無可救藥的毒。橋南男人喜歡的，恰恰就是這種帶有劇毒的蛇信子。

乍一看，這兩個女人是河邊兩道迥然不同的風景。其實，她們是一對苦瓜，一根藤上兩隻苦命的瓜，誰也說不清誰比誰苦。女人紅十八歲嫁人，嫁的是本村的一個孤兒寡母家，不想這孤兒的命竟然是苦膽做的，比苦瓜還要苦上十分。孤兒快三十才娶了女人紅，新婚不到三個月，去山溝裏砍柴，被一條棋盤蛇咬了腳後跟，身子腫得像個水桶，沒過兩天就一命嗚呼了，僅留給女人紅一個遺腹子，一個瞎眼的老娘，和兩間破破爛爛的瓦屋。

村裏謠傳，這女人紅看是善相，實際上是剋夫的生庚八字，三個月不到就剋死自家男人了。這謠傳就像一則咒語，黏貼在女人紅身上，再也沒有哪個男人敢打女人紅的主意了。你南瓜花兒開得再潑辣，再紅旺，可娘生爹養的命只一條，怎麼著也不能白搭在女人身上了。你就開你的花兒吧。這男人們眼巴巴地守著一朵鮮花，聞聞，嗅嗅，然後回去摟著自家女人，要不就是咬著被窩角，在漫漫長夜裏做上一兩回春夢，也算過了癮解了饞。

這可苦了女人紅。男人命不爭氣絕了，可女人紅不能隨他去絕，女人紅的日子還得一天一天地過。女人紅先是像孤兒一樣，一鋤刨天，一鋤砍地，向天地張口要飯吃伸手要衣穿。可畢竟孤兒寡母的，人微力賤，煎過來熬過去，這日子就像那幾畝薄地，越來越寡瘦了，越來越淡味了。鋤田刨地這活路是沒指望了，可孩子好歹得拉扯大呀，總不能拖兒攜幼地往絕路上走。一個人琢磨了一段日子，日思夜想了一些日子，另一條活路就現在了眼前，女人紅瞧中了橋頭那塊風水寶地，那裏過往人多，女人紅謀劃著要在橋頭開片小店。從箱底被角搜出自己死摳活攢的幾個小錢，左賒右借，請人蓋了一間簡易的棚垛，進了百十樣小貨，一片小小店鋪很快就開張了。村裏有個讀了幾年古書的老頭，也許是閒著無事，一日用一頁紅紙寫了三個字——女人紅，替女人紅貼在棚垛的額頭上，算是店名了。

用村裏人的話說，瞎眼雞崽天照顧，這片小店還真給了女人紅一條亮敞敞的活路。也正應了那句老話，肥田不如瘦店吧。三兩年工夫，女人紅便拆了棚垛，壘了三間土屋，不過貨架上仍是那百十樣小貨，營生仍是那針孔上削鐵的營生。有了女人，有了房子，橋頭就熱鬧了。女人們買個針頭線腦，或者肥皂紐扣兒，一坐就是老半天，都是睡過男人生過娃的過來人，一些話說得女人紅耳熱心跳，胸部上真就有一朵南瓜花含苞欲放了。而男人們呢，有時買包煙，有時討杯水喝，而不管喝水的還是買煙的，一旦磨磨蹭蹭進了屋，絕不會輕易走人。他們也要逗一會兒樂子，嘴上討些便宜，才心滿意足地離開。說起來也沒什麼惡意，無非就是葷葷素素開上幾句玩笑，讓女人含羞帶怒地急一回，這鄉間的日子麼，本就是這麼打發的。嘴上沾便宜的，女人紅由著他沾去，而碰上動手動腳的，女人紅就不客氣了。該用棍子時用棍子，該用掃帚時用掃帚，甚至該動刀子時真個要動刀子，絕不能手軟著。那些男人沒一個得逞的，可吃了虧誰也不敢聲張，哪個男人敢攬上一個欺負孤兒寡母的惡名呢。這日子也就太平著。

女人紅的日子紅火了，橋南沒人眼熱，可橋北有人眼熱了。眼熱女人紅的是一個女人，一個叫女人綠的女人。別人眼熱女人紅肯定會遭人指責，會遭人唾罵，你放著好端端的日子不過，去同人家孤兒寡母爭什麼。可女人綠就不一樣，甚至有人勸女人綠學著女人紅，同樣到橋頭開片小店。那人這樣勸說自有他勸說的道道。其實，這女人綠的命比女人紅還要苦些。女人綠也是不到二十歲出嫁，嫁的本來是村子裏一戶境況較好的人家，她男人看起來身強體壯的，誰知卻是一個藥罐子，三天兩頭的病，老是裹了一腹中藥味。病了好，好了又病，這麼反反覆覆，折騰來折騰去，好端端的一個家竟成了一隻爛篩了，盛不了米也裝不了糠。家裏頭僅有的幾個錢很快散了，能換錢的東西也都換了錢，煎成了湯藥，可男人的病依舊不見起色，到後來，只能東挪西借，男人的病也漸入膏肓了，最後一命歸西，只留下幾間泥巴屋，一個懵懂無知的崽，一個半老不死的爹，和一攤子藥帳。

男人走了，女人綠先是像女人紅一樣在黃土堆裏刨食。無賴做事的手少，吃飯的嘴多，老是入不敷出，就連孩子也跟著饑一頓飽一頓，瘦得幾乎沒人樣了。日子再這麼轉下去，遲早要追隨男人歸西了。

這活人總不能叫尿憋死吧。這開店的活路是一條養人的活路，女人紅能做，女人綠也能做，女人紅的日子紅紅火火，女人綠的日子也絕不會蔫到哪裏去。這麼一來，女人綠也請人在橋頭蓋了個窩棚，擺上百十樣小貨，吆喝開了自己的營生。橋北有了女人綠，橋南女人紅的棚垛就冷淡了許多，一樣的貨物，同樣的價格，橋南的人不進女人綠的草棚，橋北的人也不再來女人紅的鋪子，鄰里鄉親的，誰好意思捨近求遠哩。女人綠原以為像女人紅一樣，三兩年草棚能變成金鑾殿，女人綠也能過上幾天舒心日子。誰知村子裏的生意有限，養一家小店有盈，養兩家卻是半饑不飽，勉強混口飯吃都十分艱難了。女人綠的日子沒能好起來，女人紅的境況很快也慘澹下去了。這兩個女人好比一根藤上的兩隻苦螞蚱，左蹦躂不是，右蹦躂也不是，就這麼半死不活的撂在了橋頭。

橋頭的女人命苦，村裏人的生活也好不到哪裏去。都是面朝黃土背朝天的莊戶人家，遇上風調雨順，尚能溫飽無憂。倘若碰上天災人禍，那坎兒就難過去了。生老病死要錢，子女讀書要錢，嫁女娶媳要錢，柴米油鹽要錢。沒錢就沒日月了，沒生活了。可土堆裏能長金子生銀子麼。這守著泥土度日月的活法是沒盼頭了。哪兒路寬哪兒走，哪裏錢多哪裏去。年輕人一個個往城裏鑽，開始是縣城，後來是省城，再後來就海闊天空，四海為家了。村裏人大多沒什麼文化，有的只是一身力氣，挑磚頭，刨路基，幹的都是要死要命的髒活累活，省吃儉用的，一年也積不了幾個錢。慢慢地，村裏就有人往邪路上走了。偷盜扒竊，打砸搶劫，什麼來錢快就幹什麼。三天兩頭有警車在村前的土路上鳴叫，有人蹲了監，也有人挨了槍子。沒蹲監沒挨槍子的，早挨了刀子，一個大活人出去，回來的卻是一盒子骨灰。橋南的鐵柱子，那麼大塊的個兒，歡天喜地的出去，年底他大叔拎回來的骨灰盛到碗裏還不夠一飯碗。

重新打量一遍村子裏的人家，有幾戶的確有了錢，可人家那錢不是犧牲了性命留給父母的幾個安慰錢，就是掉胳膊斷腿的工傷賠款。那丟了魂喪了命的，錢再多又有什麼用，顯見不是一個養爺的活法。唯有橋北的一戶人家，錢掙了，三層高的樓房起身了，外牆還貼了白花花的一片瓷，可人家什麼事也沒有，一個個心寬體胖，過年的時候三個女兒塗脂抹粉，穿金戴銀在村子裏招搖。原想著是一個斷子絕孫的戶，可一眨眼想上門做女婿的大把，他家還挑肥揀瘦，身高體重如何，文化水平如何，就差沒暈三圍沒比武招親。人家憑什麼招搖，就憑三個如花似玉的女兒。她們在外面幹什麼，她們又能幹什麼，大字不識幾個，肩不能挑擔手不能提籃。她們做小姐，小姐是幹什麼的喲，陪男人睡覺。啊，呸！啊呸有什麼用，可人家有錢，人家有錢還什麼事都沒有，這就是能耐，有錢的是大爺，有錢的小姐也是你大爺，就算你眼睛瞪成了牛卵子也沒用。村裏人一下子想透了，悟明瞭，看瀲了，這女人陪男人睡覺本是天經地義的事，陪誰睡不是睡，何況還能生錢。女人屁股下面墊著金墊子呢，村子裏的年輕女人一窩蜂似的走了，把一個泥土的村莊留給了身後的老少爺們。

一夜之間，村裏的男人們幾乎全成了苦行僧式的光棍，一個個清心寡慾地煎熬著。衣著光鮮了，生活裏有了肉，有了魚，甚至還有了房子，有了摩托車，可被窩裏枕頭邊卻少了人，少了女人。夜晚就無比漫長了。寂寞難耐的男人們開始在村子裏遊蕩，像野狗一樣瞪著發綠的眼睛，在別人的窗戶下，或者房前屋後。可村子裏不是癟了嘴掉了牙的老婆婆，就是同自個一樣孤孤寂寂的爺們。這日子沒錢苦，有錢也是個苦。

後來，男人們幾乎不約而同地去了橋頭。橋南的男人去了女人紅這邊，橋北的男人去了女人綠那裏。女人們努力支撐了一陣子，他們誰也撈不著她們什麼便宜，可能夠聚在女人身邊，說說葷話，過過嘴癮，總比一個人猴在土屋裏乾熬著多個樂子。天長日久，女人們漸漸支撐不住了，慢慢地，狐媚的本相就現了。也說不清她們什麼時候開始同男人們扯在了一起，反正就像米粉沾了水成糊了。先是女人綠同一個叫巴豆的男人好上了，巴豆是橋南的，他的女人長得妖，從郵局寄回來的票子也多，每個月都有，開始三五百，後來就三五千，再後來就沒錢回了，連女人也沒了蹤影。村裏人說，女人綠八成是瞄上了巴豆的錢。巴豆待女人綠也慷慨，每回都是一百兩百的給，巴豆給一回，女人綠就陪他睡一回，給的樂意，陪的心甘情願，誰也不虧欠誰的。那會兒巴豆不愁什麼，錢嘛，沒有了女人會寄回來，女人的身子就是銀行，只要銀行在還愁沒錢花，更何況給女人綠的僅僅是個零頭呢。巴豆有理由快樂他的快樂。

這女人綠似乎是妖狐變的，全身積滿了要命的狐毒，巴豆一近身就上了癮，再也脫不了那毒。村裏人都說，巴豆的家底就像他的身子骨一樣，讓女人綠給掏空了。其實這話有點冤枉了女人綠，巴豆女人寄回來的那幾個錢早讓巴豆砌到房子上去了，後來他女人像斷線的風箏一樣沒了音信，巴豆哪裏還會有錢呢。沒了錢的巴豆依然常去女人綠那裏，可去了也是白去，女人綠的身子他是再也親近不了了。女人綠不能指望沒錢的巴豆養著，她上有老下有小，全家的嘴巴湊在一塊，就是一個大窟窿，拿什麼填呀，總不能將巴豆塞進去吧。女人綠有女人綠的苦衷，巴豆好像也不怨什麼，想去仍舊去，一樣風雨無阻。

巴豆沒戲了，可別的男人好戲才開始呢。這女人綠似乎是豁出去了，草屋裏日夜斷不了男人的聲音。只有一點，橋北的男人醒得晚，等他們發覺時女人綠早成了橋南男人的二畝三分地，稻子都不知收了幾茬了。橋北的男人恨自己笨呀，這麼一朵野豔的鳳尾花，眼睜睜瞅著給橋南那幫狗日的糟蹋了，自個連個響屁都沒撈到。可他們也暗自慶幸，甚至有些幸災樂禍，橋南那幫女人在外面是白混了，她們的男人一轉手又將錢給了女人綠，不管這女人綠怎麼著，她終歸是橋北的人呀。你橋南的人錢再多，還不是老老實實扔進了橋北人的腰包。

橋北的男人這麼一想，心底的石頭像是落了地，陡然輕鬆了許多，可一落到暗夜裏，孤寂地守著被窩筒的時候，男人們心裏又不平衡了，是呀，他們怎麼能嚥得下這口氣呢。那麼妖的一個女人，憑什麼就給橋南那幫狗娘養的睡了。橋北男人怒髮衝冠地過了橋，他們暗暗發誓，他們要像橋南的男人睡了女人綠那樣睡了女人紅，花多少錢也在所不惜。

橋北第一個跨過橋的男人是八刀。第一個在女人紅面前碰了一鼻子灰的也是八刀。八刀原來是個很兇悍的人，早兩年他邀了幾個兄弟去了城裏，很是風光了一陣子，再回來卻掉了一隻胳膊，整個人徹底萎了。八刀的婆姨是個令人饞涎欲滴的女人，年輕，且又數一數二的漂亮，曾替八刀掙足了面子。那會兒八刀不需要女人做什麼，只將女人當花瓶一樣在家擺著，可八刀成了廢人後情形就不一樣了，家裏頭要吃的沒吃的，要穿的沒穿的，兩個卵子肉碰肉，窮得做鈴鐺響了。八刀灰溜溜的，只好忍痛割愛，放了女人出去掙錢，不然這日子沒法過了。而八刀的女人呢，可不是一盞省油的燈，經過八刀這麼多年的細心調教，觀音菩薩也快成母夜叉了，掙回來的銀子自然就不是小數目。有女人撐著腰桿，八刀的胸又挺了起來，走路捲著風，說話時嗓門也爆了，甚至比沒掉胳膊時還要來勁。

橋那頭熱熱鬧鬧的時候，女人紅的店裏卻是冷冷清清，連根鬼毛也找不見。偶爾有個男人路過，買包煙，或者拿個打火機，在視窗站一站，沒說兩句話就往橋北走了。女人紅看著他徑直走進了女人綠的草屋，甚至她還聽到了女人綠的笑聲，野野的，像水一樣從河面上漫漶過來。女人紅暗暗有些後悔，那天她真不該往八刀臉上搧那一巴掌，一巴掌五根紅指印哩，說有多狠就有多狠。還有更狠的呢，他八刀本來就只剩下半截胳膊了，女人紅一掃帚抽過去，八刀的嘴一哆嗦，那半截胳膊差點當場掉了地。這人要臉，樹要皮，他八刀再怎麼過火他也是個男人吶。女人紅的腸子都悔青了。

不過，八刀好像不在意女人紅的臉色，就算女人紅臉上能擰出水，擰出釘子，八刀依然厚著臉皮流著涎水往前蹭。這八刀像是吃了秤砣鐵了心呢。八十歲的婆婆吃蠶豆，反正有的是軟磨硬泡的工夫，還愁消解不了一粒小小的蠶豆花。這時間拖得久了，女人紅漸漸招架不住了，誰好意思天天往一張笑臉上倒屎倒尿呢。女人紅慢慢就軟乎了，慢慢就有了笑臉，慢慢就有了細語輕聲。八刀呢，慢慢順著女人紅的軟處往前爬，慢慢就爬上了女人紅的草鋪，慢慢就爬上了女人紅的身體。

因了八刀，女人紅的生活漸漸有了起色，但這起色又是有限度的，畢竟八刀少了一條胳膊。花八刀的錢，女人紅手軟。再細想一下，八刀的女人也不容易，一個女人家不得不靠出賣身子掙錢活命，這日子還能活出什麼滋味呢。同是女人，女人紅對八刀的女人不自覺多了幾分慨歎和憐憫，對八刀呢，更多了幾分綿軟和溫柔。

八刀在橋南得了手，橋北的男人看在眼裏喜在心裏，他們緊跟在八刀的後面，亦步亦趨，八刀揩油，他們吃醋，這女人紅的身邊也像女人綠一樣男葷女素地熱鬧了。這南瓜花也是花，雖然沒有鳳尾花野豔，搶眼，可一樣揚粉吐蜜，一樣招蜂惹蝶。慢慢地，同女人紅相好的男人就多了，橋北的口袋一只只向女人紅敞開了。

這紅綠橋上的行人眼見得多了起來，來來往往，像是在趕集。可女人綠見不得這熱鬧，特別是見不得女人紅那邊熱鬧。橋北的男人往橋南跑，在女人綠眼裏，那哪是男人在跑，那分明是銀子在跑鈔票在跑呀，那些銀子鈔票過了橋，一眨眼就沒了影，全鑽進女人紅的口袋了。女人綠像一束鳳尾花一樣，一臉媚笑地立在橋頭，她想堵住橋北男人的去路。女人綠一拋媚眼，迎著男人說，過橋去？男人說，嗯。進屋裏坐坐，喝杯茶再走哦。不坐不坐。橋北的男人嘴上說著，腳底下早邁了一大步，只恨不能一步奔過橋去。趕死呀，小心掉到河裏餵王八。女人綠朝男人的背影啐了一口，恨恨地罵。她的罵聲再高也成了風，男人聽不見了，他早進了女人紅的屋子。

來來往往久了，慢慢就成了習慣。橋南的男人簇擁著橋北的女人綠，橋北的男人反過來簇擁著橋南的女人紅，日子就這麼顛來倒去地運轉著。一年一度的年關近了，橋兩頭的女人陸陸續續回來了，這些時日，橋兩頭的男人也安分了，一個個老老實實猴在家，誰也不出門，出門也不往橋邊走。橋兩頭的店裏一下子靜了下來，冷淡得有點嚇人。巴豆倒是過了幾次橋，可每次都碰到女人綠在罵人，左一聲狗娘養的，右一聲婊子養的，巴豆知道女人綠不是罵他，可他不清楚她到底在罵誰。巴豆從橋上回來了，女人綠還在罵，狗娘養的，雞，婊子養的。而女人紅呢，就一直在屋子裏沉默著，整個年關不見她出門，也聽不見她說話。

紅綠橋的春節就在女人綠的罵聲中過去了。春天開始的時候，村子裏的女人又像候鳥一樣往外飛了，一些剛成年的女孩趁機匯入了人流，隊伍更加浩蕩了。女人們走了，男人們又該活泛了。橋兩頭的女人在心裏暗暗期盼著，她們甚至琢磨了許多話，硬的，軟的，狠的，毒的，虛情的，假意的，半真半假的，半癡半迷的，什麼話兒都有。她們要拿這些話當掃帚，掃在男人頭上，當唾沫，吐在男人臉上，也當枕頭，偎在男人耳邊。

一個春天過去了，男人們沒有來。

一個夏天又過去了，男人們還是沒有來。

女人綠坐不住了，一個人過了橋，在橋北轉了一圈。漚在她肚子裏的那些話都餿臭了，糜爛了，可就是找不到發洩的對象，那些男人鬼影也沒見著一個，這幫狗娘養的好像串通一氣，不知藏哪去了。後來，還是那個叫巴豆的男人洩露了祕密。原來下游的新橋村來了一幫外地女人，在國道的旁邊租了房，開了店，用她們的身體洗劫過往男人的錢包。橋南橋北的男人聞了腥味，全都往新橋村去了，還有誰惦記著橋頭橋尾呢。這狗日的男人吶。

該罵的罵過了，可橋頭橋尾依然冷清一片，生活清湯寡水的，見不著絲毫油葷了。這日子似乎又回到了從前。秋天的時候，兩個女人不約而同清理了鋪子，在門上吊了鎖，離開了紅綠橋。這一去有如遠走他鄉的黃鶴，杳無音信了。等村子裏的男人們察覺，門上的鎖早落了厚厚一層紅鏽。之後，橋南橋北再也沒人見過女人紅和女人綠，那幾間草房也一直空著，看著它們在風雨裏傾倒，坍塌，慢慢夷為了平地。

幾年後，橋南有個女人領了一個陌生男人回來，那男人謝了頂，鼓著眼，凸著肚，足夠做女人父親了。可就是這個難看死了的禿頂男人給村裏人帶來了好運。他成立了一家石材公司，引導村裏人開山取石，磨石板，雕石像，刻石牌，據說生意都做到國外去了。男人們搖身一變，全成了禿頂男人的打工仔，他們還用女人們賺來的錢入了股，年底除了工資還分了不少紅利。女人們陸陸續續回了家，就是不見女人紅和女人綠。那紅綠橋也修葺一新了，不過仍叫紅綠橋，叫慣了，男人們怎麼也改不了口。

三十七、疤臉

善有善相，惡有惡形。

水門村的人說，一個人的榮華富貴和品行都在相貌上寫著，兩耳垂肩雙手過膝者生性慈厚，非皇即王，比如劉備；而長蛇眼者，必是小人，非歹即毒，比如秦檜。村人只知秦檜是奸臣，至於他長的牛眼還是蛇眼並沒有人見過，就用他來影射村裏的某個小人吧。村人接著說，若是人的相貌破了，不僅富貴成空，品行也會跟著變了，比如××。

村人說的××，指的就是疤臉。小時候的疤臉原是個眉清目秀的伢崽，嘴很甜，見了人公呵奶呵伯呵嬸呵叫個不停，頗惹人疼。七歲時同幾個細伢崽偷偷挖了生產隊的紅薯，在野地裏燒火烤著吃，爭搶熟薯時不知被哪個推了一把，倒在火堆裏，臉被烤成了熟紅薯。他爹挖了一土箕草藥，又敷又喝，半個月才結了痂脫盡了殼，臉上卻溝溝峁峁紅紅黑黑的一團糟。

村人再看疤臉，疤臉不說話，只把椎子樣的目光朝人心上扎，扎得人陰森森的冷。疤臉變了。疤臉暗地裏發誓，一定要報復那幾個同吃紅薯的伢崽。村人也留意了疤臉的陰毒，背後叮囑自個的伢崽離疤臉遠一些。疤臉在那些伢崽臉上製造疤痕的想法落了空。疤臉只好戀戀不捨地換過一種方式。

疤臉很快就笑了。

疤臉笑的時候，羊崽他娘在米缸裏舀出一瓢屎，狗剩他爹在被窩裏挑出一條死蛇，牛犢他家沏在窗臺上的涼茶竟喝出一股尿騷味來。甚至駝子爺爺擺在堂前的瓷板畫像也被糊上一層牛屎。終於有一天，疤臉把一隻頭被砸得稀爛的老鼠放到細妹她家鍋裏的時候，被細妹她娘撞見了。疤臉，你個死伢崽。細妹她娘一手捏著老鼠尾巴，一手拎著疤臉的耳朵，將他扯到他爹面前。他爹用趕牛的竹梢抽牛一樣抽了疤臉一頓，疤臉卻不遮不躲，竹梢像落在木頭上。後來，同齡的伢崽都背上書包去了學校，疤臉卻撿了他爹抽他的那根竹梢趕牛進了山。

疤臉十八歲了。眼看村裏的後生崽一個個摟了姑俚睡，疤臉仍是挑柴的戧桿光棍一條。爺急，娘也急，其實疤臉更急。猴急的疤臉總喜歡扯著女人晾在竹竿上的褲頭，揉捏半晌，末了還用指甲狠狠戳出一個洞來才罷手。後來女人的褲頭都不翼而飛，乾燥的疤臉也就無事可做了。不知從什麼時候開始，乾燥的疤臉愛上了聽房過幹癮的活兒，半夜裏躲在人家的屋簷下，尖著耳朵凝神聽，臉脹成豬肝色。待屋內哼哼呀呀上了高潮，疤臉突然鬼叫數聲，滿村森然。結果村裏不少的後生崽被他驚出了毛病，不是麵條一樣軟塌，就是癟炮子一樣響不起來。同吃過紅薯的細妹嫁到十里鋪，也沒躲開守活寡的罪，她男人也被嚇出早洩來。

村人的日子沒法過了。村人先是活憋著。村人以為疤臉的臉毀了，不管直接間接，村人都有推卸不了的責任。又礙著疤臉的父母，更不好發作。終於憋不住了，村人就想出各色各樣的法子來懲治疤臉，但又恐疤臉更陰險的報復，因此只在暗處使勁損疤臉，就像疤臉損他們一樣。原來疤臉也見過倆個姑俚，有一個差點成事了，卻突然斷了來往。往後疤臉就成了六月天的臭豬肉，乾脆無人問津了。但村人的火氣並未消散，疤臉他家的雞莫名其妙地死了，狗死了，連養在欄圈裏的豬也未倖免。這樣就連累到疤臉他爹他娘。好在爹娘不只一個崽，不靠疤臉接香火，就分了他些破鍋舊壺，讓他另起了爐灶。

疤臉在村子裏沒法活了。碰巧鎮裏成立護林隊，要招攬些人來清查盜砍濫伐罰款的事，有時罰不到款就得趕豬牽羊，這活得罪人，沒人願意幹，都是鄉屬村鄰，誰能抹得開情面。疤臉卻一捲鋪蓋去了。鎮裏說為了方便監督，哪裏來的仍回哪裏去，人卻是護林隊的，固定工資每月一百五十塊，罰的款百分之三十當獎金。疤臉接了鎮裏發的一身制服回了村，卻不回家，把鋪蓋扔在村部。村長說，疤臉，有人舉報你三母舅在燕子岩砍了一棵杉樹，你瞧瞧去。疤臉獨個去了，在三母舅屋後陰溝裏尋著一棵新砍的樹，拖出來過了秤，一百零三斤。三舅母端了茶出來，疤臉不接，只說，罰款一千塊。三舅母把茶碗扣在地上，恨聲說，讓狗吃了也不給你狗日的畜生。疤臉卻拔高了聲音，拿不拿錢？三母舅說，要錢沒有，要命有一條。疤臉不再答話，搶進屋去，一腳踹了欄圈，把一頭豬婆連同七個豬崽一併趕到了村部。豬婆豬崽賣了九百七十塊，疤臉倒回三母舅家逮了隻鬮雞，賣了三十塊，才了事。

村人背地裏罵，老虎和豬日的疤臉，蠢惡壓。

但村人的罵屁用也沒有，疤臉一日比一日神氣活現起來，那爛臉也紅得亮堂。疤臉穿了身黃綠，胳膊上箍道紅袖，整日裏走家串戶，掀柴垛，搜陰溝，爬木樓，像鬼子進了村。疤臉的腳步響到哪兒，就雞飛狗跳到哪兒。地坎邊一枝刺出來的茶樹丫遮了日頭，牛犢揮刀斷了，被疤臉逮著罰了一百塊。羊崽爹想打只樟木箱給姑俚做嫁妝，偷砍了一棵古樟，鋸成幾截藏在薯窖裏，被疤臉拽了出來，硬是罰了一十二百塊。狗剩爹謹小慎微，誰知不留神在柴草裏夾了棵幼松苗，也被疤臉拉了一頭羊走。

村人恨不得用斧頭活劈了疤臉。

村長也陰了臉，卻又笑著說，狗日的疤臉，你真個六親不認呵。疤臉說，笑麼俚，你砍去，你砍了一樣罰，就是皇帝老兒也免不了。村長卻不懼疤臉，著人在山裏頭尋了九棵柏樹，要給老爹打副上好的棺木。柏樹堆在場地裏，壯實的一堆。疤臉尋上門，扯了張五千塊的罰款單。村長說，我有砍伐證。疤臉說，屁，我還有准生證呢。村長就撕開一個煙盒，龍飛鳳舞地劃了幾個字，扔給疤臉，喏，在這兒。疤臉將紙扯成兩半，擲在地上，說，給不給錢，不給我就碎了這樹。你不碎就是我日出來的種。疤臉找來一把斧子，對著柏樹活劈亂砍，樹片亂濺。村長青了一張臉，說不出話，只在一旁跺著腳。疤臉說，你跺麼俚腳，有種就過來，連你一塊碎了。不交罰款，你爹捲蓆子埋去。兩人扯到鎮裏，鎮書記想包庇村長，說，疤臉，村長是一村之長呵，不就幾棵樹麼，我看算了吧，年底鎮裏少不了你的獎金。疤臉說，他不拿出五千塊錢來休想要樹，要不，我告到縣裏去。鎮書記無奈地對村長說，你就交了吧，這爛臉。後來，鎮書記還是在疤臉交給鎮裏的罰款中退了五千塊錢給村長，這個疤臉卻不曉得。

村人駭著疤臉，村裏一時風平浪靜。疤臉領了工資，整日裏逍遙自在，日子自是無比滋潤。到年底一結算，白得了獎金八千塊。這狗日的。這豬操的。村人卻只有把罵埋在心底。

村人麻老二卻是個懵懵懂懂的傢伙，三間土巴房縮在旮旯裏，以為避眼，依然偷偷摸摸地幹。那一日，疤臉閒著無事，背著手在村裏遊逛，見著個姑俚，杉木粗的兩個腿，南瓜似的一個屁股，挎了個背簍扭著走。疤臉遠遠地跟著南瓜，一徑跟到了旮旯裏。那南瓜原來是麻老二的二姑俚。疤臉就想在麻老二身上尋出事來，好操了南瓜，果真在屋後土坎下尋著了，好大一堆樹。疤臉用紅漆號了那樹，卻不像對待其他村人一樣伸手便要錢，疤臉挺和氣地對傻呆的麻老二說，這樹按規矩最少也得罰萬把塊，你說怎麼辦？麻老二一屁股蹲在地上，雙手抱著腦袋，像個癩蛤蟆。疤臉又說，我曉得你拿不出錢，我破個例，就五千塊吧，你也別聲張，過幾天我再來拿。疤臉拍拍手走了。疤臉走時沒見著南瓜，因此疤臉走得很掃興，不過還有下回呢。

麻老二除了五個姑俚，其他麼俚都沒有。疤臉再來的時候，麻老二的臉依舊皺得像苦瓜。南瓜卻端了茶水出來，不緊不慢地叫了疤臉聲哥。疤臉臉上的溝峁亮得閃出了紅光。疤臉就倒過來寬慰麻老二，別急麼，慢慢籌，我過幾天再來。疤臉屁顛顛地走了。來了三幾回，麻老二漸漸看清了疤臉的意圖，索性不見了面，只叫南瓜頂著。南瓜和疤臉熟稔了，並不覺得他像村人說的那樣壞，只是那張臉卻太那個。不過南瓜也是一臉的黑芝麻，不然老大的一個南瓜怎麼快要熟在家裏呢。疤臉，南瓜，一紅一黑，也就湊合得像爐炭火，何況疤臉的袋裏塞滿了花花綠綠的票子。

村人說，麻老二，你姑俚嫁豬嫁狗也莫嫁那爛臉。麻老二有苦難言，只說，自家姑俚自個不能日，給誰日不一樣。村人說，麻老二，你不要懵起個頭，到時有你好看的，咱們走著瞧。

麻老二有麻老二的算盤，南瓜真若嫁了疤臉，一來可以了卻這樁禍事，二來可以招個贅婿。疤臉說要娶南瓜的時候，麻老二毫不含糊地提出要疤臉入贅。疤臉想，爹娘早沒把他當崽看，就點頭同意了。彩禮和罰款正好兩廂訖了，那堆樹被疤臉鋸了號著紅漆的樹根頭，做了一張闊大的床，還有大衣櫥等物什。疤臉本想借結婚這檔人生大事風光風光，莊稼人哪個不是擺個十桌八桌的，但疤臉是閻王爺請客只有鬼上門，到頭來一樁婚事卻比一樁喪事還冷清。疤臉恨村人更是入了骨。唯一的樂子就是摟了南瓜，在那張硬板床上推來滾去，反覆地做著聽房時聽來的樂事。

村人在背後罵得更堪呢。

斷子絕孫的疤臉，生個崽俚沒根兒。

生個姑俚沒屁眼。

接著，麻老二也跟著倒楣起來，死雞死狗死豬的事全攤上了。因為亂罰款的原因，年後不久鎮裏就解散了護林隊。疤臉沒活路，便賴上了鎮裏。疤臉說，我罰了人家三萬塊錢，把村人都得罪光了，叫我怎麼活？鎮裏不理，疤臉就賴上了鎮書記，鎮書記走到哪，疤臉就跟到哪，他吃飯疤臉也跟著吃。疤臉說，我好歹都是鎮裏的人，活是鎮裏的人，死是鎮裏的鬼。疤臉像隻螃蟹一樣鉗在鎮書記的腳後跟，鎮書記被他鉗軟了，就將他安插在計劃生育服務所，仍幹那罰款趕豬牽羊的活。

疤臉走了。

村人像過節一般樂。

但是，疤臉並沒有完全從村人的視線中消失。計劃生育服務所的人下到村裏，割女人的花腸子，朝女人胯裏塞那閃亮的三角環。疤臉狗一樣跟著來了，對那些磨磨蹭蹭的女人狗樣的叫。村裏有幾個姑俚說了婆家，沒去鄉民政所領那紅本子，肚子倒先鼓起來了。疤臉就和那幾個兇神惡煞的漢子，把姑俚家的豬趕走了，牛也牽走了，還將姑俚押送到縣裏把肚子弄癟了。牛犢家生了二個姑俚，也是結紮的對象，牛犢的女人卻跑了。疤臉說，你不把女人叫回來，拆了這破屋子。牛犢被疤臉聽房時嚇過，這回卻不懼，破了嗓子喊，狗日的疤臉，我生不出崽俚就是遭了你的罪，你再敢動我屋子一塊磚頭，我一刀劈了你。牛犢手上一把鐮刀閃著噬人的光芒。同去的那幾個漢子被懾住了，只有疤臉擋在前面，抱了根粗木向牆撞去，那土坯的牆轉眼就撞出一個偌大的洞來。牛犢像頭發怒的牛牯一樣衝了過去，只見刀光一閃，疤臉的胳膊湧出一股紅色的噴泉，疤臉軟軟地倒在地上。牛犢再揮刀時那幾個人撲了上去，奪了刀，救了疤臉。

村人說，砍得好，怎麼不一刀結果了那狗命。

牛犢被鎮派出所銬了去，準備送到縣裏。疤臉躺在鎮醫院，對前來問話的鎮派出所長說，放了牛犢吧。所長說，那是不可能的，這事情影響太惡劣了。鎮書記也說，那怎行，不處理他計劃生育還有誰來搞，基本國策難道就不執行了？不管疤臉怎麼說，牛犢最後還是被送到縣裏，判了三年。疤臉的那條胳膊也殘了。

時光荏苒，轉眼兩年。疤臉得了一個虎頭虎腦的崽俚，像他五歲時一個模樣，小臉紅白，粗眉粗眼。可巧鎮裏新書記上任搞人員分流，像疤臉這樣的臨時人員都一刀切了。服務所的那些臨時人員一個個捲了鋪蓋，自個尋自個的活路去了。只有疤臉不去領那安置費，徑去找鎮書記。疤臉說，我在服務所差點連命都搭上了，現在成了個廢人，我回去怎麼活？鎮書記剛到不認識疤臉，就說，回去肯定是要回去的，上頭有政策，誰也不能例外。疤臉說，書記，你看看我的胳膊，我還能扶犁掌耙麼？鎮書記說，你先回去，等我瞭解情況後再答覆你。疤臉再來時鎮書記說，鎮裏不可能留你，作為特殊情況，給你定了個農村低保，你還是回村裏去吧。疤臉說，那不行，我在護林隊和服務所得罪了那麼多人，我回去他們還不整死我？

疤臉又賴上了鎮書記，嘴裏仍是那句老話，我好歹都是鎮裏的人，活是鎮裏的人，死是鎮裏的鬼。鎮書記走到哪，疤臉就跟到哪，他吃飯疤臉也跟著吃。就連鎮書記的老婆從縣城趕來慰問鎮書記，鎮書記想和老婆親熱一下的機會也沒有。鎮書記沒奈何，只說，這疤臉。過了一段時間，人員分流的事安靜了，鎮書記就把疤臉安置在鄉傳達室做傳達員。村人說，什麼傳達員，其實是看門的狗。

疤臉就蜷縮在傳達室裏，守著一只碩大的南瓜和一個清秀的崽俚，其樂也融融。他很乖覺，也知道別人的非議，因此不再拋頭露面，村裏根本不去了。但村人並沒有因為疤臉的乖覺而放棄仇恨。忽一日，疤臉的崽俚在床上睡著時，有人從臨街的窗子扔進一把火來，那火幸好落在臉上，崽俚才性命無憂。一張臉卻被燒得花花綠綠，和疤臉一個樣。

村人說，麼俚樣的爺生麼俚樣的崽，這才叫遺傳哩。

三十八、寡嘴

水門村推獨輪車就算寡嘴殺青。寡嘴身架骨像牛牯，屁股像石磨，兩隻胳膊像兩隻鐵抓手，用村裏人的話說，寡嘴就是一個不折不扣的鐵骨人。八百斤重的石灰碼在獨輪車上，寡嘴脖子上吊根皮帶，兩手攥牢了車把手，背一沉，四五十度的陡坡，一口氣也能推去上百米。還不歪不扭，不抖不顫，臉不紅氣不喘，像個沒事人一樣。若在平地，往他沉穩的背上放杯水，那水也不溢不漾，就好像握在手間，沒個顛蕩。寡嘴耍獨輪車，就像老鐵匠掄鐵錘，若沒兩下硬功夫一錘就碎了。

寡嘴十八歲開始推獨輪車，一推就是大半輩子。那時生產隊挑石灰，別人一石百來斤，寡嘴一車五百，一個人掙了五個人的工分。不過，那多掙的幾個工分也值不了什麼，日子就像少了油潤的鍋，乾熬著。日子雖說乾巴，可寡嘴年輕，生活在他看來就像那嶄新的獨輪車，總是一個勁地朝前衝，沒有絲毫停意。而生活似乎也沒有怠慢他，該給他的快樂，該給他的幸福，全都載在那獨輪車上了。

那婆娘就是寡嘴用獨輪車推回來的。進村那天，一村的男人眼睜得比牛卵子還圓鼓。那婆娘少有的窈窕，圓的臉，彎的眉，最是那一頭髮絲，天然地彎曲著，像水波一樣在肩膀上浪漫。娶這麼一個婆娘，寡嘴才花了兩塊錢。兩塊錢，不過一個漢子二十天的工分值，就能娶回一個婆娘，而且是那麼妖的一個婆娘，那是做夢都不敢想的事情。寡嘴走了桃花運，這天底下的美事全讓他給撞著了。

準確一點說，那婆娘並不是寡嘴花兩塊錢娶回來的，而是他贏回來的。那兩塊錢不過是一個幌子，他丈人的一塊遮羞布。那時，寡嘴去山溝裏替人運木頭，走溝溜壑，一幫人幹得挺熱火。那婆娘的父親有心開玩笑，三言兩語就激起了寡嘴的情緒，就賭麼，一車八百斤的木料，三米寬丈餘深的溝壑，一塊半尺寬的木方搭了橋，寡嘴若掉到溝裏，一個月的工錢就沒了。寡嘴問，若過了橋呢。婆娘的父親說，你有那個能耐麼。若過了橋，就把你女兒塾給寡嘴。旁的人笑嘻嘻搶了話。那婆娘寡嘴早就見過了，心裏頭正有說不出的喜歡，被旁的人歪打正著了。寡嘴紅了臉，卻又往木方上踏踏實實地踩了一趟，才握緊了車把，一壓腰，將獨輪車推上了橋。那婆娘似乎暗地裏也歡喜著寡嘴呢，車過了獨木橋，她卻一臉緋紅地溜了。婆娘的父親賠了女兒又折兵，那一個月的工錢也沒貓下寡嘴的，兩塊錢的聘禮只是桌面上的一個假樣兒。後來，村人都曉得了事兒的始末，有人話就酸了，難怪狗日的一車不推八百斤，就是一千斤也值了。旁的人笑，呵呵，換了你狗日的，恐怕骨頭早軟了，一千斤？怕是一百斤都推不了。呵呵。

那婆娘也著實讓人憐惜著啦，才兩年功夫，就替寡嘴生了兩個帶把的娃兒，那娃兒一個個硬朗得很，就像是寡嘴的兩個模印兒。俗話說，好事不過三，過三就變了味，那第三個娃是女的，一張臉不像寡嘴也不像婆娘，竟然同村裏的民兵連長一般模樣，也是一個活印子。那婆娘替別人抱了窩，可孵出的雛雞兒還得寡嘴養著，這其中的酸甜苦辣也就寡嘴知道。可寡嘴沒什麼話，僅在酒醉後同人慨歎過一回，討婆娘真不能太妖了，人一妖，就像家裏藏了寶貝，賊就惦記著，不弄到手賊就不死心啦。從此，寡嘴就同婆娘分床睡了，這一分就是大半輩子，至今也沒合過床。

寡嘴會喝酒了，也會抽煙了，還學會了說空話。寡嘴說，去去去，到我家喝酒去，狗肉燴蘿蔔，老母雞燉湯。別的人乘興來了，寡嘴的酒罈卻是空的，別說狗，連狗毛也見不著一根。雞是有，可婆娘捨不得，來的人只有敗興而歸了。久而久之，寡嘴就得了這麼一個綽號。寡嘴也不在意，任由旁人叫著，有酒喝時不管誰的酒都要醉上一回。醉過了，醒來了，寡嘴仍舊推著他的獨輪車，一個人出了門，只把一個寬厚的背影扔在身後的那雙眼睛裏，像水波一樣晃晃悠悠地蕩。

村裏人說，寡嘴的獨輪車越耍越驃悍了。

寡嘴似乎也沒別的心思了，一心只撲在車上。他的車本來就紮壯，車架子都是上了年紀的檀木做的，就像他自個的筋骨一般，甩起來渾身都是勁。奇怪的是，車載的重量卻漸漸地少了，一車也就三四百斤。旁人只當寡嘴蓄了力氣，其實不呢，那是寡嘴憐憫著車軲轆。做寡嘴的車那真是受累了。寡嘴說，車也想圖個輕鬆麼。沒事的時候，寡嘴就將車推到河邊，細手細腳地清洗一遍，然後放在階基上，扯塊帆布蓋了。寡嘴又說，車也想圖個妖忸圖個舒適麼。寡嘴真的是將車當成了人。村人都覺著寡嘴瘋瘋癲癲了，也許是因為他臂彎裏的那點溫柔沒地方撒了，藏著掖著難受呢。村裏人唏噓地歎了聲氣。

再往後來，那獨輪車漸漸派不上用場了。一條機耕道從寡嘴門前的場地上扯了過去，那麼寬的場地也就夠兩輛中四輪並排著滑過去。寡嘴得了閒，或早或晚，總是一個人默坐在路邊，看那滿載了沙石的中四輪突突地顛來跑去，噴出好長一串煙霧。寡嘴有時一看就是一整天。看來看去，心中就有了些感觸。寡嘴說，還是一個輪子好呀，人能走的地方車就能過，哪像現在的汽車，那麼寬的路，好好的一塊水田都占去大半邊了，浪費呀。說這話的時候，寡嘴身後呼的響了一聲，那獨輪車的胎不知怎的就洩了氣，癟頭癟腦地歪在那裏。寡嘴再要說話，可一張嘴，像有什麼從嘴裏掉了出來，篤的一聲落在地上。寡嘴撿起來一看，是一顆黑黃的牙。寡嘴老了，他的牙就像車樑一樣說掉就掉了，一點也不顧及他的面子。

三十九、嗅驢

水門村沒有驢，一個男人卻叫了個嗅驢的名字，這不能不說是一件怪事。而怪事都是有記憶的，比如誰家的狗長了兩隻角，誰家的羊肚子上多撐了一條腿，這些村裏人都記得特別清楚，茶餘飯後免不了要咀嚼一番，有時間還會像老牛一樣慢慢反芻。現在，嗅驢早已死了，而因為反芻，他比一般人在別人記憶裏多存活了一些年月。

嗅驢這名字很有些創意。村子裏多的是牛呵狗呵貓呵，若叫了嗅牛嗅狗嗅貓，那就俗了，醜陋了，唯獨嗅驢這名字富有鄉村的雅趣，讓人琢磨。嗅牛，就哞哞哞地叫；嗅狗，就呦呦呦地喊；嗅貓，就喵喵喵地誘。唯獨嗅驢讓村人犯了糊塗，不知該用怎樣的聲音，想破腦袋也想像不出。這取名字的人腦瓜就是靈醒，肯定見多識廣哦。

嗅驢是一個中年男人，一個光棍。他好像永遠穿著黑衣服，那種寬大而空蕩辨不清款式的服裝，似乎從來不曾換洗過。他的樣子很像一隻年邁的蝙蝠，在黃昏的風裏，行動遲緩而又搖曳。他似乎一點也不懼怕時光的流逝和黑夜的來臨。水門村人罵人磨蹭，就說，別像嗅驢呵，初一殺一刀，十五都不出血。胸口上插一刀，十五天都沒有血流出來，他的軀體是不是一塊石頭，早就乾涸了？村裏人似乎也太誇張了。喚驢應該有過一個女人，那女人生下一個癡癡呆呆的兒子後就死去了。女人是喚驢生命裏的曇花，有過一現，已經是前世修來的福分，或許本來就是錯合的姻緣。後來，喚驢再也沒有過女人，連野女人也沒有過。喚驢的心因此而淡了。拿眼這麼一個男人，他的從容，篤定，不只是簡單的個人修養問題，而是無可奈何的簡潔和空白，還有麻木。

村裏人有事沒事都喜歡喊一聲喚驢，他們故意拿捏著叫聲，喚——驢——那聲音就像牛韁繩，綳得老長。似乎他們正在呼喚一隻走失的家畜。而喚驢呢，往往聽不見別人的喊叫，依舊埋著頭，像一朵落山的陰雲一樣，在村子裏飄移。或者像一個被風吹雨打的柴垛，蒙著那種腐敗的黑色靜立道路中間。村裏人的聲音越發悠長了，遼遠了，飄飄蕩蕩，縈來繞去，喚——驢——整個村子便被同一種聲響浸泡，就像晚炊時的雞鳴犬吠。

也許喚驢是聾了，這些生活裏的聲音，他都聽而不聞，耳根清靜著呢，可他的嘴唇囁嚅著，卻沒人知道他在說什麼。喚驢似乎有他自己獨創的語言，有他假想的說話物件。有時候，喚驢像蝙蝠那樣在路上飄著，可誰也猜不透他到底要去哪兒，要去幹什麼。喚驢家沒有牛要牽出來吃草，也沒有豬要食雞要餵羊要圈欄。可喚驢就是一刻也不空閒，整天在田野裏飄來蕩去。水田喚驢倒是有一塊，在機耕道的旁邊，一畝五分的塊頭，足夠闊了。可喚驢沒犁沒耙，也不會犁不會耙，要犁要耙的時候都是左鄰右舍幫著犁耙的。喚驢也不會育秧，他只能撮些穀種撒在別人田裏，由別人替他育著。不過，有一道工序始終由他自己完成，村裏沒人幫過他，那就是插秧。

喚驢插秧的時候，村子裏就像過年一般快樂。機耕道上擠滿了人，男女老少全來了，那一畝五分田被圍了個水洩不通。喚驢拎了一土箕秧苗，那秧苗壓根沒洗淨，根系上黏滿了稀泥，一土箕還抵不上別人一把秧。喚驢在眾目睽睽下入了水，從一個遠離機耕道的角落開始了他的插秧生涯。他將土箕拖在身邊，從第一茬秧苗入泥開始，每插一茬他都要往左右看上幾眼，發覺哪裏有個空檔就朝哪插上一茬。第一排五茬，第二排可能就是七茬或八茬了，像蠶啃桑葉一樣，缺邊爛沿的。插好的秧苗不成橫也不成豎，歪歪扭扭地，在田間走出許多之字形，中間還漏著光，一小塊一小塊空著，像個癩痢頭。這種補釘式的插秧法讓人忍俊不禁，整個田野笑聲連綿。後來，有人扛了一架滾車，在稻田裏橫豎地推滾了幾次，畫出一個個方格，讓喚驢印著方格插。可喚驢插不了一丈遠，很快又扭起了秧歌，左拐右突，依舊滿稻田扭著之字。笑聲越發雷動了。

秧苗就這麼插下去了。而耘禾呢，喚驢的方式也是與眾不同，他雙腳像搏泥一樣，不斷在空隙裏跳來踩去。滿田的水很快濁了。另天水澄了，田泥上的腳印也是歪歪扭扭的，左一串右一串，像田螺爬過一般。有的地方仍是舊泥，什麼痕跡也沒有，水草依然生動如初。而對於收穫，喚驢的心情比村子裏任何一個人都要急切。谷穗綠豆黃的時候，喚驢就吊了布袋子下田了，他專挑那些飽滿的穀粒，一穗一穗地捋下來。喚驢的一雙手既抵了鐮刀，又當了打穀機。別人開鐮時，喚驢的穀穗也捋淨了，只剩下滿田的稻草。喚驢為什麼要捋穀子，村裏人的解釋是喚驢家當時斷炊了。

有了新米，喚驢做飯也挺特別的。那時候，南瓜未黃，村裏人多拌了豆莢做豆莢飯。喚驢未種豆莢，卻摘了青辣椒，同新米混一塊煮了一鍋。既省了油鹽，又省了炒菜的功夫。其實呢，喚驢也沒錢買油鹽，功夫倒是有，可喚驢的功夫沒人要，閒著也是乾閒著，像陳年的柴垛一樣在一邊晾著。後來，村人將喚驢的活法概括成三句話，挺經典的，一直流傳到現在。村裏人說，你像喚驢哦，插秧扭秧歌，飯菜煮一鍋，割禾用手捋。那是罵人蠢笨啦。這說法居然傳到了外村，外村都拿了這話取笑本村的人。本村的人惱了，卻又沒奈何，喚驢不是活得好好的麼，誰能拿他怎樣。

喚驢終究沒能活著跨世紀。他死於二十世紀九十年代末。村子裏有個叫運昌的蓋新房，請了他挖潮沙，那是喚驢唯一一次賣功夫，所以幹得挺賣力。歇息的時候，喚驢坐在沙坎下，那潮沙崩塌下來將他砸個正著，沒等挖出來就斷了氣。後來，那村人賠了喚驢的癡呆兒子兩萬塊，才了事。喚驢如果不被潮沙埋死，活到現在肯定是個農村低保戶。

四十、九泉啞巴

水門村有很多啞巴，有啞巴老腳也有啞巴婆俚，有啞巴姑俚也有啞巴崽俚。啞巴大多命不長，能活到四十歲就是老腳婆俚了，各人有各人的命麼，這也怨不得誰。啞巴大都是沒名字的，不是不想替他們取名字，而是取了名字沒什麼用處，十啞九聾，叫了名字也聽不見，還有必要費那個腦筋麼。這也是各人的命，啞巴們也怨不得誰。

這裏要說的啞巴是九泉啞巴。九泉是他爹的名字，用在啞巴的前面，也是村裏的一種習慣。比如有水啞巴，東湯瞎子，美玉拐子，等等，村人都這麼叫。九泉啞巴是村裏所有啞巴中唯一身強體健的一個，塊頭壯，消耗多，吃飯便成了問題。一餐三大碗，一天九大碗，他家的糧食都被他吃了個底朝天，往往青黃不濟。可啞巴又不會做事，挑水劈柴還可以，扶犁掌耙，啞巴的手腳都不知怎麼放了。他爹養不起這個閒人，可又不能明著將啞巴往外趕。啞巴似乎也很知趣，並不死待在家，大多數時候就在村子裏遊蕩，看哪家水缸淺了，就尋了水桶往井邊跑，缸滿了不說，連兩個水桶也貯滿了。主人家歡喜了，啞巴也討著了吃食。家境好一點的人家，有時還會扔給啞巴一兩件破衣爛衫，所以啞巴不愁衣穿，只是補丁特別多，像花蝴蝶一般，顏色也很雜陳。

遇著有人家婚喪嫁娶，那就是啞巴的節日。挑水，劈柴，啞巴幹得滿頭是汗，嘴也笑得合不上了，見了誰都翹著大拇指，一個勁地誇。特別是在廚房的那般婆娘面前，啞巴一改往日的那種曖昧動作，大拇指就像打鳴的公雞一樣，樹得老高。啞巴乖巧了，婆娘們的臉上也笑開了花。啞巴拍馬屁的收穫全在一個大碗裏，那是堆了尖的一滿碗菜，肉團子還特別多。嘿嘿，啞巴坐在柴堆上吃得嘴角都流油了。吃著吃著，啞巴竟吃出了經驗，再遇著喜事的時候，他就在口袋裏藏了一個塑膠袋，吃不完的就裝在袋子裏，然後找個僻靜的角落坐了慢慢吃。

東吃一餐，西食一頓，啞巴的吃食就這麼解決了，可有一樣沒解決的是，啞巴除了不會說話，其他的比一般男人還要壯實。啞巴的慾望就像夏天傍晚的白魚兒一樣，在水面下蠢蠢欲動，甚至還不時蹦出水面，驚起一簇簇曖昧的水花。有一段時間，啞巴幾乎成了婆娘們的尾巴，婆娘們往哪走，啞巴就朝哪追。啞巴說不出話，可他的眼睛好使，像蚊子一樣直往婆娘們的肉裏盯。婆娘們被盯得不自在了，眼睛瞪住啞巴，指頭往自個臉上比劃，那是羞恥啞巴啦。啞巴自知丟了臉面，灰溜溜地走了。婆娘面前沾不著便宜，啞巴轉而去追那些年輕的姑娘，啞巴過處，姑娘們就像驚飛的鴨子，滿村子呱呱叫著。啞巴得意極了，一邊追，一邊還用手做著猥褻的動作，姑娘們更是羞紅了臉，恨不能尋了地縫鑽進去。後來，姑娘們尋著了整治啞巴的法子，她們三五成群，拾了碎石，或挖了稀泥，一起向啞巴投過去。啞巴在亂石或稀泥中，顧得頭顧不上腚，哇哇哇地亂嚎一氣，像狗一樣落荒而逃。

其實那個猥褻動作並不是九泉啞巴的獨創，後來卻成為了經典，在啞巴中流傳開了。九泉啞巴讓村裏那幾個荒唐的男人教壞了。男人們還教會了啞巴更陰損的一招，那就是脫褲子。眼看姑娘們過來了，啞巴冷不防從暗處跳出來，撕拉一聲，突然露出黑不溜丟的胯襠。膽小的當場就嚇懵了，膽大的也是雙手掩面而逃。後來，還是一個潑辣的婆娘治了他，她瞅著啞巴褪下褲子的空隙，扯了根杉樹條，狠狠地抽在啞巴屁股上，啞巴的兩瓣光腚被抽得滿是血點。啞巴挨了刺，再也不敢使那下流的招了。

啞巴依然在村子裏飄來蕩去，東家挑水，西家劈柴，有時還會幫著挑穀擔薯。啞巴似乎乖了，可乖巧的啞巴卻扯出了一件緋聞，像暗河一樣在村子裏流淌。啞巴同一個女人黏乎上了，那女人比啞巴大了許多，她男人不僅個頭瘦小，而且弱不禁風。啞巴先是挑水劈柴，後來在女人的調教下，很快會砍柴了，一天一個來回，還得裝兩口袋飯菜在山上吃。倘若飯菜裏沒有肉，或者荷包蛋，啞巴就不願出門了。女人在巷子裏擺了一張竹床，啞巴就睡在竹床上。這一睡差不多二十年。女人老了，她的孩子也都成了年，一個啞巴就這麼曖昧不清地混在家裏，不只是面子上難為情，還隱藏了許多棘手的尾巴。何況啞巴年歲也大了，這生活的輪子眼看就要轉不動了。有一日，女人的兒子拆了啞巴的竹床，將他的破衣爛衫全扔了出去。女人說不了什麼，也許是無話可說吧，只是暗地裏流淚。

啞巴的父親九泉早死了，他的兄弟也都成了家，啞巴突然無家可歸了。啞巴摟著那些爛衫子哭了，他的哭聲就是哇哇哇的嚎啕，像是一個人救命的呼喊。哭過了，喊過了，啞巴不知從哪尋了一把菜刀，一刀一刀在自個頭上砍，血將頭髮都染紅了，還染紅了那張皺巴巴的臉。啞巴瘋了。女人的心不安了，她不顧兒子的反對，將啞巴的那些破衣爛衫拾了回去，還尋了幾塊木板，重新搭了個床鋪。啞巴又住到了女人家裏，只是他的病再也沒有好過，動不動就拿東西往自個頭上砸，常常血流滿臉，頭頂一堆暗紅的痂。

後來，在一個暗夜裏，啞巴從石橋上失足落了水，就那麼溺死在橋下，直到屍首浮出了水面才有人發現。因為安葬，女人的兒子同啞巴的兄弟發生了爭吵，最後在村委會的協調下，兩邊湊了點零碎錢，買了具薄木棺板，草草埋葬了才了事。現在，啞巴的墳堆早崩塌了，那裏已是野草葳蕤。還長了樹，一棵叫不出名字的歪脖子樹，孤零零地歪扭在那裏。

四十一、萎地的偶像

水門鎮的婆娘們都說，做女人能做到胖三的份上，一輩子死而無憾了。這話一點也不假，在缺乏想像的小鎮，胖三近乎婆娘們的偶像，甚至還是男人們心目中的英雄。

胖三又是個叫男人不動心的婆娘。論年歲，她已年過四十；論相貌，胖三矮而胖，臉黑而多痣，鎮子裏妖過她的女人多的是。胖三會抽煙，一天兩包白沙，煙薰火燎，滿嘴碎牙就像上了年紀的木椽，結滿了煙火的黑垢。胖三會喝酒，張嘴就是一瓶四特，不醺不醉，走路不歪，說話不混。犯煙癮的會蹭她煙抽，可饞酒的，見了她卻是退避三舍。胖三喝酒從不用盅盞，只用碗，且是大海碗，一碗一斤，絕不含糊。鎮子裏也就兩三個男人敢同她碰個三杯兩盞，再往深裏喝，誰也沒生那個膽量了。

叫男人服氣的，並不是胖三的煙癮和酒量，而是她的營生。胖三是從水門村跑出去的，起初租了供銷社的一間舊門面，賣些鍋碗瓢盆的雜碎，沒想到幾年間她的營生就像拌了老麵的饅頭，又像是拾著了金元寶，眨眼就闊綽了起來。原有的店面就局促了，胖三又併吞了近鄰的兩間鋪子，布匹，化肥，農藥，什麼貨什都有了。再說胖三膽兒大，腦瓜特別靈醒，什麼賺錢做什麼，這生意經似乎天生她就會了。她一個人跑武漢，走長沙，獨來獨往，從來沒有砸過手，比一個男人還煞辣呢。

而男人呢，眼妒，又離她遠著。胖三卻不在乎，她快樂在她自個的營生裏，笑，不嫵媚，卻隨和，樸素，讓每一個走近她的人覺著親切。有一個人卻是例外，那個人不是別人，而是她的男人。不要說親近，就連走進她的鋪子，她的男人也不可能。那男人潦草，邋遢，全然沒個灑脫相，在村子裏守著幾畝薄地度日，平日裏要個柴米油鹽醬醋，也都是胖三讓人捎了去，她男人似乎像在遵守著某個約定，從不踏入她的鋪子半步。胖三和她男人之間的故事像個謎，沒人猜得透。

後來，鎮子裏的人慢慢從胖三身上瞅出了端倪。胖三和一個男人好上了。那男人是另一個鎮子裏的生意人，胖三的生意經大概同他有些牽扯。不過，那男人的生意並沒有胖三活絡，場面也沒有胖三闊綽。他的相貌也很一般，混在人堆裏也沒什麼特別，可胖三就莫名其妙地喜歡著。在兩根指頭寬的小鎮，這種事往往傳言氾濫，胖三同那個男人的戀情很快連三歲小兒都知道了。有些膽大的孩兒竟然討要糖兒吃，胖三也真就給了，花花綠綠的一小堆。

胖三也不避諱，漸漸地，就公開同那男人來往了。黃昏的時候，那男人騎一輛自行車，歪歪扭扭地，直接進了胖三的鋪子。鋪子裏早煨了雞湯，弄好了菜，甚至還有一小壺酒，兩只描了青花的酒盞，也只有這種時候，胖三才會喜歡上小盞兒。這機會讓那幾個同胖三喝過酒的男人逮著了，他們也壞，往往趁火打劫，不早不晚，嘻嘻哈哈，吵吵嚷嚷地進了鋪子。胖三沒奈何，只有添杯加筷，滿桌溫馨很快被酒鬼們的吆三喝四替代了。

二十里地，暮來晨往，那男人風雨無阻十多年，鎮子裏再沒人閒話他們了。他們的日子像春夏秋冬更迭一樣自然，平靜，波瀾不驚。煙依然抽著，酒照舊喝著，只是歲月不饒人，那自行車的輪子轉著，轉著，速度就慢了，有時候就像醉了酒，踉蹌，繞來拐去，劃出的是一彎彎曲線。那男人，不，應該說那老頭不得不買了一輛摩托，依舊寒來暑往。令人意想不到的是，那男人就死在那輛摩托車上。一個冬天的晚上，那男人連人帶車掉到溝壑裏去了，再也沒有爬上來。

一個故事就這麼突然結束了。喪事是在那男人老家舉行的。胖三去了。那男人在老家有個女人，胖三卻不體會，堅持替男人最後一次擦洗了身子，換了一身潔淨的衣衫。胖三說，他生來就喜歡乾淨。那女人也由著胖三，既然活著的時候守不住，現在人都死了，還有什麼好說的呢。出殯那天，胖三一身縞素，後來還接連去男人的墳前送了七夜的火燭，那七個夜晚燭光搖曳如畫，鞭炮聲徹夜不眠。一個村莊的人都無法安然入夢。

胖三似乎萎了，人也漸漸消瘦，同胖三的名字很不相稱。常常喝酒，摟著一個酒瓶，有時一坐就是一整天。最奇怪的是她酒量的變化，原來那種豪放不見了，三杯兩盞就歪東倒西，有時連床都上不去，就趴在桌子邊睡著了。這日子就像嘔吐的穢物一樣，腐敗，混沌，全是濁酒和穢物的滋味。那營生缺少料理，也亂了套，就像她的身體一樣，漸漸癟了下去，再沒有以前的振作了。三間鋪面縮成了一間，後來，就連一間鋪面也沒法經營了。她男人想接她回村裏去，可胖三死活不肯，最後只得在街邊擺了一個小攤子，勉強過活。她的貨物不多，又是零碎，光景也就慘澹了。然而，每逢那男人的忌日，胖三都不忘拎上冥紙，鞭炮，紅燭，到他的墳前坐上半日。兩只青花的酒盞，陪著她獨斟獨酌，自言自語，直到落日低懸，才酩酊而回。

再後來，胖三的營生更慘澹了，她的全部貨物就那麼幾樣——酒，冥紙，鞭炮，紅燭，紙花，燈籠，紅紅綠綠的，在街邊熱鬧著。

四十二、消解的二胡

印象中殺豬賣肉的，大都腦滿腸肥，一臉油光，兩眼凶煞。可街尾的那個屠夫不，雖說他骨胳硬挺，卻雙目和善，不見一絲半點的凶唳。婆娘們割肉，也不像那些個賣肉的，滿嘴葷話，甚至扯出豬身的某個物什，討婆娘們些便宜。屠夫心軟，手也善，婆娘們瞅哪他割哪，遇著骨頭刀鋒一偏繞道而過，見著肥膘刀尖一滑讓去三分，秤桿還往上翹著，贈個半兩八錢。婆娘們沾了便宜也沒個笑臉，往往提了肉便走，屠夫也不多話，該做什麼依然做什麼。

水門鎮上有三個屠夫，一個銼子，一個黑臉，就數街尾的這個乾淨，順眼。他不喝酒，不玩牌，似乎也沒有別的不良嗜好。沒事的時候愛在指間夾支煙，有一口沒一口地抽。煙不貴但也不便宜，二斤肉一包，一支煙就是一兩肉，讓婆娘們見了心痛，卻又歡喜他吸煙的樣子。

屠夫本是水門村的人，當了幾年兵回來，就成了鎮上食品站的站長。不過他是末代皇帝，食品站紅火的日子沒趕上，一個爛攤子卻讓他拾著了。幾間磚木的舊房子，一幢廢棄的舊豬圈，還管著一個老頭的生活費。這境況就像斷了柴草的爐灶，冷火熄煙了。而活人總不能叫尿憋死，屠夫將賣肉的窗口改做了一間小店鋪，一砧肉案就擺在街簷下，日子就這麼活了。

屠夫的手頭寬鬆了，而他的生活卻又像那幾間舊房子一樣始終空落著。他的枕邊少了一個婆娘，那夜晚就散漫出無邊的寂寞。那臨街的小吊樓上擺了一椅，一墩，黃昏的時候，屠夫沏了茶，翹了腿，一個人守著吊樓，眺望那漸濃的暮色。他的身影很快就融於黑暗。月色如洗的晚上，小吊樓上會有二胡的樂音彌漫，就像浮動的霧氣一般，慢慢地，穿房越脊，漂染小鎮的夜空。那些未名的曲調曼妙而又憂傷，就像漂浮在水面的落英，綿軟，頹敗，無可奈何地流逝。那樣的夜晚，小鎮燈火闌珊，夢幻縈繞著每一個人。

後來，小鎮上的人都驚異屠夫的那雙手，那絕對不是一雙賣肉的手，它白皙，頎長，猶如幾根細細的白蘿蔔。屠夫有他自個保養的法子，每天賣完肉，他都要用香皂仔細搓洗半個小時，直到雙手盈滿撲鼻的芳香。那樣的手乾淨，透徹，不再沾一星半點的腥氣，甚至他的衣衫都滲透著陽光的味道，不像銼子和黑臉，長年累月的一身油垢，見了讓人噁心，生畏。那樣的手撫在二胡的弦上，流出的音樂也就純淨，清澈，乾脆，像草垛的香味一樣自然，沁人心脾。

很多人就歪想，那樣的手如果撫在婆娘身上呢，是不是也像二胡一樣叫人迷醉？這麼想的大多是婆娘自個，暗地裏的，個人的，隱密的，不著邊際的遐想。不過，這種瞎想似乎成了某個婆娘的真實，關於屠夫的流言蜚語一度沸沸揚揚，像塵埃一樣遍佈小鎮的旮旮旯旯。屠夫真的用那雙潔淨的手，像撫二胡一樣撫過一個婆娘。那婆娘就住在街頭，也開著一片小店，經營些南雜百貨。那些日子，那婆娘的生意出奇地好，鎮子裏的男人和女人爭先恐後地往婆娘那裏跑，藉口買包煙或者尋個針線頭，瞅瞅被屠夫像撫二胡一樣撫過的女人是什麼模樣。那婆娘也大方，根本不在意別人曖昧的眼光，該賣什麼賣什麼，該找零時一分一釐也不落下。

屠夫是個不折不扣的第三者。那婆娘有著一個矮個子男人，還有著兩男一女三個娃。那婆娘也不見得特別的妖嬈，可潔淨，柔弱，絕然不同於小鎮上的一般女人。特別是婆娘的笑，像屠夫一般和善，而又透著嫵媚。這麼一個婆娘，有理由讓小鎮上的許多男人惦記，而惦記也是空惦記，屠夫的那份儒雅，撫著二胡的修頎纖指，以及身上陽光的味道，並不是每一個男人都能擁有的。小鎮上的男人也就只有在心裏頭暗暗歎息了。

小鎮上的傳言雖然喧囂，可都是捕風捉影，並不見得有確鑿的事實。屠夫和那婆娘的戀情始終沒有浮出水面，女人沒來過街尾，也不見屠夫去過街頭，就是必須經過時也像一陣風，倏忽而過，不帶走一片落葉，不留下半點蹤跡。

後來，屠夫的小店裏出現過一個女人，然而不是街頭的那一個。旁人取笑屠夫，屠夫臉上見不著驚喜和羞澀，那神情和平日裏沒什麼兩樣。那女人很快就離開了，從出現到消失，算起來不會超過一星期。從此之後，屠夫的身邊再也沒有過女人，哪怕是僅僅說上幾句話，那麼簡單直接的女人也沒有過。那幾間空落的舊房子依然空落著。有月亮的晚上，小吊樓上又會彌漫二胡的樂音，像月的清輝一樣，散淡在小鎮的角角落落。那樣的晚上，小鎮上的男人和女人失眠而又多夢，早起的時候，都黑著兩隻眼圈，在秋風裏招搖。

小鎮人猜測，屠夫似乎一直都在等待，等待那個婆娘結束現在的婚姻。這種猜測也是憑空臆想，沒有絲毫事實依據。有一點也許可以肯定，那就是屠夫無法將自己的愛情視做一頭豬，細細分解，割斷，然後一塊一塊地零售。也許他只有等待，就像屠夫等待豬肥壯的過程一樣，耐心，冷靜，承受漫長的煎熬。那樣儒雅的人，有著白皙頎長纖指的男人，很不適宜焦躁，也不適宜衝動。他的愛情就像牆後根的那束鳳尾花，有野豔的顏色，也有搖曳的風情，可就是無人懂得欣賞，無人採摘，只能在風雨裏頹敗，凋零，化做一片黯淡的淤泥。

差不多二十年的時光就這麼消逝了。在一個殘敗的冬天，屠夫突然掂捏不起了屠刀，那雙散發香味的手也撫不出二胡的樂音了。屠夫患了不治之症——肝癌，在別人的幫助下，他離開了小鎮，之後，再也沒有回來。又是幾年時光過去了，街頭的婆娘也是兩鬢滄桑，歲月在她的眼角鏤出了許多溝壑。而她的和善，嫵媚仍不減當年。不久，小鎮擴建，街頭街尾的店鋪都被夷為平地，那婆娘也離開了小鎮，有關她和屠夫之間的戀情，就像被風吹散的煙霧一樣，不知飄向了歲月的哪個角落。水門鎮再也沒有關於他們的傳言了。

四十三、心裏的羅鍋

歇後語裏的羅鍋一向名聲不太好，那些碎嘴爛唇的話讓羅鍋們難以入耳。比如，羅鍋立正，不直；羅鍋騎驢，望不著天；羅鍋睡到碓窩裏，合適；羅鍋打籃球，背著包袱搞運動。這些都不算，還有一句難聽的——羅鍋做愛，橫搞。嘿嘿，有人聽過沒？

都說羅鍋體瘦駝壯，人小鬼大，那劉羅鍋就是。而劉羅鍋已是睡在碓窩裏的人了，也許沒人相信，那就說近的，眼前的，水門鎮上開著剃頭鋪的那個羅鍋。羅鍋高不過四尺，寬近二尺，使一把剃刀，刀光銀白，眩目。羅鍋近視，戴一副黑框鏡，配一臉和善的笑，靦腆，文靜，像個書生。可羅鍋的手辣，刀功硬，上了年紀的老腳和他們的鬍鬚都戀著羅鍋那把刀。羅鍋的絕活是挖耳，一根細長的銀箝，不輕不痛，往往撓到極癢處，比飯後的那鍋老煙不知要舒服多少倍。羅鍋的師傅有過十幾個徒弟，僅羅鍋一人得了老人的精妙。後來老師傅中了風，一隻胳膊不聽了使喚，羅鍋三天兩頭地顛簸十幾里地，回到水門村專門替師傅挖耳。

羅鍋的手藝是在水門村學會的，村子裏本來有三個剃頭匠，加上羅鍋怎麼也混不到飯吃，才跑到了鎮上。羅鍋不專剃頭，還捎帶別的營生，比如販賣黃金，羅鍋的手一樣辣，往往大戳進小戲出，過手的數目雖不大，利潤卻可觀。有了戲子和剃刀，羅鍋的日子就像沐了夜雨的春韭，一個勁地瘋長，割了一茬又生一茬。日子是滋潤了，可背上的駝峰卻是刀割不了，火烙不掉，成了羅鍋的一塊心病。這只能怨他的父親了。羅鍋的父親嗜酒，從早到晚酒盅不離手，整日裏醉意朦朧，唇齒不清，嘴裏像含了塊鵝卵石，眼也紅成了兔子眼。酒鬼父親生了三女一男，偏男的是個羅鍋。那罈罈罐罐的酒全聚到羅鍋的背上去了。

背了那麼一個包袱，這羅鍋的一生算是毀了。羅鍋並不認命，憑了戲子和剃刀掙得了他的世界，別人有的他有了，甚至別人沒有的他也有了。唯獨有一樣，羅鍋盼星星盼月亮，就算眼睛盼成了黑窟窿，他羅鍋也盼不到。羅鍋缺一個婆娘呵。缺了婆娘，再滋潤的日子也不是日子了。瞅著從門口流過的女人，羅鍋鏡片後的目光就像樹葉子一樣，盈滿了饑餓的綠。

時間久了，羅鍋的心裏也暗結了駝子。那駝子如石碓壓心，羅鍋的背越發駝了。後來，他的酒鬼父親不知用什麼法子，說服了山溝裏的一戶人家，威逼利誘著自個的女兒同人家換了親，給羅鍋換回了一個婆娘。那婆娘不聾不啞，不瘸不拐，什麼毛病也沒有，甚至有點媚。那婆娘進了門，酒鬼父親便將家庭的重擔全撂了，整日裏嘴對嘴，日頭都給他喝斜歪了。羅鍋也不計較這些，有了婆娘，他的剃刀越發如魚戲水，日子比先前另有了一番嶄新的滋味。不想，羅鍋精湛的手藝耍在婆娘身上，卻什麼動靜也見不著，那婆娘的身子哪裏凸著仍凸著，哪裏癟著仍癟著。原來那羅鍋的駝子雖然壯實，可他的種子是粒癟谷，在婆娘的土地上發不了芽，也生不了根。

羅鍋萎了，背上的駝子像個重心下移的包袱，直往下掉。眼裏揉進了這麼一粒癟谷，酒鬼父親的酒又喝不自在了。而這不自在只是心裏頭的不自在，酒鬼父親臉上什麼顏色也沒有。他吩咐婆娘弄了一桌子小菜，邀了一幫青壯後生，依然吆三喝四地耍著酒瘋。酒鬼父親很快醉了，那桌酒席由婆娘一個人照看著。婆娘不喝酒，只在一旁靜靜坐著，哪個杯子空了就滿上，哪個人的筷子掉了就另換一雙。一來二往，那幫後生同婆娘都熟識了，有時也說些葷話。酒鬼父親沒聽著，他早已響起了鼾聲；羅鍋也沒聽著，他正在鋪子裏耍著他的剃刀。那些葷話似乎入了婆娘的耳，卻又像未入，否則怎會像石沉大海一樣波瀾不驚呢。

後來，婆娘像是同一個後生有了點曖昧，可結果卻什麼也沒有發生。婆娘依然靜靜陪坐，靜靜斟酒，她的臉上有那麼一撇酡紅，也就那麼一撇酡紅，酒酣菜盡，它也轉瞬消失了，像是化做酒氣揮發了。婆娘的肚子依舊平坦著，一點突兀也見不著。酒鬼父親借種的陰謀似乎要破產了。酒鬼父親說，你真是要斷我的後呀。那話裏噴著猥褻的酒氣。

羅鍋彷彿也受了酒鬼父親的暗示，乾脆吃住都搬到了鋪子裏，把一片自由的天地交給了婆娘。而婆娘似乎癡癡傻傻，絲毫不懂得羅鍋的暗示，她扔了酒壺，也一個勁地往鋪子裏鑽。酒鬼父親絕望了，身子骨像被酒精泡軟了，軟遢遢的，像一團爛泥一樣，歪癱在老屋裏。

再後來，羅鍋一個人去了南方。沒想到，羅鍋前腳走，婆娘後腳就跟著去了。在南方的一個小鎮上，羅鍋不耍了剃刀，他騎上了一輛殘疾人專用的三輪摩托車，每日裏載些南來北往的客。羅鍋愛上了酒，常拉了天南海北的車夫們吆三喝四地喝。婆娘又像侍候酒鬼父親一樣端起了酒壺，她不喝酒，只在一旁靜靜坐著，哪個杯子空了就滿上，哪個人的筷子掉了就另換一雙。一來二往，那幫車夫們同婆娘都熟識了，有時也說些醉話，想討些便宜。可婆娘卻不幹了，她將酒壺蹲在桌子上，一個人別到一邊看電視去了。

直到現在，那婆娘也沒懷上孩子。羅鍋和婆娘依然是兩個人一雙，大眼瞪小眼地度著日。聽老鄉說，他們的日子很滋潤。

四十四、學鳥

有一個人喜歡獨自雲遊在生活之外，雲遊在柴米油鹽醬醋茶之外。水門村的人大都記憶恍惚，好像以前那個人根本不是這樣的，大概是他哪根神經出了錯。只有幾個記性好又善於冷眼旁觀的人心知肚明，他的雲遊開始於三十五歲那年。在此之前，那個人始終早出晚歸，兩頭見月地忙忙碌碌，他家的五畝地被侍弄得油光水亮，收成就像他婆娘隆起的肚子觸手可摸。而就在那一年的冬天，他婆娘的肚子癟了，懷胎十月，一朝分娩，送給他的不是朝思暮想的公子，而是第六位千金。他在漫天飛舞的雪花中哭了，就像第六個女兒一樣咿咿呀呀地哭出了聲。

那個人就是張學鳥。他在三十五歲那年的冬天，一個人面對浩瀚水面，靜立於水庫壩上。那時千山鳥已飛絕，雪花也停止了飄落，只有張學鳥佇立岸邊，一根釣竿，一絲銀線，獨自憑釣一池寒水。他婆娘急需一尾鯽魚催奶呢。可想而知，那樣的季節，鯽魚肯定不會上鉤，而那份孤舟蓑笠翁獨釣寒江雪的意境卻讓張學鳥潸然淚下了。再度桃花水漲的時候，田野上早已失去了張學鳥的蹤影，他的鋤頭鏽了犁鏽了連鐮刀也鏽了。那斑斑紅鏽新鮮而燦爛。他家的牛也因此得了自在，嚮著鼻，甩著尾，撒著歡，一頭牛獨佔了一片草灘。

張學鳥終於閒散了。他說，他一生只愛三樣，喝酒，打銃，釣魚。他生命的全部僅僅三樣，多一樣不要，少一樣不能。不讓他喝酒，除非封了他的喉管；不讓他打銃，等於要了他的命；而不讓他釣魚，那他一生真的就這麼了結了。說這話時張學鳥臉紅脖子粗的，看那樣子根本不像玩笑話，再說他父母早逝，他婆娘壓根奈何不了他，苦是暗受了，卻又只能由著他的性子去折騰。

先說張學鳥喝酒吧。他的酒量其實不大，絕對過不了半斤，像武松那般一口氣連幹十八碗的豪放是不存在的。可張學鳥愛喝酒，走哪都可以看到他端了一個小酒碗，沒事時一口一口地抿，話也有一搭沒一搭地說，遇著打銃釣魚，使一口嗆了個底朝天，抹一把嘴就醺醺然走了。因為喝酒，張學鳥出過不少笑話，最經典的笑話卻是發生在他自己家。正月裏老丈人來了，張學鳥抱了酒壺上樓灌酒，誰知上了樓卻不見下樓了。他婆娘爬上樓一看，張學鳥早歪倒在酒罈邊，鼾聲如雷呢。

不過也怪，張學鳥喝了酒釣魚手感卻極好，村中央的那灣淺河看著無魚，個把鐘頭，他便釣了五六斤黃丫角，一二兩的小魚全用柳條串著，五六串啦。那黃丫角腮邊長了兩根橫刺，愛在黃昏裏出沒，一身滑膩，是魚中的小滑頭，張學鳥拿捏起來卻異常靈便，從未扎過手。若換了旁人，那死了的黃丫角也會咬人啦，一不小心就扎得手生痛，一扎就會脹痛好幾天呢。有了魚，張學鳥卻不急著回家，徑往小店裏竄，用兩串魚換了酒，坐在店門口慢悠悠地喝。酒是五十度以上的那種火燒酒，浸了金櫻子和冰糖，味道有絲絲的甜。張學鳥一邊抿著酒，一邊同幾個閒坐的人有一句沒一句地聊著，燈火意興闌珊了，月也早過了柳梢頭，他才歪歪斜斜地回了家。另幾串魚還忘在店裏呢，店家替他賣了，先記著，那是他日的酒錢了。

後來，村頭的水庫讓人承包了，不能再去釣魚了，就是釣著了，也得掏錢買。水庫的魚肥而傻，吃釣極快，可越肥越傻越不划算。張學鳥只能謀他張學鳥的法子，他用鐵鉤子鉤了豬肝，晚間圍著水庫下鉤子，常常會鉤著三兩隻探頭探腦的腳魚，扔在地上，鼓著小眼睛，傻乎乎地爬。張學鳥還會釣黃鱔，也是在池塘邊下那種細細的直鉤，尋著鱔洞就往裏插。有一回竟然釣著一條杯子粗細的鱔，拽出來像條蛇，渾身還長了綠毛呢，將村裏人嚇得直咂舌。撿腳魚蛋，張學鳥眼就更尖了，他沿著河岸走，懷裏揣個小酒瓶，不時掏出來咕嚕一口，一咂嘴，跳下河，在河對岸的沙灘上硬是扒出了四五個腳魚蛋，托在掌心，像小巧的白卵石一樣眩人眼目。也不知他用什麼法子，就那幾枚白卵石還孵出了幾隻小腳魚呢。

要說打銃，還真沒撿腳魚蛋這麼順當。張學鳥使的銃是桿短銃，只有米把長，烏黑的管子，扛在肩上像根燒火棍。又沒有獵狗，即使有，他也不會養，養女兒也煩著呢，哪有閒功夫養狗。釣腳魚得來的幾個碎錢，要麼喝了酒，要麼買了火藥。家裏的日常開支全靠女人磨豆腐賣，豆渣餵豬過年才有了肉。張學鳥只管逍遙他自個的逍遙日子。遇著月朗星稀的夜晚，一個人扛了鳥銃，貓著腳步潛入山林。有時會有一隻麂，有時是幾隻兔子，有時霉運，在山林裏白轉了一晚上。撞在槍口上多的是野豬，青面獠牙的，塊頭也沉，打一只能得幾個錢，女人和那六個女兒也能吃幾塊肉。有了下酒菜，張學鳥的酒喝得越發有滋味了，有時還會揣塊熟肉在懷裏，在避靜處就著月色咕上幾口酒。不過，打第一隻野豬的時候，張學鳥連豬毛也沒撈到一根。那時他還不懂得打野豬的訣竅，瞄著豬屁眼放了一銃，誰知那野物中了彈跑得比什麼都快，等他沿著血跡尋過去，早讓人拾著褪了毛開了膛分了肉，只剩一攤暗紅的血跡和滿地豬毛。張學鳥豬屁也沒得到一個。後來，張學鳥就精了。再撞著野豬時便瞄準頭部放它一銃，銃膛裏還多壓了幾根穿條，那野豬也就跑不了幾步了。

這打銃張學鳥還有絕活呢。他會學鳥叫，口一撮聲音就婉轉，什麼鳥的叫聲都有了，布穀鳥，斑鳩，貓頭鷹，學什麼鳥像什麼鳥。用空的白果核模仿野雞叫就更絕了，咯咯咯，谷谷谷，公雞和母雞的叫聲都不一樣呢。他的嘴一張，鳥就受了迷惑，翩翩地來了。而他的鳥銃裏早填了一把散彈，一扣扳機，蓬的一聲，半空裏羽毛亂飛，那鳥兒便一隻隻墜了地。他還會用一種叫剁殼青的植物桿仿效野豬嚎，用小竹管吠出紅毛野狗的求援聲。村裏人說，張學鳥這名字好呀，學鳥就是學習鳥兒麼，嘴巴當然像鳥叫一樣賊了。這活兒還真該是張學鳥幹的，換了誰也不會有他幹得那麼賊精。張學鳥的閒散似乎成了他的榮耀了。

四十五、蒼生

水門村的後山上有棵桐樹，是老樹，粗得兩個人還摟不住，葉兒稀疏，枝丫腐朽，軀幹被時間掏了空洞。枝頭偏又吊幾個桐籽，有一個沒一個地落，跌在地上，裂為四瓣，一瓣一顆桐米，一個秋天撿不滿一竹籃桐米。那樹藏著蛇。蛇也是老蛇，唬著臉，黑著身，蹣跚地往樹洞裏爬。怠懶時在樹根盤一圈，米篩大，半日裏不動；靈動時懸在桐樹上，像碗口粗的一段繩，在風裏晃來蕩去。某年夏天，忽地抖落一身青青桐葉，桐籽越發地少。

水門村的人說，那是蛇精呢。

從此沒人敢拾那桐米了。

蒼生由不得村人胡言亂語，粗聲駁斥，那是蛇害了樹麼。獨自挎個扁背簍，繞著樹兒走，得了三五斤桐米，換了三五兩煤油。那時候沒電，照明全靠煤油。

村裏卻有好事的人，摶黃土添石灰和三合土，再以幾截斷磚和殘瓦在樹底築了個圓壇，橫樑上歪歪斜斜地書著「蛇壇」，字跡血紅。不過也真是怪事，那年桐樹像突然醒了神，枝節處處冒綠，揚了一樹的白花，秋天裏碩果壓滿枝頭。可村人懼怕蛇精纏了身，越發沒人敢近桐樹了。

蒼生偏不信邪，扛了竹梯爬上樹梢，用竹棍好一陣狂抽爛打，桐籽紛紛如雨。有人想坑蒼生，老遠呼著蒼生蒼生。精通鬼怪的人說，那時不能隨便呼人名字的，精怪知道名字就認準了人，那人就要受害的。蒼生在樹杪上應了聲，卻不見人影。又有人喊，蒼生，蒼生，敢在桐樹上尿一泡麼。蒼生剛巧憋得緊，就對著樹洞尿了一泡。蒼生再看桐樹，桐樹依然是桐樹，枝葉間遺著零星的桐籽，手上的竹棍指指點點，桐籽全落了地。蒼生滑下樹，將桐籽掃成一堆，用竹籮盛了兩擔。蒼生看著圓圓滾滾的桐籽心裏止不住笑，明年不愁沒錢買煤油了。蒼生也笑村裏的人，那幫傻蛋。

晚間，蒼生和婆姨坐在煤油燈下剝桐籽。蒼生拿把破剪子對著桐籽刺進去，桐籽散為四瓣，像桔瓣，再對著桔瓣用力一撬，那白白的桐米就蹦了出來。桐米很快盛了一撮箕。婆姨便把桐米倒進竹籮裏，蒼生以手當耙來攏桐籽。手剛插進桐籽堆，像有什麼冰冷的活物在手背上蜇了一口，蒼生疑為荊刺，湊到燈下看，只見一點烏黑。婆姨用棒槌攪開桐籽，卻沒發現有什麼。再說蒼生手背並無痛感，也就不以為然。

過了三日，蒼生手腳上忽然出現幾個紅泡，不癢不痛，只是流水，接著化膿，腐爛，吐出怪味，薰得滿屋子臭。村裏人懂得偏方的，就指點蒼生婆姨到後山挖了草藥，熬了湯，又喝又洗，那幾處傷口便結了痂。可過不了三日，軀幹上又冒出紅泡來，如此反覆，總斷不了病根。後來求了中醫，蟲蟲草草地熬破了好些瓦罐，蒼生的嘴也燙得不知了苦味，卻依然生紅泡，臭氣薰天。

村裏人捂著鼻子說，蒼生是給蛇害的，只有蛇才能醫他的病呢。

蒼生婆姨拿便了鐮刀和竹棍要去捉蛇，那千年桐樹下的蛇不敢捉，就一徑上了後山，心想逮著蛇子蛇孫剝了皮，熬了湯給蒼生喝。誰知蒼生婆姨卻一去不返，村人喚著蒼生婆姨尋上山，在山溝裏找著了她。蒼生婆姨倒在土坎邊，全身腫得像根透明的木柱子，鼻孔只有出氣沒了進氣。手裏攥著條黑黑的蛇，蛇身扭曲，也在痛苦中斃了命。村人有識得蛇的，認出那是棋盤蛇，歎口氣，邀幾個人抬了蒼生婆姨下山安排後事。

蒼生卻不理會婆姨的死，一心剝了蛇皮，用瓦罐盛了放在火上燜，一時間清香四溢。村人來尋時，蒼生已將那蛇全下了肚，嘿嘿地站在那裏傻笑。紅泡去淨的蒼生卻莫名其妙地瘋了。幾個人架了蒼生到他婆姨的靈柩前，蒼生站在那兒只會嘿嘿地傻笑。後來，蒼生不知從哪裏找了把剪刀來，將那縛靈柩的草繩剪成一截截的碎段，嘴裏不停地嚷，我剪死你，剝了皮，吃了你。抓起一截草繩塞到嘴裏大口大口地咀嚼，齒縫裏滲出血來。村人又歎氣，說，那蛇害的。對桐樹下的那蛇越發地敬畏，初一、十五有人到蛇壇前燒紙點禪香，三叩九拜。

蒼生那瘋病卻不曾好，整日裏拿了剪刀，見了繩索就亂剪一通，嘴上依然罵，我剝了你的皮，抽了你的筋，吃了你。臨走又拿一截放在嘴裏嚼。村人都把繩索藏了起來，生怕落到蒼生的眼前。蒼生在村子裏找不到繩子，就到野地裏閒逛。那田埂上種了長豆角，蒼生便撈一把在手，坐一旁細嚼慢嚥。幾家的豆角被他一個上午全糟蹋了。

而那老蛇似乎來了興致，懸在那桐樹上晃悠悠地蕩秋千。蒼生見一截繩兒在動，嘴叼了剪子往樹上爬，夠著了，就用剪子剪，可剪子太小，剪不斷粗壯的蛇，只得用嘴咬。蒼生和蛇扭在一起，從樹上跌下來，蒼生咬斷了蛇的七寸，那蛇也用毒齒刺了蒼生一身的毒眼，還纏死了蒼生的脖子。蒼生和蛇臨死也沒能分開。

村裏人暗自尋思，蒼生前生就是蛇的冤家麼？想了許多法子，硬沒把那蛇從蒼生身上剝開，又猜想蛇也是有陰魂的，把它從蒼生身上拿掉了，可能會生怨氣，說不定村人要倒楣了。於是，殮了蒼生和蛇，合葬在千年桐樹下。雖立了墓碑，卻寫不明白，寫蒼生之墓怕怠慢了蛇，寫蛇塚又不妥，只得空著。只有那桐樹像是得了他們的滋潤，越發地青綠，桐籽壓翻了枝丫。只是那桐籽沒人敢要，秋日裏空落到地上，逢春發芽生根冒綠，幾年功夫就茂盛成一片桐樹林了。

四十六、棄物

這些事情同一個太監有關。不知哪朝哪代，水門村出過一個太監，終究讓男人們抬不起頭，伸不直腰。出太監的地方是村子後山溝裏的一個自然村，時間久遠了，這些事情就成了一個無頭無尾的傳說，在村子裏流傳。

山深林茂，什麼樹都藏得有。那樹出脫得奇絕，也就不值得大驚小怪。樹呈倒人字形，主桿只分了兩個大丫杈，丫杈又分了兩個細瘦的枝，如此遞分，頂端便是分岔的丫蕨了。那葉片一樣的奇絕，分了個人字形的岔，如娘們叉開的雙腿，葉面綠得黑重而曖昧。

樵夫錢大見的樹多，並不曾見過這等模樣的樹。杉刀被握出了汗，錢大始終下不了手。錢大想，這樹生得鬼魅呢。便有一簇葉片挺得異樣，像裹了個包袱，錢大忍不住用手一拂，卻見了兩個青色的果子懸在那裏。那果子就像閹匠騸出的牛卵，表皮潔嫩誘人。錢大把那果子小心地操在手中，像操了自個的卵子，有幾分愛不釋手。雖然口乾舌燥，但錢大沒捨得把果子塞進嘴，而是揣在懷裏，想給婆娘一個驚喜。

果然，婆娘眉開眼笑地接了果了，剝開，只見白白的一截果肉，裏面爆滿了黑籽兒。婆娘挖一點瓣囊黏在錢大舌尖，卻是嫩嫩地甜。錢大好不容易在三十歲娶了婆娘，可婆娘彷彿石人一般，久不見開懷。誰知吃了這青果，那凹陷的肚皮三幾個月就隆了起來，十月分娩，得了一對帶把兒的伢。錢大的闊嘴笑得像是啃過木頭，牙齒生生地白，嘴角差點彎到了後腦勺。

錢大只慶幸自己不絕了後，但沒想到這卵狀的果子的確和一個閹匠有關。那人靠劁豬騸牛營了半生，因地方窄，只是苟活著，總也活不出個人樣來。劁光了豬，騸淨了牛，腦袋一歪，便動了村人的腦筋。就煽動男人鏟了那物，去京城侍候皇帝老兒，做那一人之下萬人之上的太監，享不盡的榮華富貴呢。村人中有被窮逼瘋了的，狠狠心，讓閹匠把自個娃兒割了。那父母不知為娃兒收藏那物，被閹匠像棄牛卵一樣把那物扔在了屋頂上，又被一隻老鷹叼了去，卻落在了樹杪上。時日長了，那物便化了果子，在枝頭上鮮活著。後來，那太監在宮裏得了勢，著人來尋，卻再也不見影蹤，許是腐了。那父母恐娃兒空落，便悄然用豬物替代了。

錢大的弟錢二也不曾得子，錢大便將祕密語了錢二。那錢二卻是個鬼靈的人，連夜上山摘了果，且將樹連根帶土一併挖了來，栽在院子裏。錢二說，合該兄弟發財了。翌年，那樹兒掛了果，錢家兄弟便操起了賣果子的營生，十兩紋銀一對青果兒。村人中有盼子盼得鑽心痛的，捨了血汗錢來買青果子，那些個婆姨果真從窩窩裏阿了一串的肉根來。那青果的名聲自是大噪，遠近求取者絡繹不絕，錢家兄弟不僅得了子，還聚了許多的錢財。

如此過了若干年，村子幾乎青一色的後生，葫蘆對著葫蘆，連出門似乎都沒有必要穿褲子了。那些狐媚的女人則像聊齋裏的狐仙樣遁了形跡。山外的女人瞥著山裏窮困，又斷不肯屈就。村子重現出絕後的恐慌。男人們偏耐不得寂寞，入贅的入贅，過繼的過繼，紛紜地奔了山外去。錢家出走的更是勢眾，只留下些老弱病殘者，守著一幢海闊的宅院。一個自然村竟然絕了人煙，那樹就越發的妖嬈，青果豐碩，像撒了一地的牛卵。

四十七、邪鳥

水門村的人說，沒有活物不會諂媚阿諛人，比如狗見了人就搖尾乞憐，聊得主人一笑便施捨幾塊骨頭；比如雞，繞著婆娘們的腳跟轉一圈，就得了一地的米穀。話題不約而同遷徙到鳥身上，都說這地方的鳥也像狗一樣媚人，比如喜鵲逢著村人嫁娶就歡天喜地地唱，尾巴上掉了兩根飄帶狀的黃綢鳥在新娘頭頂上旋著圈，美豔的女人便戴了鳳冠一般，現了皇后的儀態。再如麻雀，嘰嘰喳喳地飛前飛後，活脫脫一群嬉笑的細伢崽，嗓音嫩得耳軟。而不該叫的鳥斷不會叫，比如老鴉和夜貓子都斂了影跡，不知棲於何處了。

這麼乖巧的鳥，村人沒有理由不寬厚待之。穀物豐厚的田地成了鳥們的樂園。村人在這頭下鐮，鳥們便倒掛在另一頭的穀物上。有些鳥乾脆落在場院的穀堆上，一邊啄食，一邊將屎尿撒在穀物裏。村人也不惱，只嗔罵這群鬼丫頭，神情就像笑罵自家的女兒一般。

偏逢著艾家娶親時卻有一隻不該叫的鳥叫了。那鳥像是藏在村前的老銼樹上，嘶啞著喉管不憩地叫，出山哇，死人哇。聲音蒼老而淒慘。新郎官艾一天被叫得滿臉烏雲密佈，擰得出半盆污水來。艾家是村裏的豪門望族，其暴發也是近兩輩的事。艾一天的祖父翻過老鴰山，在城裏一家布店做了夥計。後來見城裏山貨值錢，就開了間山貨鋪，一門心思經營起山貨來。也不知艾家祖輩葬了哪一門子風水，生意越做越順手，艾一天父親又增了米店和布店。艾家舊宅翻了新，青磚黑瓦，方方闊闊，宛如城池一般。輪到艾一天手上更是如日中天，村人沒見過世面，也說不清艾家買賣火到哪般地步了，只曉得良田和山林快要被他家買淨了。讓男人們更眼妒的是，那些個最狐媚的女人似乎天生就是艾家的妻妾，像那些奇花異葩一樣，一含苞就被移植到深宅大院裏。這不，說要為久病的艾老爺沖喜，艾一天就將水家那迷死人的花骨朵用花轎抬進了院。

現在這邪叫的鳥聲卻太不是時候了。村人暗自揣測，莫不是艾家要現出破敗的跡象來？艾一天被叫得火了，扛了火銃環著老銼樹轉圈，卻不見隻羽片毛，也不聞了那鳥聲，只得悻悻然回了身。晚間，艾一天摟了花骨朵正要成就美事時，那鳥的叫聲又起，出山哇，死人哇。聲音就像在艾家屋頂上哀歎，罩得院落一片淒淒慘慘。艾一天吩咐下人狗犢拿了火銃，望那鳥聲尋去，卻仍在那老銼樹上。狗犢似乎放了銃，震天似地響動了一回，那鳥聲也就啞了。夜是一片讓人發悚的靜。翌日天刮亮，卻不見了狗犢，只在老銼樹下尋著了一灘黑紅的血跡和那桿火銃。那血跡是從樹身上滴落下來的，狗犢被一根老長的銼刺穿了胸，像件破衫子一樣懸掛在枝葉深處。

艾家老爺卻像病醒了，抽搐著癟嘴說，我聽見木柱在叫呢，好像說出山哇，死人哇。村人恍然大悟，怎覺得聲音那麼熟悉呢，原來是木柱的聲音。那一年，艾家老爺娶了木柱他叔的女兒做妾，那女人自然生得出脫，豔麗不曾多見。艾老爺有幾分愛不釋手。圓過房後，艾老爺需出去料理生意，就用一乘圓頂小轎抬了女人，執意要帶到山外去。那時，木柱整日蜷縮在山旮旯裏，想隨了艾老爺去見見世面，便當了轎夫。不想，走到老虎岩下，一步不慎，將那小轎摔到了懸崖下。小女人丟了命，木柱也被艾老爺打折了腿。艾老爺說，如果不是親戚，該結果了木柱的狗命。木柱也是命賤，不但不能去山外看世界，就連出房門看山都出不了。在床榻上癱了半世，後來在床架上繫根布條，自個勒了自個的頸脖。

當夜，那邪叫的鳥聲又起。村人凝神細聽，這一回卻像是狗犢的嗓音，出山哇，死人哇，狗叫一般的狂亂。有通神鬼的人便說，那是木柱扣了狗犢的魂魄在叫呢。那木柱肯定還在想著山外的世界，肯定為自己最遠只到過老虎岩下而感到悲哀。那人就為艾一天出了個法子，在老銼樹上掛個鳥籠，再在木柱的墳墓前燒兩摞紙錢，告之木柱的陰魂歸到鳥籠裏，鳥籠用黑布罩了，因為那鬼魂是見不得陽光的。艾一天依言掛了鳥籠，過一夜，摘了鳥籠，攜了花骨朵，一徑去了山外。

那鳥叫的怪聲遂絕。

四十八、凸石

水門村有人說，石頭像人哩。

那石頭也是畫著臉譜的，生旦淨末丑，在天地間演著一幕幕風格迥異的戲。不諳石頭的人，料也不會知曉石頭們的轟轟烈烈。那五色石天生成就大事業，幹的是補天的活；落下一塊在紅樓夢裏，卻幻變為一片靈通的寶玉，又領悟了一番塵世的生生滅滅好好了了；而那西遊記裏的石頭，合了公母於一身，毋須受孕，卻爆出個人樣神通廣大的猴子來。這些都是石頭裏的靈異之輩了，自然不同凡響，但是極少數。大部分石頭偏平庸而又頑劣，比如豬蹄怪七院落中央的那塊石頭，從圓盤樣的軀體上凸出一疙瘩，填不得牆基，做不成磨，棄在那兒任憑風雨淫侵。有時候便墊了豬蹄怪七和她婆姨的屁股，間或有隻雞把屎拉在石頭上，這也算做了一生的石頭。不過，那石頭自我感覺屈不屈，倒沒人知道。

那石頭是豬蹄怪七從地底下挖出來的。當年，豬蹄怪七憑著一把尖刀宰了幾個豬錢，就同兄弟們分了鍋碗瓢盆，另起了爐灶。豬蹄怪七棄了老屋，用私藏的幾塊銀子置了地，蓋起明三暗五的青磚瓦屋。清理牆腳時便掘得這石，想碎了石頭填基，石頭偏躁硬無比，只得閒擱了。

那石頭卻似不甘落泊，像長了腳爪一般，莫名其妙地湊到牆根前。來回滾動過好幾次，豬蹄怪七卻不曾留意，可能泥瓦匠用它墊了腳哩。

那會兒，豬蹄怪七也無心思料想這些細節，一腔殺豬的豪情全瀉在婆姨的粉肉上。可那婆姨不爭氣，終日扁著個肚子，夾仄著雙羅圈腿，那笑也就成了苦笑。豬蹄怪七竟起了休妻的念頭。有了這份齷齪私念的豬蹄怪七就不太想回家了，逮著空閒便在村子裏遊逛，偏就遇著了一個年輕的寡婦，那寡婦早生了三個小葫蘆，仍鼓著個青蛙肚，似藏了一肚的蛙籽。豬蹄怪七像尋著了寶貝，那些個從村人豬圈裏搜刮來的豬蹄尖一隻隻都溜到了寡婦的灶鍋裏，寡婦的兩座奶子脹成了山。過了一個貓兒喵春的季節，豬蹄怪七果然休了妻，把那寡婦撂到了自家炕頭上。

歡喜過後的豬蹄怪七終於覺出那石頭的蹊蹺，就用繩索綁了石頭，著人抬了丟到亂墳溝裏。當夜，天突然變了臉色，雷電交加，風雨大作，天地間轟然一陣亂響。翌日，卻又陽光朗照。村人驚懼地發現豬蹄怪七的瓦房塌了一角，那斷磚殘瓦裏，豬蹄怪七正趴在寡婦的奶子上，那腦袋卻被一塊石頭砸個中著，紅的白的全塗抹在寡婦的俏臉上。

而那石頭正斜插在牆基裏。

村子裏有識天文地理的猜測，那牆基裏莫不是壓著了石頭的牽掛。叫人掘了牆基，果得一石，狀如圓盤，中間卻凹了一道坑。和那凸石剛好吻合。遂將兩塊石頭苟合了，狀如圓柱，著人用泥土埋了，勒了石塚的碑。那豬蹄怪七的兄弟修葺了瓦屋，入住了，一生的風平雨靜。

後記　每個人都有一個村莊

每個寫作者都有一個屬於他個人的文學上的村莊，這個村莊是隱晦的，完全隱藏在他的內心，不為人知。它寄託了他全部的文學鄉愁，收留了他到處漂泊的靈魂。通向村莊的唯一道路就是寫作者的文字。這個村莊也許沒有具體的名字，也不是個真實的村莊，但的的確確存在。從某種意義上說，水門村就是只屬於我一個人的村莊。我是這個村莊的村長，唯一的戶籍警。村子裏住了什麼人，男的女的，老的少的，只有我知道。有多少條狗，多少隻貓，天上飛著多少翅膀，沒誰說得出。後山的墳墓裏埋著誰的祖先，路邊遺失的一隻鞋子，它的主人是誰，只有我清楚。誰住在老屋子裏，誰臥在山坡上，也只有我知道。他們的歡笑，他們的呼喊，我聽得見。他們的痛楚，潛伏在每一條皺紋裏的失落，以及掌心裏幸福的厚度，血液裏的溫暖，這些都只有我一清二楚。換了誰，這個村子就不存在了。從來都不會存在。

我在很多小說裏寫到過水門村，今後還會繼續寫下去。在我老家鄰近的一個鄉鎮，確有一個叫水門的村莊，可惜不是我書寫的這個村莊，我只是盜用了它的名字。我在農村出生，長大，以泥土為伴生活了三十多年。而且現在，幾乎每個月我都要回到老家那個村子一次。無論從地理上，心理上，血緣上，都無法割裂我同一個村莊的聯繫。在村子裏，或者在返回村子的路上，我都能遇到一些熟悉的臉孔。他們行走在田野上，在河灘上放牛，或者匆匆忙忙到另一個村莊去奔喪，滿臉的悲寂。這其中還夾雜一些特殊的面孔。我說不出他們的獨特，他們好像生活在村子裏一個隱蔽的角落，只有平靜時他們才突然從我腦海裏竄出來，鮮鮮活活在我面前。

其實生活在水門村的每個人物都是獨特的。我收集了許許多多的人物，將他們都落戶在水門村。我給他們取了個共同的名字，叫《水門世相》。我寫了四十八篇這樣的短稿子，涉及到上百個人物。我想通過這些人物，直接將觸角伸向最底層的草根人物和另類生活，這裏有身體殘缺的：高不過三尺的侏儒，石女羅鍋，眼瞎的、腿瘸的、耳背的，長著兩顆腦袋的女人；有下三濫的：賭徒酒鬼，騙子無賴，像種豬一樣活著的英俊男人，成天追逐男人的花癡；有裝神弄鬼的神漢巫婆，也有性格怪異的穴居者，有潔癖的盜賊，也有靠紙紮活著的手藝人……這些人聚居在一個叫水門的特殊村莊，構成了一個獨特的世界。他們既有謀求生活的小智慧，也有玩弄生活的小聰明，既有男歡女愛的純樸堅貞，也有遺世獨立的悲愴孤獨，既有簡單得不能再簡單的溫暖幸福，也有複雜得無法再複雜的辛酸蒼涼，既有順世昌運的得意，也有流世苟活的失落。他們不論「食草的」還是「食肉的」，各有各的方式，各顯各的能耐，三百六十行都能找到屬於他們自己的生存空間，都有一套生存行規。我想以一個底層的、平民的視角，撰寫一部草根人物的拍案驚奇，勾畫一幅酸甜苦辣的鮮活世相，描繪一種草根階層的另類生活。

他們有著可憐又可悲的命運：村支書從鎮上領回一個齊齊整整的女人，誰知她卻是個石女，幾次送出去幾次都被退貨；長相英俊的青玉，女人們人見人愛，卻淪為種豬一樣的男人，靠給女人借種而苟且活著；紅朵是個精緻的女人，可害了花癡，一天不追逐男人就會瘋掉，最後莫名其妙死在水潭中；兵痞比歲為了逃避殺身之禍，將自己的女人刺瞎雙眼，靠了女人的庇護浪跡江湖。

他們有他們的偽裝：傻子阿三生就傻瓜相，誰也沒想到他是個騙子，屢騙屢屢得手；文叔是個乾淨得有些潔癖的人，紅白喜事都坐上房陪上客，一次酒醉後卻洩露了自己的祕密，他是個盜賊；濟堂老腳借了神鬼菩薩的嘴，騙吃騙喝，最終死在了貪吃的毛病上。

他們有他們的幸福：高不過三尺的繡雲偏嫁給了牛高馬大的滿地，繡雲騎在滿地的脖子上看電影，過河，他們的愛情讓人忍俊不禁；仿明是個瞎子，紅繡又啞又聾，他們結合在一塊就是一個完整的世界，再美的東西有眼睛看到，再動聽的聲音有耳朵聽到。

他們有他們閃光的人性：水幽是個不入時流的老頭，卻又無比善良，不只是從小傢伙們手下救走了活物，還偷偷放跑村裏人囚籠的雞；笑清是個小偷，卻編了無數的順口溜，給村子裏增添了無窮的歡笑；白葉受過村裏人的傷害，卻不忘治療村裏人的疾病。他們身上散發的人性的光輝會讓人深為感動。

他們都是真實的存在，是無法複製的存在。他們是和諧的，又是矛盾的；他們是溫軟的，又是堅硬的……他們是無數個人物的濃縮，每一個都代表著複數，代表著立體，代表著鄉村的門、亞門、綱、目、科、亞科，代表著一個地域的系、族、亞族、屬、種。他們的靈魂聚合在一起，構成了一個遺落於現代都市之外的傳統村莊。

樊健軍　二〇一二年十二月二十六日於修水

釀小說25　PG0961

水門世相
——樊健軍短篇小說集

作　　者　樊健軍
責任編輯　劉　璞
圖文排版　張慧雯
封面設計　陳佩蓉

出版策劃　釀出版
製作發行　秀威資訊科技股份有限公司
114 台北市內湖區瑞光路76巷65號1樓
電話：+886-2-2796-3638　傳真：+886-2-2796-1377
服務信箱：service@showwe.com.tw
http://www.showwe.com.tw
郵政劃撥　19563868　戶名：秀威資訊科技股份有限公司
展售門市　國家書店【松江門市】
104 台北市中山區松江路209號1樓
電話：+886-2-2518-0207　傳真：+886-2-2518-0778
網路訂購　秀威網路書店：http://www.bodbooks.com.tw
國家網路書店：http://www.govbooks.com.tw
法律顧問　毛國樑　律師
總 經 銷　聯合發行股份有限公司
231新北市新店區寶橋路235巷6弄6號4F
電話：+886-2-2917-8022　傳真：+886-2-2915-6275

出版日期　2013年5月　BOD一版
定　　價　300元

Printed in Taiwan

國家圖書館出版品預行編目

水門世相 : 樊健軍短篇小說集 / 樊健軍著. -- 一版. -- 臺北市 : 釀出版, 2013.05

面； 公分. -- (釀小說25 ; PG0961)

BOD版

ISBN 978-986-5871-48-2 (平裝)

857.63 102007220

讀者回函卡

感謝您購買本書，為提升服務品質，請填妥以下資料，將讀者回函卡直接寄回或傳真本公司，收到您的寶貴意見後，我們會收藏記錄及檢討，謝謝！

如您需要了解本公司最新出版書目、購書優惠或企劃活動，歡迎您上網查詢或下載相關資料：http:// www.showwe.com.tw

您購買的書名：______________________________

出生日期：________年________月________日

學歷：□高中（含）以下　□大專　□研究所（含）以上

職業：□製造業　□金融業　□資訊業　□軍警　□傳播業　□自由業

□服務業　□公務員　□教職　□學生　□家管　□其它____

購書地點：□網路書店　□實體書店　□書展　□郵購　□贈閱　□其他

您從何得知本書的消息？

□網路書店　□實體書店　□網路搜尋　□電子報　□書訊　□雜誌

□傳播媒體　□親友推薦　□網站推薦　□部落格　□其他__________

您對本書的評價：（請填代號　1.非常滿意　2.滿意　3.尚可　4.再改進）

封面設計____　版面編排____　內容____　文／譯筆____　價格____

讀完書後您覺得：

□很有收穫　□有收穫　□收穫不多　□沒收穫

對我們的建議：______________________________

____

____

____

請貼
郵票

11466
台北市內湖區瑞光路 76 巷 65 號 1 樓
秀威資訊科技股份有限公司 收
BOD 數位出版事業部

....

（請沿線對折寄回，謝謝！）

姓　　名：＿＿＿＿＿＿＿＿　年齡：＿＿＿＿　性別：□女　□男

郵遞區號：□□□□□

地　　址：＿＿＿＿＿＿＿＿＿＿＿＿＿＿＿＿＿＿＿＿

聯絡電話：(日)＿＿＿＿＿＿＿＿＿＿(夜)＿＿＿＿＿＿＿＿＿＿

E-mail：＿＿＿＿＿＿＿＿＿＿＿＿＿＿＿＿＿＿＿＿